李华章 / 著

LIHUAZHANGZHU

江河长流

JIANGHE
CHANGLIU

中国出版集团

现代出版社

图书在版编目（CIP）数据

江河长流 / 李华章著. -- 北京 ： 现代出版社,2016.9
ISBN 978-7-5143-3463-0

Ⅰ．①江… Ⅱ．①李… Ⅲ．①散文集－中国－当代Ⅳ．①I267

中国版本图书馆CIP数据核字(2016)第241488号

江河长流

作　　者	李华章
责任编辑	李　鹏
出版发行	现代出版社
地　　址	北京市安定门外安华里504号
邮政编码	100011
电　　话	010-64267325　010-64245264（兼传真）
网　　址	www.1980xd.com
电子邮箱	xiandai@vip.sina.com
印　　刷	北京一鑫印务有限责任公司
开　　本	787×1092　1/16
印　　张	15
版　　次	2016年9月第1版　2022年7月第2次印刷
书　　号	ISBN 978-7-5143-3463-0
定　　价	49.80元

喜读李华章的散文（代序）

涂怀章

一位作家迎面走来，步履健美，著述丰厚。30多年来出版10余部散文集。

李华章先生的散文，总数逾千，历经时间风雨的冲刷，个人心智的磨砺，挑出来的皆闪光之珍品。好作品是审美与高尚情思的结晶。读李华章的散文，我的第一感觉是心情愉悦，进而有所体验，有所领悟，直至赏心怡神，获得精神享受。这就是被艺术唤醒的足以提高生命活力的美感，它引起我对作品的巨大兴趣和积极理解。

现实中的审美属性，多以可感的直观形式呈现。作者深谙此理，紧紧抓住画面特征，描绘自然，讴歌生活。在叙写故乡往事的篇章中，他是才华横溢的画师，潇洒泼墨，绘出一系列风景画、风物画、风俗画、风情画、人物画。它们各有区别，也互相辉映，色彩鲜丽，线条清晰，动感极强。比如写湘西凤凰山、南华山、丹岩山、花果山……写沅水以及它的支流溆水、舞水、酉水，美得令人无法转述。

当然，作者并不满足于感性的、自然的、直接的联系，不只是观看、倾听、品尝、触摸，而是以它们为出发点，赋予丰富的社会意义。不是照相般地复制形状、色彩、光线，而是取综合式动态展现并各有侧重。意在激活外表，情思刷新空间。写风物的，如《千年屋》《历史的丰碑》《欢喜佛》《吊脚楼赋》《湘西的水车》《记忆烘桶》，注重思索富含时代特征和地域色彩的典型物件，追溯已逝时空的生命脚印，折射人世沧桑与社会变迁的哲理。写风俗的，如《溆水河畔屈原魂》，讲述纪念伟大爱国诗人屈原的习俗，颇显神奇。至于侧重风情和人物的佳品，更体现作者对美感要素的综合把握。《水灵灵的秧苗》，展开"四月八，开秧门"的画卷，幽默诙谐，给人印象和启迪均很深刻。《王村镇风韵》写古镇新貌，苗、土少数民族劳动场面，彩亭铜柱引人深思，感觉蕴涵不凡。更有以记人为主的佳作，如《晚景》写含辛茹苦、坎坷一生的父亲；《山里舅舅》《三舅》《边城茶峒寻梦》《阿拉女人》等篇，都是抓取人物特征、思考时代变迁的佳构。歌赞革命历史人物和古今文化艺术名家的散文，大都通过某纪念地风物而深切缅怀，如对向警予、贺龙、粟裕的礼赞，对屈原、王昌龄、沈从文、黄永玉的景仰，着意弘扬造福后世的崇高精神，益人心智，澎湃着鲜明的意识引力。

如果说李华章的"湘西组画"以清丽柔美为主要特征，那么，他的"三峡画廊"则多了雄浑壮丽的风格。他尊重客体自身尺度，全面、精练、形象地展现三峡全景。既从不同侧面显现了三峡壮美的外在特征和丰富的历史文化内涵，也按照自己的理想和情趣赋予了全新的当代社会意义。以《滩多流急西陵峡》为例，足以证明这种主客体尺度统一的良好效果。读此文，我仿佛置身惊涛骇浪的闯滩全过程，同时听到高度浓缩的关于历史传说、名人轶事、诗词典故的精彩解说，惊魂动魄，感悟良多。

另外，"神州选画"。有对母校华中师大的回忆，对清江水库、鄂西茶山的歌吟，有对"行万里路"的踪迹写意。武夷山、庐山、鼓浪屿、北戴河、洞庭湖、虎门、丽江、大连海港、鲁迅故里、四川三星堆、苏州小巷、常德诗墙以及柳叶湖畔司马楼……尽在他的纸上流光溢彩。它们引起的美感是多样的。当然，这只是此类散文的部分美学要素。笔者在《湖北新时期文学大系》散文卷《序言》中说过："他的笔墨始终散发着纯正的思想芳香"，此书再次做了印证。

李华章的散文已形成个人风格。这就是说，其多数作品从选材到立意，从章法到技法，富有思想和艺术特征的自我一贯性，具有与他人散文的明晰区别性。他坚信真情出美文，追求至情、至真、至美境界。所取题材，必是真感动了他的对象，然后被他描写。他属于审美类型的人，易受触动，又能理解，在思维的情感化和情感的思维化之交叉反应中，理性与感性认识互融，于是有了创造，通过形象表达出来。虽然，创作受世界观和学识所支配，但他从不赤裸地表现理论概念，也不像有些散文卖弄学识——"掉书袋"。而是追求清新质朴，清纯自然，不喜堆砌和炫艳，反对矫揉造作。他的抒情和对古今文典的引用，都是附丽于情思的自然流露，融入无痕。有些事物使他激动、沉醉、难以忘怀，但他决不停留于生理学意义的冲动，而是表达升华的所获。根据规律，文学创作具有作家自我表现的一面，作家个人经历、独特遭遇、一生之中尤其童年心灵所受的影响，往往会有形无形地表现于作品中，即很大程度上受其禀赋的影响，他当然也不例外。他的秉赋优秀——我们不从先天的聪明理解，而是看作后天实践的结果。他生长于民风淳朴的乡土，经过学校与社会的陶冶，在政治风雨和时事变迁中淬火，执着地追求先进思想，严于律己，宽以待人，在长期实践中形成了高尚情操和优雅气质，也培养了高度敏锐的辨别力与分寸感，所以，他的散文不浮不躁，不俗不腻，纯朴自然，显示出平易亲切的素质，达到了难得的高雅境界。

就结构而言，走笔多像随意漫步，述说感悟，抒发真情，自由自在。或如一笔行草书法，远望养眼，近观好认，不繁冗，不做作，不生硬。他的语言清新、明快、典雅、凝练。时引幽默生活化语句，谐趣而不失端庄。他写湘西的篇章，深得沈从文技巧之堂奥，却有发展和革新，广泛描绘乡村人的风韵与神采，每篇立意不同，格调迥异。其氛围、场面、境界、语言技巧，可与大师媲美，堪称《湘行散记》之续篇。而寄寓美与爱的理想、表达民族和个人情感，则富有全新的高度和意义。注重学习与吸收沈氏技法之精华，却不受其模式束缚，而是掌握内在规律，驾驭自如。在写三峡和其他散文中，更有突破和大胆创造，让我感到他胸怀着新的艺术使命。

信念坚定重情义，步履健美写年华。岁月使有价值的艰辛凝为永恒，李华章的精选文集使我们有理由赞扬他的足迹与成功。（有删节）

（原载《　　　　　》2012年2期"李华章散文评论"小辑）

（涂怀章，湖北入学文学院教授，中国作协会员，湖北省文艺理论家协会原副主席，武汉市作协原副主席。出版有评论集、散文集和长篇小说集10多部。）

代序

沅水心影

三峡情怀

最美之缘

品书读人

目录

附录：自赏文选

沉水心影

沈从文心中的沅水

生于湘西凤凰沱江边的沈从文，从小就喜欢江水。到河里去洗澡，是不必花钱即可以找到好玩的地方。哪怕老师三令五申的严禁，纵有爹妈的千叮万嘱与打骂，他还是想方设法来应对。小河长年清澈似豆绿色，其中多鳜鱼、鲫鱼、鲤鱼，大的比人的脚板还大。这对沈从文的诱惑力太大了，也成了这个"乡巴佬"成长的一个天然环境，从小培养了他清明如水、机智勇敢的品性。

沈从文爱沱江、爱白河（酉水），《边城》就是以酉水河边人家的故事为题材，一往情深而写成的代表作。但他对湘西的千里沅水更是情有独钟，沅水成了永远流动在他心中的一条河。他十三四岁便离开家乡，从沅水"北漂"到北平（北京），去浏览社会这部大书，去学那课永远学不尽的人生。历尽人生写华章，沈从文终于成了令人刮目相看的"丰产作家"，蜚声文坛。

1934年1月，沈从文得知母亲生病的信息，便急急忙忙地离开北平，经武汉到长沙，再转车至常德，进入山水性灵的神秘湘西，又一次由沅水搭船溯江而上，踏上了重返故乡的漫漫航程，处处流露出沈从文热爱祖国大好河山的心路历程……

在一个落雪的季节，寒风凛冽，沈从文孤独地坐在冰冷的船舱里，一心挂着两头：一头牵挂着病在家中的母亲，归心似箭，如火如焚；另一头思念着北平的妻子，离开爱人一日比一日渐行渐远，眷恋之情，如丝如缕，这份日子煎熬着人，使沈从文发愁。多情自古伤离别。因此，他在信中写道："一面看水一面想你"，"你来吧，梦里尽管来吧！"千里沅水，两岸青山连绵，翠色迎人，风景优美，村镇古朴，房屋或在悬崖上，或在滨水边，无不朗朗入目。即使在艰难风险中，他心中依然充满了诗情画意。

小船在沅水上行驶，沈从文无心看书、写作，那两岸优美的风光吸引着他。即使到了寒冬时节，岸上还是青山绿树；没有太阳，天是灰灰的，一切较远的边岸小山同树木，皆裹在一层轻雾里迷蒙蒙的……

日复一日，缀有补丁的船帆升起又落下，艰难地行驶在沅水中。船泊"兴隆街"时，两岸皆是白色。高山积雪同远村互相映照，真是空前的奇观！

船过"柳林岔"，这个地方更美丽，为他平生所未见过。"千家积雪，高山皆作紫色，疏林绵延三四里，林中皆是人家的白屋顶……什么唐人宋人画都赶不上。看一年也不会讨厌。"于是，他把眼中的所见、心中的所喜，故意以轻松的笔调写信告诉妻子"三三"（张兆和），以安慰不在身边的亲人，盼望梦里见到她的微笑。

当船停稳"缆子湾"后，这是专门卖船缆子的小镇。"两山翠碧，全是竹子。两岸高处皆有吊脚楼人家，美丽到使我发呆。并加上远处叠嶂，烟云包裹，这地方真使我得到不少灵感。我平常最会想象好景致，且会描写好景致，但对于当前的一切，却只能做呆二了。一千种宋元人作桃源图也比不上。"（引文均见《沈从文全集》）

对于湘西的吊脚楼，沈从文更是眼熟目亲，一片深情。他看见"梢子铺"的吊脚楼，整齐得稀罕，十分悦目。"全同飞阁一样，去水全在三十丈以上，但夏天发水时，这些吊脚楼一定就可以泊船了"。他告诉张兆和，见到这些地方，真缺少赞美的言语。从船上望去，可以看到从窗口伸出女人的头来，正嗲声嗲气喊着船上的人："再来，过了年再来。"这是吊脚楼人家送水手下河，声音缠绵死了。到了晚上，吊脚楼里灯光下，坐着"扯得眉毛极细的妇人"，或是那些"大脚妇人"，年轻女子，唱着曲子。每首曲子里，无不流露出这些人的哀乐，令人有点忧郁。真是一辈子也忘不了的。这亲身的深切体验，凝成他散文、小说作品里丰富生动的故事情节，以及闪耀异彩的艺术细节，无不饱含着作家的人文关怀。

对于沅水上的船只，也成了沈从文眼中的另一种风景，他总是默默地久久地注视。"我喜欢辰州（今沅陵县城）那个河滩，不管水落水涨，每天总有时节在那河滩上散步。那地方上水船和下水船虽极多，由一个内行眼中看来，就不会有两只相同的船。我尤其喜欢那些从辰溪一带载运货物下来的高腹昂头的广舶子。"它一来总斜斜地孤独地搁在河滩黄泥里，小水手从船舱搬取南瓜、茄子或成束的生麻；那船只在暗褐色的尾梢上，"常常晾得有妇人褪了色的红布裤褂，背景是黄色或浅碧色一样清波，一切都那么和谐，那么忧愁。"沿河的船只千千万万，最美的恐怕应数"麻阳船"。大麻阳船有"鳅鱼头"同"五舱子"两种，可装油2000篓，摇橹的约30人，掌舵的高踞后楼，下滩时真可谓堂皇之至。船上各处光溜溜照人，令人神往。小船如"桃源划子"，样式精巧。麻阳佬划船已成为专业，一条沅水上差不多有20万麻阳船夫。摇橹歌是船夫在劳动中自得其乐而唱的。那美丽的声音，那粗犷的旋律，简直是一首首诗！

沈从文深有感触地写道：在沅水中"蜷伏于一只小船上，作三十天的旅行，必不至于感到厌烦。正因为处处有奇迹可以发现，自然的大胆处与精巧处，无一地无一时不使人神往倾心"。那条河流清明透彻，沿河两岸是绵延不绝高矗而秀拔的山峰。善鸣的鸟类极多，晴朗朗的冬天里，还有野莺和画眉鸟群集在黛色庞大的石头上晒太阳，悠然自得哼唱着悦耳的曲子。若不必赶路，在岩石上睡睡，真是神仙般的生活。在河滩上，还可看到许多等待修理的小船，斜卧于干涸河滩石子间，有工人正在船边敲敲打打，用碎麻头和桐油、石灰嵌进船缝里去。在如此景物明朗和劳动场面中，却似乎蕴含了一点儿凄凉和寂寞。这种深深的印象不时地触及他的灵魂。"美丽总是愁人的"。

千里沅水，滚滚奔流。这是湘西儿女的母亲河。她有天生成的美丽和温柔。有时河水清明如玉；有时水透明如无物。水底全是各样的石子。石头上全是细草，绿得如翠玉，上面盖了雪。人坐在船舱里，可听得出水在船底流过的细碎声音。若是船行长潭，水流平平的、潺潺的，如同一面镜子，深不可测。

沅水的大滩小滩，数以百计，水流湍急。船只若上大滩，"白浪在船边如奔马"，船头全溅进了水。有时，大船要花一整天才能上一个大滩。什么风篷、纤手、篙子，全无用处。所有水手统统下河去拉纤，纤夫在石滩上皆伏爬着，手足并用地一寸一寸向前移动，艰难辛苦之极。尤其是过"青浪滩"，滩长25里，下滩时不要10分钟，如飞一样；可是要上滩，大船需一天，小船也得二三个钟头。浪打船边，江水怒吼。人坐船上，惊心动魄，耳朵发麻。有时可看到大船打碎在急浪里，水手们就收拾船板在石滩上搭棚子住下。此时，说野话的，骂娘的，是随时可以听到的，即使是父子之间也免不了。但他们不是野人，不做野事，各人正派得很。船上规矩很严，忌讳也很多。坐船的客人夫妇间若"撒了野"，还得买肉酬神，才能消灾免祸。这浓郁的独具的沅水风情，增添了沈从文作品的丰厚底蕴与地域特色。

船停泊在一个地方后，真静。"一切声音皆像冷得凝固了，只有船底的水声，轻轻地轻轻地流过去。这声音使人感觉到它，几乎不是耳朵，却只是想象。但当真却有声音。水手在烤火，在默默地烤火。"这些人都可爱得很，叫人喜欢他们。"一看到这些人，一同这些人接近，我想好好的来写他们一次……但我总还嫌力量不及，因为本来这些人就太大了。"因此，我想到沈从文的湘西散文之所以那么生动感人，那么别具风味，那么富有魅力，就因为作家是亲眼所见、亲身经历的生命体验，表现出一种深厚的人文关怀。沈从文在沅水上、下游漂荡，与水手同甘共苦，留意观察，用心体验，尽情赞美这条故乡的河。正是这条沅水教给他思索人生，体验生命，教给他以智慧同品德，才使得沈从文笔下的湘西，具有独特的发现、真实的认识、淡淡的忧愁、诗意的抒情和艺术的魅力，成就了沈从文前半生的文学辉煌！后半生，他甘于寂寞，而终不寂寞！

几年前，我从辰河出发，沿着沈从文先生当年的路线与足迹，顺沅水漂流而下，过浦市古镇，泊泸溪箱子岩，宿沅陵凤凰山，飚波涛汹涌的青浪滩，徜徉于幽静的麻溪铺，流连在美丽的桃源，徘徊于壮观的常德诗墙……千里沅水像一条历史的长河，后浪推前浪，依旧滔滔，依旧风流，两岸如画，气象万千，复苏了我对沈从文溯沅水而上的真切记忆……

沈从文流泪听"傩堂"

　　沈从文诞生于湘西的凤凰，地处武陵山脉南部，云贵高原东侧，自古是苗族的聚居地，俗称作"五溪苗蛮之地"。因此，他同湘西有一种永远割舍不断的乡情和乡恋。湘西的长河小溪，湘西的树木花草，湘西的乡亲名人，哪怕是大土匪，都无不铭刻在他的心里。一条豆绿色的沱江穿城而过，也从沈从文幼小的心中流过，"乐水"成了他的天性。小时候读书，他还欢喜听人唱戏，有时通宵达旦，这也是他孩提时常逃学的理由。原来，沈从文欢喜听的戏，名叫"凤凰傩堂戏"。湘西凤凰傩堂戏是一种古老原始的祭神戏曲，是在远古先民的原始宗教，特别是在祭祀活动、原始歌舞的基础上产生的民间戏剧形式。被称为中国戏曲的"活化石"。湘西属楚地，信巫鬼，重祭祖，祭俗之风浓厚。黎民百姓迷信神灵能保佑自己消灾、避祸、祛病。戏的形式也很独特，逢祭祀活动，人们头戴面具，身穿巫衣，一边唱神歌，一边跳神舞，锣鼓配乐，大声呐喊。这儿时的热闹而感人的场景，是蹉跎历史岁月中风吹不走、雨打不动、难以磨灭的记忆，仿佛人的胎记一样。

　　沈从文少小离家，流浪于沅水流域上下，漂荡在湘黔川鄂边界，二十几岁北漂，四十几岁西迁，一路跋涉，一路艰险，一生坎坷，一生让人，但却追求梦想，坚持个人思索。直到晚年，时隔近40年的1982年5月8日，沈从文先生偕夫人张兆和，与黄永玉、张梅溪夫妇和黄苗子、郁风夫妇等亲友同行，回到凤凰那个美丽的山城。在朝思暮想的故乡，沈从文返老还童，童心大发，天真可爱之极。那往昔的种种情景一一浮现于眼前。他重回念过书的文昌阁小学，在教室里坐了一会儿；在校园背后的兰泉井边，他俯身喝了几口井水；还执意去赶了一次乡场，喝了一碗豆浆，吃了几砣狗肉；

他游览了黄丝桥石头古城；在悠悠沱江上划船荡桨；在破旧的老屋中堂，扶壁张望……特别是想听听凤凰的傩堂戏。黄永玉深知表叔的这个心愿，特别请来了两伙戏班子。唱的是一出傩堂戏的折子《搬先锋》，曲子唱得特别好听，非常动人，锣鼓伴奏声也十分美妙。这一切都如他顽童时代深印在心里的好声音一样，依稀记得是："正月元宵烟花光，二月芙蓉花草香……八月十五桂花香"，据目击者说，沈从文也跟着轻轻哼唱起来，尤其是聊发起少年狂来，手舞之、足蹈之，待唱到动情处，他跟着一边轻哼，一边流出眼泪，那眼镜片后，一双眼红红的，噙着泪水。俗话说，男儿有泪不轻弹。也许沈从文在跋涉漫长而坎坷的道路后，过往的忧伤压弯了他的腰背，孤独、衰老层叠地郁积在心，傩堂戏中众神的悲欢仿佛用舌头、嘴巴舔着他的哀愁忧伤，使他如在梦里，情不自禁地心酸、心醉、流泪……

据黄永玉先生说，"一天下午，城里十几位熟人带着锣鼓上院子来唱'高腔'和'傩堂'。头一句记得是李三娘，唢呐一响，从文表叔交着腿，双手置膝的静穆起来。"

"……不信芳……春……厌、老、人……"

"听到这里，他和另外几位朋友都哭了。眼里噙满泪水，又滴在手背上。他仍然一动不幼"（《这一些忧郁的琐屑》）。直到艺人们要走了，沈从文才站起来依依不舍地送行。而他那眼镜片后的眼睛依然红红的，盈满泪水。这是沈从文另一次流泪听"傩堂"。他的流泪正是对故乡山水花草的眷恋，对故乡父老乡亲的感恩，对故乡古老传统文化的致意！

我们相信，美丽凤凰的"芳春"是绝不会厌弃这位老人的。沈从文先生，"星斗其文，赤子其人"。

沉水心影

舒新城与船的情结

"辞海之父"，是人们对舒新城发自肺腑的美誉。舒新城1893年出生于湖南溆浦东乡刘家渡。他从小喝溆水长大，长大后又坐船从溆水出发，到外面去闯荡世界，脚踩沅江风涛，攀登蜀道之难。之后，为中华书局总经理陆费逵真诚相邀，1930年出任中华书局编辑所主任兼图书馆长，倾尽心血，全力主编《辞海》这部皇皇巨制，终于1936年在上海出版发行而闻名于世。1957年6月，毛泽东同志在全国人大会上见到他说："《辞海》我从20年前使用到现在。后来在延川敌情紧急的情况下，不得不埋藏起来，以后就找不到了。现在这部书太老了，比较旧，希修订一下。"并仍请舒新城挂帅。1959年春，《辞海》编委会成立，舒新城被任命为主编，确立了出版方针。可他1960年病逝，竟遗憾地辞世。他先后主编《辞海》的丰功伟绩，为国人所敬仰，也为我们乡亲所骄傲。

舒新城大概只有六七岁时，便与水亲近，而酷爱水。"每逢秋季鱼汛的时候，便会'喜而不寐'地同父亲叔父们在水中过夜。同时对于水上的船，更是感着无穷的趣味"（《故乡·船》）。

他的故乡刘家渡，从这三个字看去，就可知道是一个有河流的场所，面对着溆水的正流，左倚着其支流的高门溪。船，在他的脑筋中，似乎有一种特殊意象；对于它，有一种说不出的好感，而且永久都是感兴趣的。舒新城故乡的船，是溆水河里借人力、风力、水力推动的帆船，没有篷子，俗名"小舢板"。前不久我回溆浦，登上新修的"护邑塔"，远眺青山橘林，俯瞰向西流的溆水，在这里绕了好几个弯儿，越看越像太极图形，我惊喜地发现温柔的水湾里静静地停泊着五六只小船。心里想，这大概就是当年舒新城感兴趣的故乡的小船。谭主任介绍，这小船平时用来网鱼虾，或赶鸬鹚捉鱼；节假日搭客人去下游的"新潇湘八景"之一的思蒙旅游。此时此刻，一想起来便有一股诱人的魅力。

小时候，舒新城的同学家里有一只大船，可载重200担的货船，航行于沅江的常德、津市，每次船回来，停泊在沙洲的渡头旁。因为父亲与同学的父亲偶然的相遇，便有机会在月夜中走上他家的船。这时，舒新城"发见了河中月色的皎洁，远在天边的月色之上；发见了船上也一样地可以住家，而且可以'四海为家'、'中天望月'，我当时真是喜得手舞足蹈"（《船》）。同学的父亲将航行沅江的种种故事讲给他听，越听越生动、越有味、蛮新鲜，舒新城竟至不愿归家而要随他去走遍天涯……

舒新城儿时的这个愿望，有如水中捞月。但他父亲答应他一个交换条件说："你发愤读书，入泮（即旧时学宫前的水池）的报子（即入泮时报喜信的人）进屋那一天，我一定给你造一只船。"（《船》）父亲的许愿自然不一定能兑现。但自此以后，他对于船便常怀着无限的好感，正如他无限深情地写道："我爱它能载我浮江飘海，来往自如；我爱它能使我水中看月，江心观涛。而船夫们无忧无虑地野餐宿露，东泊西荡，更与我少年时代的冒险性相合。"（《船》）因此，他考进县立高小以后，每逢去学校时，便常设法搭船。刘家渡位于溆水上游，下水搭船方便、费时少。无意之中，跟着船夫学会了荡桨撑篙的本事。悠悠溆水呵，不仅哺育了溆浦儿女，也从小锻炼了一代代溆水新人！沈从文一生最忘记不了的是沅水；舒新城也一定永远感恩于溆水！

年青时代的舒新城，走常德，去长沙，走遍了沅、澧、资、湘四水，历尽了许多险滩深潭，对于民船的生活，更感着多方的趣味。那一叶扁舟，放乎中流的画图，常常在他的脑海中映现。而最感动的则是他父亲的那片深情厚意。几十年后，父亲竟然雇工给他造了一只船。当他问父亲何以到现在要给他造一只船时，父亲说，你从小是很欢喜船的。有它能载你去河中游行，你一定很愉快的。父亲的船，与父亲的厚意，舒新城一并心领了，在心底像燃起一把熊熊的柴火，暖和着他。哪怕漂泊异乡，远走天涯，只要想起那只载着浓浓乡情的船，故乡就不会弄丢，就不会忘记，就自然会重拾童年的记忆。"辞海之父"舒新城与船的情结，就是他与亲人的情结，与故乡的情结，与悠悠溆水流不尽的情结。

钱基博先生在溆浦

2015年中秋时节，我急着回一趟溆浦，风风火火地。家人问我，何事忽还乡？原来，此事早在承德兴隆雾灵山中国作协创作之家同怀化市文联谭士珍先生约定的。他在怀化工作了几十年，就差未去过溆浦的龙潭；而我生长在溆浦却从未到过县城南陲的龙潭，也是溆水的发源地，心里郁积着遗憾与乡愁。恰好，又逢抗日战争暨世界反法西斯战争胜利70周年纪念之际。于是，由龙潭镇老谭书记陪同前去瞻仰和拜谒"抗日烈士陵园"。

"抗日烈士陵园"坐落在弓形山上，我们沿着300多级的石阶拾级而上，两边高大的绿树掩映着青岩石阶，农民工正在维修道路与扩建设施，还不时地同老书记热情地打招呼，调剂着一片庄严肃穆之氛围。山腰上矗立一座排楼，横额书写着"抗日阵亡将士永垂不朽"10个大字。我久久地凝视着大字，仿佛那"永垂不朽"字字千钧，分量特别沉重，一笔一划格外遒劲有力。"湘西会战"是抗日战争的"最后一战"，中国与日本侵略者共约20多万军队，从1945年4月开始，鏖战了55个日日夜夜，最后日军伤亡27000人，其中死亡12498人，因为被中国军队围困而绝望自杀的日军约1000人，被全歼一个旅团、四个联队、一个师团；中国军队也伤亡26600余人，阵亡7800多人。龙潭鹰形山争夺战，是整个湘西会战最激烈、最漂亮的歼灭战。引人注目的是，烈士冢和纪念碑的造型很独特，似一颗出膛的炮弹；纪念碑的大理石上镌刻着当时国民党政府蒋介石的"精忠贯日月"与何应钦、陈诚、白崇禧、王耀武、周志道等将领的题词和题诗。在陵园主碑亭内，立着钱基博先生撰写的碑文。乍一看到钱基博先生的大名，我异常惊讶。伫立在墓碑前，流连忘返，心情激动，眼泪盈眶，浮想翩翩……

20世纪50年代，钱基博先生在武昌华师任教，如藏在深闺人未识。记得1957年"反右"斗争中，他的女婿石声淮先生，在一次上先秦文学课时一走上讲台，就挥泪告诉我们：钱基博教授已于（1957年11月30日），含冤去世了。钱先生大名鼎鼎，虽没有给我们中文系学生讲课，但谁都知道他是华师中文系唯一的二级教授，被誉为"国学大师"，学识渊博，成果丰硕宏富，校图书馆借阅目录卡片约有半匣子有他的署名书，令我们莘莘学子十分崇拜。出乎意料的是，半个世纪后的今天，竟在龙潭抗日阵亡将士陵园的墓碑前，有幸拜读钱先生的雄文。我仿佛回到桂子山华师的校园，补上最后一堂课。那是学生时代多么想听而没能听到的一课。

其时，钱基博先生所任教的国立师范学院，因为日寇侵略中国，形势所迫，学院搬迁至安化、溆浦。古人云："山不在高，有仙则名；水不在深，有龙则灵。"溆水也因有钱基博先生这条国学之"龙"而波涛汹涌，文情汩汩，文气洋溢。抗战胜利后，1945年8月下旬，当国民党中央敬请钱基博先生撰写碑文时，他慨然应曰："将士流血，人民流汗；顾仆庸朽，敢不呕心乎？于是濡毫载绩而文于碑，以慰父老之思，而彰战阵之勇。棱威可厉，懦夫克壮，俾国人者咸知所式……"

碑文一开头，"惟中华民国纪元卅四年五月，实为我中华人民抗日之七年又十月，陆军第五十一师周师长志道以所部大败日人于龙潭司。龙潭司者，溆浦县之南鄙，而湘黔之咽喉也。"便点出中国人民八年抗战胜利了，大败日寇于龙潭司（今龙潭镇）。龙潭战役，地势险要，是阻击日寇进攻安江与芷江空军基地之关隘。接着，叙述敌我双方之战斗，虽然敌强我弱，而周"师长指挥若定，将士再接再厉"；"师长以寡御众，在险弥亮；将士奋不顾身以争效命，与日人连战十有六日，斩杀过半当……至五月八日而大溃。……此一役也，延二十八日，歼敌大队长奥居熊吉以下三千五百余人……"——列举辉煌战果，不可胜数；"而我五十一师之官佐七十九员，士兵一千九百人，咸以身殉焉。呜呼！精贯白日，猛烈秋隼，杀身为国，亦云烈已！"高度颂扬抗日阵亡将士不怕牺牲之英勇精神！

最后铭曰："彼狡者寇，堕我百城。百城可堕，众志不倾！龙潭寸隘，屹莫我争。非隘之严，而气愤盈。成师以出，誓死无生。刘寇如草，曾不闻声。寇血以沥，我尸亦横。敛骸巍冢，化魄长庚。千秋万岁，仰莫与京！"记载历史真实，言简意赅，爱憎鲜明，字字血泪，饱含深情，众志成城，扬中华之威，颂英烈之气。八年抗战，不忘国耻，千秋万代牢记！

我们站立烈士陵园之顶，放眼对面的鹰形山，今改称"英雄山"。当年那硝烟弥漫、树木燃烧、野草烧尽、尸体遍野的山峰，如今阳光灿烂、蓝天白云，金风吹拂，青山座座，梯田层层，壮丽如画，气象万新。中国人民热爱和平，中国人民也不怕战争！

走出烈士陵国，顺便去参观溆浦三中（龙潭中学），我在一栋新教学楼前驻足，忽然想起县城寺坪的溆浦二中来。二中有一栋教学楼，名叫"陶楼"。在县城读书时，都传说"陶楼"两字，是国立师范学院搬迁溆浦时，请钱基博先生题写的。估计是他由近代杰出教育家陶行知的名字而来的。钱先生1887年出生于江苏无锡。当时58岁，正值盛年，题写两个字，轻而易举。但他非常喜欢一个学生，名叫石声淮，便有意锻炼、栽培他，把题写"陶楼"两字的事交付给石声淮，石声淮斗胆模仿他的笔迹完成。此事是石老师在一次下课后，得知我是溆浦人而透露给我的。他"呵呵"的笑声，至今仍萦绕耳边。此时此刻，石老师已成了钱先生的乘龙快婿。国学根底亦很深厚，深受学生爱戴。钱基博先生之子钱锺书先生、女婿石声淮先生三人，堪称显赫的"中国国学世家"。钱基博先生在溆浦为龙潭司阵亡将士公墓撰写的碑文，当传之千秋万岁；为溆浦二中题写"陶楼"名字，而今"陶楼"虽毁，但他那炽热的寄厚望予青年的仁善之心，亦会芬芳流世！

溆浦的"两个端阳"

端午节是中华民族传统的节日之一，融民俗性与诗性于一炉。而大湘西溆浦时兴过大、小两个端阳节更令人怀念。那是梦绕魂牵的闹热日子，那是动人心魄的诗情画意的时刻。

溆浦是伟大诗人屈原的流放地，从"入溆浦余儃徊兮……"起，他在这里寓居约9年（一说16年）之久，此地堪称他的第二故乡。

相传，屈原大夫在秦国军队攻占了巫郡之后，迫不得已离开溆浦，再顺沅水东下，入洞庭湖，去汨罗江的时候，溆浦百姓含泪送别，依依不舍，直至孤帆远影碧空尽……顷襄王二十一年（前278），屈原悲愤地投汨罗江而死。噩耗传来，溆浦广大百姓无不悲痛万分，竞相奋力划船前去打救，远远胜过亲人过世。这是溆浦龙船竞赛的一个起源。

溆浦因溆水（沅水支流）而得名，这"两个端阳"的习俗源于东汉光武帝时马援（又称伏波将军）来此平武陵"五溪蛮"的苗民起义。五月初五这一天，马援命令将士进军，部下面现难色，心里不太乐意。马援动员将士说：端午佳节，蛮酋必喝得酩酊大醉，此时趁机进攻必能获胜。今日是"小端阳"，我答应以后与将士们过一个"大端阳"。结果，剿平五溪蛮后，于十五这天大犒军中将士，"大端阳"由此而得名。溆浦过"双端阳"的风俗沿袭至今。自五月初五起，百姓便沉浸在浓浓的节日氛围之中，江上训练划船；庙里祭祀屈原，一直到十五龙舟起坡上岸为止，闹闹热热整10天。在中华民族的传统节日中，时间最长，气氛最热烈，百姓的精气神最足。尤其是划龙船比赛给我留下永远难忘的快乐印象。

中国是龙的故乡，也是龙舟的故乡。龙舟竞渡是因纪念屈原而兴盛起来的。溆浦是屈原的流放地。这里的划龙船竞赛，风俗浓郁而独特。我青少年时代的耳闻目睹，至今记忆犹新。溆浦的龙船个性突出，造型独一无二，身长体瘦，约计长28米，宽一米许，分24个舱。老者告诉我们，整条龙船极像"撮（即畚）箕头，麻雀尾，黄瓜底"。它吃水浅，阻力小，加之造船采用优质杉木，重量极轻，行船比赛好似"水上漂"，充分体现了溆浦百姓的创造才能和审美特征，文化风采斐然。若爱护得好，一只龙船可以用一两代人，成为一村、一乡老百姓的传家宝。

记得在溆浦花桥长潭老家，从初五拖龙船下水训练开始，就吸引着小伢们的眼球。我们站在江边，跟着龙船上下奔跑看闹热。参加划龙船的桡手们与锣鼓手，身穿颜色鲜艳的背心、短裤，头缠或黄或红或青的头帕，个个装束整齐，气宇轩昂，气魄十足。桡手坐在两侧躬身加劲划桨，鼓手猛力擂起大鼓，锣手狠力鸣响筛金（即金锣），"哐——哐——哐，哐、哐、哐！"速度缓慢（俗称三槌半锣）；继之，速度不紧不慢，"咚，哐！咚，哐！"（俗称两棒鼓）；然后紧锣密鼓，如暴风骤雨，似惊雷炸耳，看得我们心潮澎湃，热血沸腾。小伢看热闹，大人看门道。训练如同舞台排练一样，正正规规，一丝不苟，只缺少十五比赛时的三声"铁炮"（又叫地炮）未鸣放。那惊天动地的三声铁炮，直盼得我们心里痒痒的。

过端阳节，家家户户门上挂艾叶，额头上抹雄黄酒、吃粽子已成了民风习俗。但溆浦的粽子品种多样，特色鲜明，比如三角粽、背儿粽、船儿粽、秤砣粽、枕头粽等。其中，以枕头粽名气最大，称得上舌尖上的最佳珍肴，长约一尺，约中型茶缸粗，内包一条大拇指粗的腊肉馅，撒上五香、八角、胡椒粉，习称肉粽子，香辣有味，特别可口。拆开一只，剥除粽叶，香气扑鼻，用线分割成一节一节的，一家人团团围坐在桌边，可吃出多少温馨和谐的亲情味道来，若在外地过端午节，是难得享有这个口福的。

终于，我们等到了十五"大端阳"这一天。太阳东升，霞光万丈，溆水河以及各主要支流，都举行龙船竞赛。长潭河的江面碧绿清亮，波光粼粼，来自长潭、花桥、项口、彭家、胡家、白田村的几条龙船，排列在江面上，静静地等待竞赛的号令。而江南江北的观众欢呼雀跃，喜气洋洋，年轻女子打扮得花枝招展、人面桃花；老人们换了新衣或干净衣裳；小伢们在人潮中东穿西窜，杨梅吃得嘴唇血红，酸甜的味道真美，米豆腐吃得口里辣呵呵的……江风吹来，彩旗（蜈蚣旗）飘飘，欢声笑语一浪高似一浪，洋溢着狂欢的乡村节日的气氛！

我拼命挤进人流中，站立江岸的最前沿，寻找自己村庄的那条龙船。

同伴惊呼：看见了，看见了！桡手们站在龙船两侧，表情庄重，欲听鼓下桡；旗手以"骑马桩"姿势稳立船头，扬起令旗，眼观四方，威风凛凛；锣鼓手用"弓步"式站在中舱，挥舞木槌；艄公在船尾双手紧握桨片，把稳航向。此时此刻，一挂挂千字炮仗噼噼啪啪响个不断，等三声铁炮响过后，一声竞赛令下，条条龙船如箭离弦，桡片飞动，锣鼓声越来越激越，龙船劈波斩浪，越飚越远，全船齐心协力，团结拼搏，好似雄鹰张开翅膀在蓝天飞翔……

江边人山人海的男女老少，有的跟着来回跑动；有的翘首眺望，江上与岸边遥相呼应，那场景多么激动人心！万众莫不怀着同一颗胜利夺魁的强烈心愿！正如民谣所唱："宁输一甲田，不输一年船。"足见广大百姓对划龙船竞赛倾注了多大的热情呵！这种奋进、求胜之心凸显出一种"龙舟精神"，一个"竞"字何等了得！表现出多大的精气神儿！

站在我身边的本家八叔，当教师出身，他告诉我一首《竞渡歌》：

鼓声三下红旗开，两龙跃出浮水来。
棹影万波飞万剑，鼓声劈浪鸣千雷。
鼓声渐急标将近，两龙望标目如瞬。
坡上人呼霹雳惊，竿头彩挂虹霓晕。

今日重温，更品味出诗中的描写是何等的绘声绘色，那龙舟竞渡的场景多么壮观、多么隆重啊！如同屈原诗云："驾龙舟兮乘雷"，惊天动地！

在屈原流放地溆浦，因为伟大屈原的名字，对划龙船竞赛之盛事，村民们几乎达到了痴迷的程度。据《武陵竞渡略》载："自四月说船，便津津有味，五月划后，或胜或负，谈至八九月，沾沾未厌也。"（转引自龙燕怡龙民怡《神秘大湘西》）足见龙船竞赛对百姓有多么大的魅力！中华五千年文化的优良传统值得炎黄子孙传承和发扬。啊，永远的端阳！我梦绕魂牵的溆浦的"两个端阳"。

沅有芷兮

从大湘西来到三峡宜昌，日久生情。一条发源于神农架流经兴山县的县前河，因王昭君小时候常在河边浣洗而使碧水染上香味，兴山百姓因此把这条溪河取名"香溪"，闻名中外至今，留给我美丽的记忆。

后来，我又从三峡宜昌重返大湘西故乡，欲拾回孩童时代的梦。去年10月，我走进芷江侗族自治县城，一条舞水河（五溪之一的舞水）从芷江穿城流过，似一条玉带飘舞，向下游悠悠流去，投入千里沅江的怀抱。文友告之：舞水是一条古老的河流、一条文明的河流。脚下的这片土地与城市在汉代时名叫无阳，之后改称舞阳。岁月流逝。因屈原受谗被楚怀王流放于沅湘，溯沅水而上，入溆水，在溆浦居住约九年，曾在诗中吟咏："沅有芷兮澧有兰。"（《九歌》）屈原在流放途中，喜见沅水两岸生长着许多美丽的"芷"，这是多年生草本植物，开白色小花，花开如蕙，一蕙含十几二十个蕊，花期在夏天，花香扑鼻，令人止步，且飘得久远。从中我们也可窥见屈原在逆境中仍葆有一颗诗心。据传，有人把白芷里的"芷"字，和舞水流入沅江的"江"字合在一起，"芷江"由此而得名。我回味良久，芷江县名饱含着多少芬芳和诗意。芷江啊，一座芳香而美丽的古城，一座因侗族人民生于斯、长于斯而生生不息的神秘边城，一座因中国抗日战争胜利，日军在这里受降而名震天下的英雄之城！

自古以来，芷江因地势地利条件，素有"滇黔孔道，全楚咽喉"之称，是贵州云南之门户，是湘黔两省边陲的一个经济、文化与军事中心。一条舞水河成了当时的交通大动脉，江上船桅如林，江边商贾云集。400多里的舞水穿山越谷，峡谷幽深，弯弯曲曲，湍急奔流，两岸青山，绿意盎然，美如画廊，"行人在山景在溪"，"昂首但见山插天"；船只上下舞水河，古朴的船俗，闯滩的号子，张扬出五溪大湘西人强悍坚韧的霸蛮精神。

芷江边城因舞水而闹热，成了"南方丝绸之路"，连大上海都有一条路名叫"芷江路"；但也因舞水而致百姓灾难深重。文友陪我到西关渡，他手指舞水说，过去这里河水很深，江面又宽，夏秋季涨洪水的时候，浊浪滔天，常把渡船与货船打翻，惨象环生，多少人淹死于滔滔洪水中，家破人亡，多少船只被大浪冲翻撞破，人财两空。正如民谣所唱：

> 西关渡口鬼见愁，多少冤魂河中流；
> 行客商贾谈色变，横舟过江谁无忧。

直到公元1482年，靠广大百姓集资修了一座浮桥；一百年后的1591年，才又修建一座像样的墩子铁索桥，取名"龙津桥"。之后，风雨沧桑，几经修复……1999年，芷江沐浴改革开放的春风，重建"龙津风雨桥"。你看，今日龙津风雨桥，长约230多米，宽约4米多，桥中有八角亭，桥上还修了亭台楼阁，雕花栏杆，行人歇息的长木条凳，两边重檐瓦屋，气象非凡，雄奇壮丽，有如银河飞渡，彩虹凌空。我们漫步风雨桥，人来人往，川流不息，那五颜六色的侗族服饰，鲜艳夺目，人见人爱。不是凤凰虹桥，胜似凤凰虹桥。倘若沈从文九泉之下有灵，兴许会欣然命笔，补写一篇《芷江的桥》，如《常德的船》《辰溪的煤》一样光采四射，流芳百世！

因为我转到怀化芷江的时候，已是10月下旬，早过了夏季沅江两岸白芷开花的美丽季节。可心中的遗憾终于在芷江城得以补偿。当我们走出修缮一新的抗日"受降纪念坊"，伫立在纪念坊前凝视良久，轻抚牌坊，流连忘返，那呈"血"字形的宏伟牌坊，令人心灵震撼。这是神州大地唯一纪念抗日战争胜利的标志性建筑，好似一座历史的丰碑，巍然成中华儿女的"凯旋门"！"雪峰山会战"的胜利，结束了八年的抗日战争。成千上万抗战烈士的鲜血浇灌出芷江血染的风采，战地黄花分外香。我们徜徉在芷江"和平广场"，我们漫步在"和平园"，我们串户于"和平村"，格外地感受到一座世界和平城的浓郁气息，令人闻芬芳的花草而驻足止步。更凸显出侗族百姓和湘西人民对和平的珍视，对和谐的喜爱，对实现中国梦的信心。舞水河两岸风光如画，流动着一片绿色的海洋，芷江处处成了五光十色的花城，伟大诗人屈原的"沅有芷兮"的"芷"花，兴许正躲在那百花丛中笑哩！

洪江风采

湘西被称为"神地",多山而丰水。开门可见山,什么样的山都有,几乎超出人的丰富想象力,让人着迷,乃至惊心动魄。比如雪峰山、凤凰山、张家界、南华山、卢峰山,等等,个性鲜明,特色别具。足迹所到之处,都会说起千里沅江的名字,流动着几百条小河的水。比如灵秀的溆水、豆绿色的沱江、翠翠渡船的白河(酉水)……仿佛吟咏无韵的唐诗和宋词。

但在我的心目中,除了伟大诗人屈原流放过的溆水(我是喝溆水长大的)之外,我最向往的一个地方是洪江。它位于沅水、渠水和巫水三条河流的汇合处,是个热闹繁华的古商埠和大码头,素有"小南京"之美称。我的大舅读过乡村私塾,看过《水浒传》《三国演义》《西游记》等古典小说,种田之余也跑生意,是见过大世面的角色。每次到洪江贩洪油或放排出洞庭湖转回来,总会津津乐道外面的风光:洪江的人如何阔气,八大油号怎么气派。洪江的船名叫"桐驳子",从贵州巫水下来的船叫"苗船",一只只并排泊在犁头嘴码头,足有一二里长,好像水上世界;从沅江下行的大船,可装四五十吨重量,船身都用洪油油得闪亮发光;距离码头不远的萝葡湾,停泊着长长的木排、竹簲,铺满半条河,排上还修有小木屋,住有船家,养有牲猪,傍晚时分,炊烟袅袅,落日映在江面,比绘画还漂亮几分哩!洪江的魅力,留给我一个湘西的梦……

当我兴冲冲地前往这座古商城时,伫立沅江边上,两岸青山绵延,峰峦起伏,江水滔滔,风流而去;走进犁头嘴,周围高楼大厦,被挤得只剩下一块草地、几排绿树,沿江修建的那条葡萄架长廊,成了百姓休闲娱乐的地方。我想着"洪江"两字后面的几个名号,或曰镇,或曰市,或曰区(今怀化市所辖),经历着多少历史的沧桑!而不变的依旧是美丽的洪江。

车过湘西大地，无论山坡上，还是公路两旁，都种有很多桐树。每逢春季开花，叶子阔、花朵大，芬芳飘香；立秋后，桐籽成熟，果圆壮实；冬至后，即可开始榨油，俗称桐油。桐油用途广泛，与老百姓的生活密切相关。洪江生产桐油，历史悠久。据记载，始于清嘉庆年间，距今已有200多年；即使一般的桐油其品质也极优，呈浅黄色，行销国内海外。

我漫步在大街小巷，回忆大舅当年的讲述，寻找着"八大油号"的尊容与风采，终于在失望中获得了惊喜。就在犁头嘴的长廊，我询问几位老者：洪江洪油的"老字号"还在不在？兴许是改不掉的乡音，拉近了彼此的距离感，一位老人对我热言热语：你算问对人啦！他用手指着另一位老者，那位就是老油号的李师傅。我走近他，只见他一头银发，满脸红光，声音依然洪亮，得知我询问"洪油"之事，眉宇间分明流露出洪江人的自豪感，便津津乐道地讲起"古"来："洪油"名称的由来，本身就带有几分传奇性。据老辈人说，那是清朝时期，有一年农村的一家油榨坊，因为不小心失了火，大火烧焦了上万斤桐籽砣。主人为挽回损失，舍不得丢掉，便用烧焦的桐籽榨成油。结果出乎意料，这批桐油颜色更鲜更艳更亮，几乎变成了红色，而且味道比原来的桐油更香更浓。主人把这批桐油运到洪江，经过多次改进配方、加工、炼制后，提高了品质与成色，鲜亮透明，不含杂质。便取名为"红油"，又名"洪油"。后来，洪江更因"洪油"而闻名。几位老者情不自禁地哈哈大笑。从笑声里，我心想，世间事，往往奇怪，因祸得福者有之，因福而得祸者亦有之。

李师傅停了一会儿，神气十足地接着说：洪江的洪油扬名之后，云集着天下客商。那河街上一字排开的吊脚楼子，经风历雨，因木柱、板壁均涂上了层层红油，油光闪闪，结实耐用。昔日的洪江，不管白天黑夜，灯火明亮，楼内笑语阵阵，小曲儿声声，热闹异常。沅水滚滚，也流不完吊脚楼的风流……

做洪油生意的人益发多起来了，像滚雪球似的，从小到大，由大到优，在长期的竞争中，形成了洪江的"八大油号"。我问老人家：还记不记得这些老油号？经过他们的相互补充，列举有："复兴""刘同庆""徐永昌""庆元丰"……都陈年往事了，还这么大年纪，真难为他们啦！李师傅还介绍，油号的规模大小不等，有三四百员工的，也有五六百员工的，但都在武汉、洪江洪油，难以忘却的记忆。记得我小时候去外婆家拜年，看见大舅家里的一担挑水桶，里里外外是用洪江的"洪油"油过的，色彩红艳发亮，照得见人的影子出来。大舅看我稀奇，便轻轻地拍着水桶，顺手取出一条红扁担，我的这副家具可以用几代人。它特别抗腐蚀，最能防虫蛀、又防漏水。我心想，传统的物质文化遗产像瑰宝一样的珍贵。那结实的水桶，曾满装着平凡人生命的源泉；那颤悠悠的扁担，曾担起过老百姓生活的重担。愿洪江洪油永远光彩照人！

难忘雪峰山

　　在我们湘西儿女的眼睛里，雪峰山是一座巍巍峨峨难以穿越的大山、难以攀登的高山。因为山顶上常年积雪而得名。正常年景下，每年11月开始落雪，次年3月才开始融化。我年轻时，还不晓得它究竟有多高。后来才得知它的主峰苏宝峰海拔为1934米。在中国山的大家族中，比起喜马拉雅山来，只能算小老弟。但在湖南的群山里却称得上是屋脊。

　　记得20世纪50年代中后期的一个暑假，我从武汉经长沙回溆浦，坐汽车必先转到黔阳地区所在地安江，去安江又只有翻越雪峰山，公路是1934年修的老国道；若一路顺风，在抵达安江车站后，争抢得一张车票，回溆浦还要从原路翻越雪峰山。这一去一回的车过雪峰山，有如李白诗《蜀道难》所吟的"噫吁嚱，危乎高哉！蜀道之难，难于上青天！"那天清早我从娄底上车，经洞口、过塘湾，至雪峰山下，夕阳已经落山，夜幕即将降临。翻山的那条老公路曲折盘旋，仿佛"百步九折"，窄得似一副羊肠，好像一条鸟道，司机的方向盘不停地左转、右转，惊险之极；眼前群峰叠嶂，悬崖绝壁，树木参天，枯松倒挂，瀑流飞湍，溪水潺潺，鸟鸣林间……可是，再雄奇壮美的风景，我也无心观赏，吓得几乎是全闭着眼睛，心里暗想：一个穷学生的生死都交给命运的安排了。忽然一个急刹车，我眼睛猛一睁开，惊回首：山中舞动着一条长长的龙灯，好像头咬着尾，尾衔着头，迤逦而上，车灯闪烁，辉映星光，宛如在茫茫云海里起起伏伏，颇有看相，别具魅力。等汽车爬上横空出世的雪峰山顶后，又照样像一条长长的龙灯，依旧车连着车、灯接着灯，汽笛声声地下山。进入安江时，小城的灯光一__，老街静悄悄的。

　　__峰山的巨大背影，让人联想到一位身材高大魁伟、表情严肃冷峻的男子汉，活脱脱地一条"湘西蛮子"的剽悍形象，顶天而立地！如果说从它身边流过的千里沅江像湘西人的"母亲河"，那么十万大山的雪峰山好似湘西人的"父亲山"。从第一次车过雪峰山开始，我便深深地敬畏雪峰山，亦如敬畏我家乡的严父一样。

巍巍雪峰山，横亘在湖南的中部和西部，成为沅江与资江的自然分水岭，仿佛上帝恩赐的一道天险。抗日战争中的"湘西会战"，史称"雪峰山会战"，就发生在这里。这次会战起于1945年4月9日，止于6月7日，以地处雪峰山东麓的洞口县为主战场。日本侵略者发动此战的目的，是企图争夺雪峰山以西的芷江空军基地，妄想作最后的垂死挣扎。芷江飞机场是国民党的第二大机场，当时，由中国和美国的军队控制，赫赫有名的陈纳德将军的"飞虎队"，就驻守在芷江七里桥周围。这次中日双方交战的总兵力约28万人，战线长达200余公里。规模之大，战斗之激烈，都是少有的。那战火纷飞，那炮声隆隆，抗日的烽火燃烧着湘西雪峰山地区，几乎血流成河。中华儿女经过浴血奋战，终于把日本鬼子完全打败了。就在这里，结束了长达八年的抗日战争。"雪峰山会战"堪称抗日战争史上关键的一战，是中国人民八年抗战的转折之战，胜利之战，也是结束之战。雪峰山啊，英雄的山！

70年前，发生在雪峰山的这场中日交战，那历史的一幕，我们永远难以忘记。历史记住了这一天。1945年8月21日至23日，中日两国在湘西芷江举行了有重大历史意义的"洽降会谈"。侵华日军总司令冈村宁茨派来了副总参谋长今井武夫一行八人，飞机尾巴上系着标志投降的一条布带，飞抵芷江，袒服投降。故民间流传着：日本鬼子"战在雪峰，降在芷江"。

后来，在湘西芷江，修建一座"受降纪念坊"，是专门为纪念抗日战争的伟大胜利而立的。几经修葺，提质改造，名叫"抗日战争胜利受降纪念馆"，好似一座雄伟的历史丰碑，高高地矗立在中华儿女的心中！我们一定要铭记历史、缅怀先烈、珍视和平、警示未来！

而今，新修的一条"邵（阳）怀（化）高速公路"，打通了"雪峰山隧道"，全长达7000米。车过雪峰山隧道，灯光雪亮，璀璨一片，宛如飞过"蓝天白云"似的，而且仅需短短的五六分钟，好像历史性的散步，于不经意的瞬间就穿越了湖南的"屋脊"。前后对照，这真是人间的奇迹！

安江散记

大湘西多水，从怀化市所辖县、区的地名看，就知其大概行情。溆水之滨的溆浦县，沅水绕城而过的辰溪县，沅江、巫水、舞水交汇的洪江市，沅水流域的大码头沅陵县（原湘西行署所在地），原黔阳地区政治文化中心的安江（今安江镇），舞水河边的芷江县，舞水河穿城而过的怀化市中心城区，等等，连名字的偏旁都带有三点水。——读下去，洋溢出绿色生命的气味。过去是洪涝灾害的多发地，如今成了生态环保的一道道"护城河"。

青年时代，我两次经过安江，都是艰险地翻越湖南的"屋脊"雪峰山，汽车盘旋上下，拖着一串串的"之"字，长达二三小时，夜晚疲倦地抵达，清晨匆匆地离开，连距离汽车站咫尺之远的沅水河边都顾不上流连。这次重访安江，我乘坐大巴走高速，穿隧洞，一路风光，轻松愉悦。汽车站虽是原址，但现代化的气派，远非昔比。私下为它打起了抱不平：安江怎么就变成了一个镇呢？连降了行政区划两格。

徜徉在大街上，马路宽阔，人来车往，川流不息，商铺鳞次栉比。忽然眼前一亮，发现一块招牌上写有"稻都"两个字。顿时，想起安江农校曾是"杂交水稻之父"袁隆平教书的地方，他在这里度过了整整37年。1930年出生于北京，1953年毕业于西南农学院，分配在安江农校任教。1964年开始研究杂交水稻，尽管当时权威教科书宣布水稻没有杂交优势，但袁隆平不信邪，坚信实践出真知。在学校不少同事的帮助和鼓励下，坚持不懈地进行研究，反复试验，不断求索，终于在1981年荣获中国第一个国家特等发明奖。安江农校是杂交水稻的发源地，是袁隆平研究起步和取得成功的一片热土，是杂交水稻的故乡。据记载，安江历史悠久，文化厚重。古有7400年前的"高庙稻作文化"遗址；今有国家级"安江杂交水稻纪念园"，老百姓称它为"稻都"毫不为过。安江虽名为镇，实则成为"稻都"。正如袁隆平的题词所写："神奇、美丽、希望的安江。"民以食为天。我走进安江，便油然涌出膜拜之情。

我对安江的神往与牵挂，还在于从这里流过的千里沅江。走出大街的尽头，就来到沅水河边。江边的一座小亭，四面通风，坐着八九位老人，正在随意闲聊。我走拢去打问：亭子叫什么名字？几句乡音后，我看到他们热情的慈祥眼神。其中一位微笑地说：没有名字，原计划修建三座亭子，还剩下两座未修，故未取名儿。亭子下面的码头，虽已破败不成样子，可名字仍在：烂石坡码头。原来是用大砣大砣的鹅卵石堆砌成的台阶，码头停的船只多，过渡的人也多，上下装卸的货物更多，多少年苦了搬运工人与老百姓。烂石坡码头就像一个沉默不语的老者，孤寂成了最真实的写照和影像。如今，没有了渡船，几十米外修建了一座沅水大桥，凌空飞架；上游与下游都建了水电站，船只航行受其影响。昔日的水码头已派不上什么用场，显得寂寞冷静，令人生出莫名的惆怅。有位老人诙谐地说，这叫作废旧立新！

漫步防洪大堤，堤高、堤宽、坚固，石栏杆延伸很远。沅水悠悠，漫江碧透，可难见船影、木排，缺少了许多沈从文心中沅水的浓郁味道。兴许是万事有利也有弊。焦点是看利多弊少呢，还是弊多利少？重返小亭时，我又打探袁隆平安江旧居在何处。他们迟疑地摇摇头后，只听说过，他当年特别喜欢在沅水的安江洲背港下河洗澡，几乎天天洗，连寒冬腊月也这样。我心想，难怪袁隆平85岁了，身体还那么精干、健康，神采依旧，仍在带领他的科研团队在科研道路上迈步向前，为实现他的"超级杂交水稻梦"而努力。袁隆平院士的安江情结，深深地感动了我们湘西游子。

在靠江边的街头，铺子连铺子地开着渔网店。店里挂着一张张织好的大小渔网，网格有大的，约一二寸宽，这是专网沅水中大鱼的渔具；网格小的似黄豆子大小的网眼，专网小鱼虾米。各家的渔网不是从外地进货，而是各家老板、老板娘自己动手织成的，自产自销，祖传的手艺，双手麻利，工艺精湛，似穿针引线，轻巧灵便，手指飞动，我越看越如迷，也勾起我遥远的儿时的记忆。拐进小街小巷，进城的农民大叔大娘，摆起地摊儿，篮子挨篮子、筛子连筛子，那烘干的小鱼儿，香气扑鼻，烘烤出油汪汪的模样，像油炸似的，当场可吃，吸引顾客吞咽口水。但我尤其喜欢那略带苦味儿、名叫"塘比屎"（方言）的猫鱼儿，苦得别具风味，用酸辣子小炒，是助食的极佳菜肴。每次回故乡，必买无疑，心满意足。雪峰山麓的安江是大湘西丰饶的鱼米之乡。我相信，它的更优美的文字就在前方、就在未来！

沅水心影

碧水丹山长相思

一条江，一条河，对人的一生的影响，往往难以想象。早在20世纪，滚滚沅水长流在沈从文的心中，深情眷恋如同"母亲河"一样，生相连，死相依。那每一条险滩，那每一座巨岩，那每一个县份和码头，都映在他的眼里，都踩在他的足下，都留在他的心里。凡读过沈从文《湘行散记》《湘西》的人，莫不触摸得到他的心跳，他的脉动，他的炽热，以及那淡淡的忧郁，他同这条沅水相依相恋了一辈子。

沅水发源于贵州都匀市的云雾山，上游称清水江，自湖南洪江以下始名沅江。东北流经辰溪、泸溪、沅陵、桃源、常德等县市，流入洞庭湖。全长993公里。辰水（辰河）是其中一条大的支流，而我家乡的溆水也是流入沅水的。我从熟悉沈从文这个名字后，便对这条辰河有了难以割舍的缕缕情思，它常常流动在我的梦里。

十多年前，我曾从沅水中游的辰溪出发，顺流而下。可天不作美，巧遇涨大洪水，小船如飞，飘忽而过，飙险滩，穿山峡，惊心动魄。脑海里一片空白。

这次湖南作家辰溪行，春光明媚，风和日丽。游船悠悠下行，两岸风光，尽收眼底。辰河水碧绿纯净，清澈明亮，倒映着神秘天空的变幻。犹如沈从文所描写的那样，"河水深到三丈尚清可见底"。我们莫不为这罕见的清江碧水而倾心而美丽。江水常绿，生命之树常青。这是当代人最深切的生命体验。长期以来，中华儿女没有不为黄河、长江之水的严重污染而忧心忡忡。面对辰河的千顷碧波，我们情不自禁地掬起一捧辰河水，赏心悦目，浮想联翩。沈从文曾从"汤汤流水上，我明白了多少事，学会了多少知识，见过了多少世界！"今天，我们的想象又将从辰河上飞驰到哪里，扩大到什么地方？我们作家又将从这条河产生何种哲思，做出什么远梦呢？

当年，沈从文从这条河写了许多"水边的故事"，他的文字中多了一点忧郁气氛。大约1920年，沈从文有机会独坐一只小篷船，沿辰河上行，停船在箱子岩脚下。15年后，他又乘坐小船沿辰河上行，再次经过箱子岩，小船又在这里停泊。他那真实而生动的描写，至今保留在我的印象中。一次是五月十五大端阳节；一次是腊月快要过年的时候。这次经过箱子岩，我老早就做好了心理准备。远远地我就望见江北岸那一列巨大的"青黛斩削的石壁，夹江高矗"。游船近了，近了。我看见了岩壁缺口处的人家，几栋矮矮的黑瓦覆盖着的木柱、板壁。周围树木青翠，梯田层层，油菜花落了，已结成菜籽，鸡犬之声相闻，三五农人正在地里做事。我们望着他们，他们不约而同地朝我们张望，似面带笑容。这匆匆地一瞥，便印在我的心上。他们的生命既卑微且强大，祖祖辈辈，自食其力地过日子。我油然产生了一种奇异的乡情……

因为距离五月端阳还有一月有余，没有眼福看见沈从文所描写的划龙船比赛的热闹情景：河面上停着三只龙船，狭而长，船舷描绘有朱红线索，全船坐满了青年桨手，头腰各缠红布。鼓声起处，船便如一支没羽箭，在平静无波的长潭中来去如飞。而看比赛的妇女、小孩们，精神无不十分兴奋，锐声呼喊……这些正直善良的乡下人，用这种"划龙船的精神"活了下来，并用这种"娱乐上的狂热"，使他们活得更愉快更长久一些。从这里，我仿佛触摸到了一种辰河之魂！

箱子岩下，潭深水平，船速有意慢了下来。令人吃惊的是，这列插江陡峭的绝壁竟有一二千米长，悬崖陡壁，好似斩削斧劈一般，岩壁上藤萝草木已经泛绿，石罅、溶洞处处，奇形怪状，图案千姿百态。悬崖半腰的石穴里，有古代巢居者的遗迹。岩壁石缝里粗大的木梁大多已腐朽；寻觅那口神秘的红宝箱，已没见踪迹。但"悬棺葬"的遗迹随处可见，依稀可辨。经过考古专家考察，在中国古代有三种"崖墓葬"，即"悬棺葬"、"船棺葬"和"穴墓葬"，在这里全都能找到它的遗迹，实在神奇而罕见。船往下行，还有"盘瓠岩"、"辛女岩"等宝贵的历史文化遗产，堪称经典。辰河悠悠地流淌，柔柔的碧波承载着多少美丽的神话传说和文化遗产！人生就像一条美丽的河。"艰难处和美丽处实在可以平分"。

辰河啊，从你美丽的流域，从你碧水同青山的共鸣中，我会长记忆、长相思的。

沅水心影

花瑶梯田，壮美的画

上龙潭、山背是我的一个夙愿。车过溆水大桥，经统溪河、黄茅园，约两小时就到了龙潭古镇。这是八年抗日战争最后一战的地方，是"湘西会战"中打得最惨烈的一仗，也是打败日寇的胜利收官之战。70年前的烽火硝烟已经散去，渐行渐远。但山背梯田的泥土芬芳却愈来愈浓，香气扑鼻。

花瑶梯田，位于溆浦县龙潭镇（古称龙潭司）与山背周边地区。据老区长、镇党委谭书记介绍，山背梯田始建于先秦，发展于宋、元、明、清，历史悠久。自古以来，瑶族中的一个支系花瑶（现全国有七八千人）与汉族黎民百姓，隐藏在雪峰山北麓这片封闭的土地上，繁衍生息，用辛勤的劳动，以智慧的创造，把一个个山包、一条条山湾、一片片山坡开垦成大大小小、长长短短、弯弯曲曲的农田，坡与坡相接，丘与丘相连，由山脚至山顶层层叠叠，错落有致，千姿百态，形成诗意的美丽梯田，有如画师巨匠绘出的一幅幅国画。由此，村庄叫山背村，田名俗称"山背梯田"。又因为是花瑶族人民首先所开垦，故又叫"花瑶梯田"。

我们站立山顶极目眺望或俯瞰，那气势磅礴，那雄奇壮丽，那鬼斧神工的自然景观，令人啧啧惊叹，叹为观止！我的一声惊赞，千山回应不绝：美——美——美啊，奇——奇——奇啊……

我自愧不是摄影家。可溆浦知名摄影家魏荣光就在我的身旁。他20年如一日，坚守在花瑶山背梯田，一年至少三分之一的时间离开县城的家，深入生活、扎根人民、服务群众，寄住在这山村里，行走于梯田中，爬坡登山，不怕风吹雨打，不怕烈日曝晒，不惧大雪封山的严寒，和禾苗一起吸收、生长，满身粘着庄稼的草腥味儿和汗水味儿，用自己的慧眼抢抓最美的镜头，用心中的真情捕捉最佳的画面，用绚烂多彩的作品与大山对话、与瑶民对话、与心灵对话。他时而手指给我们看,前面那一坡坡层叠的梯田,从左边到右边纵横15华里;从下至上,由海拔400米上升到1400多米高,其分布之广,落差之大,在国内非常罕见。他越说越自豪。时而,他又手指远方的一个小山头,那缠绕的梯田状如一只大田螺;而那座大山上的层层梯田好似一座古塔,凌空飞升,奇妙之极,有着无穷的魅力。这是花瑶人历经千百年所创造的经典杰作。如果不是我亲眼所见,一定会以为是艺术家的虚构。

魏荣光翻开他出版的摄影画册《中国溆浦花瑶梯田》,一边指点梯田,一边对照摄影作品。我越看越激动。眼下正值金秋时节,放眼望去,上万亩梯田的稻谷,如金带盘绕,似金龙腾飞,像金蛇狂舞,整个山背金黄遍野,山风吹拂,如海似潮,一派浓浓的山背秋韵。离几栋木楼不远处,有七八上十个花瑶妇女,头戴圆圆的火红太阳帽,身穿翡翠色的衣服,脚上裹着绑腿,光彩照人,妖媚而潇洒,正在稻田中抬头拭汗,向着我们挥舞镰刀,那满脸的笑容正是她们丰收的喜悦!这一幅色彩斑斓的丰收图,正洋溢出花瑶族独特的风情画。老魏告诉我们,这是一支至今依旧保持原始生态的少数民族,比如"打泥巴订婚""顿屁股"等婚礼习俗,新奇、圣洁、浪漫和疯狂,既淳朴又奇异……

今日龙潭、葛竹坪仍流传一首花瑶民瑶:

春看银波似明镜,
夏时翠玉绿茵茵,
秋观金塔澄澄黄,
冬雪遍地莹晶晶。

老魏翻开他拍摄的山背梯田春景之作,那一幅幅翠绿的田园,堆绿叠翠,一丘丘水田,似一面面银色的镜子,绿绿的秧苗沐浴着春风春雨,绿意盎然,生机蓬勃。尤其是花瑶人民在梯田犁田耙田时,传来犁耙水响的声音,宛如一支支大地迎春的交响曲,瑶山春韵回荡在山背云天,别具风情,如诗如画。我们站在春天的山背,可尽享视觉艺术的盛宴。

冬天的花瑶梯田,那山舞银蛇,苍龙横空,那白雪皑皑,银光闪闪,那环环白玉直砌云端,真是壮观之极,这是千百年来花瑶人民勤劳和智慧的结晶,带给人以多少艺术的魅力与心灵的震撼!

翻过一匹山坡，山道弯弯，坎坷不平。可是老魏兴致勃勃，连说那边有一块神奇的"变形石"。我们从背后观看，呈现大象、类人猿和眼镜蛇的头型；从左侧观看，像一只鸟头在张望等多种动物之形，的确罕见。谭书记老到地说：三分形似，七分想象，越看越像。可也有美中不足。所在的地势更显眼一些就好了。但这确是老魏近两年踏遍山背的旮旯角角的新发现，在他的心目中，是绝不错过不寻常的精彩的。

阳光灿烂，走在温暖的山背梯田上，常常伴有清清山泉在小溪沟流淌，潺潺淙淙，叮叮咚咚。真正应验了"山有多高，水有多高"这句老话。在山背还可添加一句：水有多高，梯田就有多高。山高水长的天然条件，既自流灌溉层层梯田，又装扮梯田之秀美，山因水而生动、而妩媚。

车过葛竹坪山背村与邻村交界处的公路旁边，望群山环抱，听泉水叮咚，环境十分优美，梯田风光迷人。老魏叫停车，带我们去闻一块"香地"的神奇味道。他说，这块土地竟散发出奇特的香味来，一年四季如此。我们驻足深呼吸一下，果真闻到一股香味；但走出100多米，香味随即消失。究竟是怎么产生香味的呢？当地百姓众说纷纭。有的说是从岩石中发出的；有的说是泥土里散发出来的，等等。据有关专家分析，这种香味可能是岩石或泥土中放射出的一种微量元素，也可能是这种微量元素受气候、温度影响有关……山背梯田中的这块"香地"，正等待人们前去揭开谜底，而成为让世界惊叹的神奇嗅觉景观。

"花瑶梯田，是人类最伟大的古老工程之一，足可与世界知名景点哈尼（云南元阳）梯田相媲美"（舒新宇）。花瑶，是一个洋溢诗情画意的民族；花瑶梯田，则是展示在湘西人民、炎黄子孙面前的一幅雄奇壮丽秀美的画卷！

龙潭，最美的缘

溆浦有山有水，山水多姿多彩。对有些山水或乡镇我只是想想而已，需不需要身临其境，兴许还差那么一点儿缘分；而对有的山水或乡镇在我心底却挡不住它的巨大诱惑。

多少年来，我对龙潭心向往之。早在后汉时期地理学家、文学家郦道元曾考察五溪（即大湘西），溯沅水而上。在《水经注》中记载：龙潭是"溆水之源"。相传，因潭中有龙而得名。地处湖南屋脊雪峰山北麓，溆浦县城之南陲，相距百里以外，偏僻闭塞。自东汉以来就是湘西与湘中五县市的经济、文化重镇。宋朝置龙潭堡；明清时期置龙潭巡检司；新中国成立后，曾设置区、乡、镇。我在县城读初中时，就听说本县首任县长、书记（又称政委）谌鸿章就是龙潭人，据传，他由地下党成员、一个平常卖菜的人，一夜之间变成为一县之长，颇有点儿传奇性。他的女儿谌娥月、儿子谌业勤是我同班同学，班上同学的四分之一也都是龙潭佬（方言），我们的班主任唐启煜也是龙潭人。因为交通不便，我一直没有去过潭，它长期留在我美丽的思念中。

龙潭历史悠久，是一座名副其实的古镇，文化底蕴厚重。我们从花瑶山背梯田转回来，满脑子一幅幅壮美的画卷，眼睛里珍藏着花瑶女人在梯田收获、服饰靓丽、欢声笑语的倩影，与新中国成立前相比，两重天地，两种生活。那阳光的笑容，那自由的劳动多么美丽！平生头一次遇见那么热情大方美貌、能歌善舞的花瑶女人，成为我生命中最美的一种缘分。

知名文物考古专家禹经安对我说，你这回去龙潭"访古"，千万多住几天。那里保存的古建筑很多。比如，古书院、古祠堂、古庙宇、古牌坊、古民宅、风雨桥等，不仅保存完好，而且更具有自身的地方特色。在溆水边的月色下，禹经安先生陪我边走边介绍，如数家珍似的："龙潭'崇实书院'，是我国保存较完好的氏族书院之一。是龙潭吴姓人的私塾，故又称'延陵家塾'。始建于清道光年间，是按照我国书院传统布局和形制而修建的。前为半月形柳塘，两侧各开正门，大门为牌坊式砖木结构，飞檐翘角，两门由矮墙相连。墙内为花园，园中古桂成荫，芙蓉依墙，古色古香。矮墙内嵌有多块书院记事碑，这些记事碑是研究我国古代氏族教育的重要参考资料，为中国上千年的科举制度提供实物凭证。"

"始建于北宋熙宁（1068—1077）的广福寺，为龙潭及周边县市的第一名刹。寺前原有田，相传为龙所开，其地为古'诸葛城'旧址，古人取'诸葛'和寺院'晓钟'之名，谓之为龙潭八景之一的'诸葛晓钟'"……淑水悠悠西去，却流不尽我们依依惜别的文缘。

漫步在龙潭镇街上，淑水潺潺绕过，马路宽阔，店铺栉比，人来车往，物资丰富。在街边小摊上称了几斤地瓜，俗名"洋薯"，一元一斤，价廉物美，不仅秤称得旺，那摊主纯朴的笑脸比吃洋薯还甘甜；县里的同伴专门在小摊上称了几斤油炸豆腐角子，呈金黄色，小方形或三角形，一寸长、三指宽，打汤或下火锅吃，味道鲜美。想起在老家的时候，是只有逢年过节才能吃到的一种美肴。俗话说，"辣椒当盐，豆腐过年"。穿过大街小巷时，令人皱眉头的是，纸屑果皮垃圾时有所见。心想，在加速城镇化的进程中，城镇的管理工作任重道远。我们不仅要看重山区秀丽的自然风光的开发与建设，而且要注重城镇的环卫工作，提高城镇品位。龙潭是被旅游专家非常看好的地方，称誉为大湘西的"一龙一凤"。龙，指龙潭；凤，指凤凰。凤凰已被人誉为"中国最美丽的小城"；那么淑水之源的龙潭镇，应当以凤凰为榜样，以纪念屈原"龙舟竞渡"的精神，奋力拼搏，力争上游！

怀着访古之幽情，我们兴冲冲地前去拜访龙潭的"吴氏宗祠"。据介绍，龙潭各地现存古祠40余座，好像气势非凡的古祠博物馆。"吴氏宗祠"保存最完整。始建于清乾隆年间，后经过多次修缮，给人以规模浩大、建筑宏伟、装饰华丽之美感。大门广场宽敞，一对石狮雄踞，牌楼五彩缤纷，布满壁画和泥塑，泥塑多为龙、凤、麟、鹤、狮等吉祥动物，古色古香；前厅天井宽大，铺满青砖，戏台气派，又称万寿台。演戏时，可容几百张条凳、方凳、靠背倚；后厅为供奉祖先、神主之位，堂上悬挂多块匾额；中堂为祭堂；两侧为厢房，出侧门为膳房，专为祭祀主人办酒席的厨房。我徜徉在吴氏宗祠，浮想联翩，寻回了孩童时代的记忆。老家的那座"李

32

氏祠堂"，曾是我上小学读书的地方，一个老师，一专多能，从这个教室走进那个教室，语文、算术、自然常识独揽，样样能教，祠堂里尊师爱生，师生同乐，蔚然成风。从祠堂打着赤脚走出来一代又一代的新人，有的成为国家栋梁之材。由此及彼，无限感恩之情油然而生。无论何时何地，师生情缘永生难忘！

溆浦乃人杰地灵之沃土。曾涌现出抗英名将郑国鸿，妇女领袖向警予，大教育家杜元载，大出版家、《辞海》主编舒新城，大历史学家向达，大经济学家武堉干和先秦古典文学专家陈伦，等等。这都是极具分量的大家，可歌可泣，至今仍余音袅袅。他们的辉煌成就和他们的大名，将与溆水一样万古流芳！溆浦儿女当无愧其师！

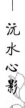

诗画"涉江楼"

　　伟大诗人屈原，诞生于秭归乐平里，流放于沅水溆浦，投江自尽于汨罗。这是他生命中三个最重要的地方。漫长的乡愁把屈原同溆浦黎民百姓永远地心连着心。

　　我生在溆浦，长在溆浦，以屈原涉江入溆而自豪。从中学开始背诵他的诗篇《涉江》，至今依旧津津有味地品赏《涉江》："入溆浦余儃徊兮，迷不知吾所如……"这次回溆浦，文友们欢聚在溆水河畔，虽说是君子之交淡如水，但水中融入了浓浓的乡情与诗情。

　　紧挨着溆水河边，一座雄奇的"涉江楼"矗立在眼前。我举头仰望塔楼，久久地行着注目礼。文物专家老禹介绍，塔楼高十一丈，七层八角，飞檐斗拱，红柱顶天，黄瓦覆地，塔上还有五重承露玉盘，复高九尺九，冠以宝顶。同时，他用手指给我看，那六、七两层上，金铃悬垂，风动钟鸣，颇显华丽气派。心想，屈原平生爱美，从孩童时代起就喜欢照"照面井"，对穿着、佩饰都是十分讲究华美的。修建此楼，雕梁画栋，壮美堂皇，以招其魂。深知屈原者，莫过如溆浦百姓也。伫立底层一楼，我反复吟诵文史大家廖沫沙书写的屈原名句，"路漫漫其修远兮，吾将上下而求索"，它们镌刻于石碑上，立于塔楼前，激励溆浦广大百姓克难向前、勇于求索。

　　俯瞰碧绿的溆水，悠悠地往西流去，涉江楼的倒影在水中轻轻荡漾，我的缕缕思绪追逐层层秋波飘然远逝。屈原放逐沅湘，涉江入溆。据考，隐居于风景幽美的明月洞长达九年，同溆浦这片土地的感情极其深厚。比如，屈原每构思一首辞赋后，他就润笔磨墨，写在村民织出的丝布上面，丝布雪白，写上的文字十分清晰，屈原心里很兴奋。屈原作品中的香草花卉、山水泉石、虫鱼鸟兽等意象，在溆浦随处可见，诗人俯拾即是。这里的山村女子自古都有头上插野花的习俗，而且让人看起来美丽悦目。故使屈原十分欣赏、钟情和痴迷，常常激发出诗人的灵感。溆浦方言在屈原诗中更常常被吸收，百姓口中的儿化音很多，把桃子、牛、马，都叫作桃儿、牛儿、马儿，等等；方言中的"些"（语气词），屈原在《招魂》中从头至尾在诗句后面用了108个"些"作语气词。作者若不是熟悉与喜爱这个地方，是不会随便把当地方言写进诗中的。

后来，屈原投汨罗江的噩耗传至溆浦，广大百姓莫不万分悲痛。隆重地为其祭祀、招魂。为了便于世世代代纪念、凭吊屈原，商定修建一座纪念亭于溆浦附近的吐钱岩山，与明月洞遥遥相望。取名叫"招屈亭"。《溆浦县志》载，这是神州大地上唯一的、最早的屈原纪念亭（约建于公元前207年以前，汨罗的"招屈亭"晚修了800多年）。当地流传招屈亭四周"冬无雪，夏无蚊"。这是屈原感动天地的显灵。然而岁月的沧桑致使招屈亭废毁了，惜乎哉！眼前的"涉江楼"建于2001年冬月。楼名牌匾为知名书法大家李远实草书，境远空灵，尽得风流。

从古代绘画中看，大凡修建亭子、楼阁的位置，都是风景最美丽的地方，不是江边、河畔，就是湖心。比如江南三大名楼黄鹤楼、岳阳楼、滕王阁，无不修建于长江边上。在溆水河边，古有城南江边的屈原庙（已废毁）；今有城北江边的涉江楼、屈子亭、橘颂阁，城西江边的护邑塔。这都代表了广大人民群众的心愿，顺应了民意。漫步溆水河边，放眼城南，地势开阔，阡陌纵横，橘林万亩，红橘飘香，诗意盎然；靠溆水边新建的高楼林立，多达几十栋，鳞次栉比，极其壮观，名称"溆水外滩"。

入夜，明月当空，银辉皎洁，洒满溆水，天上之月在水中轻漾，水中之月在广场舞者心中跳动。那长长的防洪大堤上的灯光，好似一条金龙卧江，照得江边如同白昼。不是外滩，胜似外滩。风景这里独好！

在我的心目中，禹经安先生是"溆浦通"。他笑着说，要不是夜深了，我会带你们登上涉江楼，那情景似云天揽胜，群山起伏，逶迤叠翠，仲夏橘林，成片似海，树上红橘似挂着一盏盏红灯，灿烂如霞。两千多年前，诗人屈原曾为之惊叹，睹物兴怀，欣然命笔写下了《橘颂》。这是屈原对溆浦柑橘的赞美诗。溆浦自古堪称橘乡。老禹的话深深地打动了我。同时也动摇了我对《橘颂》系屈原写于秭归家乡之作的认识。我非文物考古学者。心想，屈原的《橘颂》究竟是写于秭归故乡呢，还是写于溆浦第二故乡？

行至溆水浮桥边，我凭栏俯瞰，波光粼粼，江声依旧。几十年前的一个傍晚，我乘坐木船由水码头登上县城河街，踩着大块大块的青石板路，满怀希望，走向溆浦县中上学的情景，历历宛如目前，如梦似幻，不禁感慨万千。"萧瑟秋风今又是，换了人间"啊！

双　井

　　靠江靠河是民众百姓住居的最佳选择；一口好井是乡里乡亲聚集的中心。我的湘西老家花桥镇长潭村，因有一条长潭河而得名，这条河流进溆水，汇入沅江中游。从祖父的祖父上上辈起，村庄的规模一直很大，少说也不下于几百上千户，村的上头名叫"一家垴"，村的中段名叫"坎上"，下段喊作"老大门"。老大门并未修有大门或牌坊，只是一条笔直的石板巷子的出口，留得有一长块地坪供人玩乐。譬如，青壮年"举石滚"，虎虎生气；少年儿童玩"滚推"，痛快淋漓；老年人晒太阳，吞云吐雾，享受清福。我公公的祖屋和父亲新修的房子都坐落在坎上与老大门之间，屋前虽有两条渠水绕过，因为洗衣、洗鞋、洗泥脚、洗农具、涮粪桶的人家多，即使水清清、流得欢，但总让人心里感觉不那么卫生。家乡的父老乡亲虽在吃穿方面讲究不了，但喝水一定得清洁卫生，这仿佛是与生俱来的生命意识。

　　我家煮饭、饮用的水是从老大门那口双井担回来的，相距约一里，担水的任务全落在父亲肩上。一担水一百多斤重，未成年的我们，父亲舍不得叫儿女去担水。而有的人家的父亲、大人有病或受伤，不得不由小伢们去担水，因为长期被重担所压迫，结果小伢长大后，大都落下了后颈窝上鼓起一坨硬肉包，俗叫"风包"。自然，看起来有点不雅观，甚至还影响找婆娘（堂客）的终身大事。

　　父亲73岁那年病逝后，身边没有男劳力担水。于是，母亲在灶屋门前打了一口井，名叫"摇井"。用力摇动铁把手，井水像自来水一样哗哗地流出来，洗衣、洗菜、淘米就在井台上进行，一来方便，二来卫生。我每次回老家时，帮助母亲做家务，也为之叫好。但人喜欢怀旧，总感觉在氛围上有点孤单冷静，便情不自禁地怀想老大门的那两口并排的井，习称"双井"。

修"双井"是有讲究的。一要选址精当，四周余地宽；二要地下水源丰沛，百年不干涸；三是修的成本贵，故双井不多见。方圆几十里的村庄，只有可数的几口双井。我家乡的那口双井，坐落在老大门前约20米的水田中间，一方依傍一口大池塘，就像小水库似的碧绿，池塘边上绿树成荫，杨柳依依，农家房子屋檐相接。通双井的小路阡陌纵横，但有一条主干道较宽，铺着红岩；双井四周留有二三分空地，全用青石铺成，年月久了，被踩得光溜溜的锃亮，井口呈圆形，也用青石镶嵌而成，高约一尺，双井间隔二三米，周围布置长条石板作凳子。

一年四季里，担水的人不断线似的。大清早担水，碰面或打个招呼，或扯几句淡话，或互相约定事情，不管刮风下雨落雪，匆匆而去，又匆匆而回，各人都有各自的事儿要忙，耽误不得，也耽误不起。农民勤劳一生，靠勤劳发家致富。

清早最忙时，主妇们一般是不来双井凑热闹的。等男人们忙完后，洗菜淘米的女人就多起来了，张家长李家短，或说悄悄话，或大声说笑，热热闹闹，有的人事情做完了，还要坐在石凳上接着闲聊，以等着邻居一起回家。如遇家里丢失一只鸡、一只鸭，或什么重要东西，双井就成了"新闻发布会"的主席台，当众大骂大咒的有之；阴一句阳一句、用毒话挖苦讽刺的有之，那芸芸众生相，那隔肚皮的人心，或由此背后给她们取出的外号，留给我浓浓的家乡风味与乡愁，至今难忘。

双井最热闹的时节是七八月酷暑的夜晚。那时，满天星星，闪闪烁烁，月光皎洁，洒满池塘，与田间地头的萤火虫交相辉映。因为离老大门有两三丘稻田的距离，房子和围墙挡不住吹来的凉风，好似离村的一座孤岛，宽敞的池塘风生水起，飘来悠悠凉爽的风，带有负氧离子的气息，吸一口就有一股清新的味道。

双井的水夏天格外清凉。月光下，就有喜巴子专卖凉粉的摊子，打的是祖传的招牌。这是用纱布包住"石花籽"搓出的浆汁而凝成透明的豆腐块状，用井水浸泡着，给人盛一碗，加三条匙红糖水，二条匙陈醋，进口凉浸浸的，又酸又甜，爽口解渴，如同今之冰镇饮料一般。不仅大人喜欢喝，尤其深受小伢们的喜爱。倘若父母答允小伢夜晚可去双井买一碗凉粉喝，那将乐得小伢子一整天都变得听话、读书认真。井台边的凉粉摊，吊一盏玻璃马灯，被围得里三层外三层，生意兴隆……

每逢夏夜乘凉时，因石凳坐不下，大都自带一张五花八门的小板凳。老人"讲古"是最受欢迎的。印象深的是和公公与庄叔（外号"和巴子"与"庄狡公"），他俩讲的鬼怪故事，稀奇古怪得很，小伢们既爱听又害怕。而我最爱听七公公讲古，他知书达理，又在县城开了一家布店，每次回家休息一两天时，就在双井专讲屈原流放溆浦的传说：战国时期，屈原由楚都郢往南流放，溯沅水，发枉渚，宿辰阳，入溆浦。一路上历尽千辛万苦，避住在县城郊外的一座山上，他居住的亭子，冬天落雪时，周围雪花飘飘，先是鹅毛似的，然后像棉花绽开时大朵大朵的落下，漫山遍野堆积厚厚的雪，唯独他住的亭子顶上与地下不落雪。而一到了炎夏，山上树木茂盛，茅草生长很高很密，蚊蝇成阵，嗡嗡声响，平常人进山，蚊子一叮立马鼓出一个包，又痛又痒，像被野蜂子蜇了一样地肿痛，唯独屈原住的亭子，蚊蝇不敢飞进。讲到这里，七公公反问大家：这是为什么呢？正当我们目瞪口呆时，他告诉我们，屈原是大圣人、大诗人，连老天爷都会保佑他的安康，不受恶劣气候与虫害的侵犯！屈原的一生，与黎民百姓心连心，"哀民生之多艰"。他的思想情怀和爱国精神是感天动地的……

后来，我查看《溆浦县志》，果然有记载："招屈亭，冬无积雪，夏无蚊蝇。"正如明、清时古人所云："楚天今古一亭幽。"如今，屈原魂兮归来。溆浦人民恢复早已废毁的招屈亭，在溆水河畔新修了一座"怀屈亭"（即涉江楼）纪念他。

直到今天，我每每想起家乡的"双井"，一缕浓浓的乡愁总是萦绕在心头，那人事，那风情，那文气，无论离别了多少年，都会是我永远的牵挂。吃水不忘感恩挖井人。好在昔日的花桥镇（距长潭一里许），也有一个"双井"，因此，铁路局把站名改为"双井站"，连花桥镇也改名"双井镇"了。

39

沅水心影

田野的声音

阳春三月，正是溆水河畔犁耙水响的季节。父亲艰辛犁田耙地的模样，就像一幅油彩涂得厚厚的油画浮现出我的脑海、站立在我的眼前。是怀念，也是乡愁。土生土长在农村的孩子，从能记事的时候起，兴许就不会忘记家里的锄头、镰刀、犁、耙、扁担、笤箕、箩筐、风斗、水车、打禾桶等等农具的，这是须臾都离不开的农家之宝。哪怕是赤贫如洗的农民，也都备有几样活命的农具。每件农具的质地与成色，标志着这户人家生活质量之高低。

家住岩家垅乡长潭村，父亲被乡亲们称为种田的"行家"、"里手"和"把式"。记得有一次秋收开镰的日子，也许是碰上了一个丰收好年景，心里太高兴了，因为没有人喜欢贫穷的。于是，他背"打禾桶"下田时，想显摆显摆自己，背禾桶的方式，不像一般农民伸开双手、撑着禾桶底部的双舷，像乌龟似的用背驮着禾桶走路，乡村里俗称"驮乌龟"；也不像显威风的后生"打排风"，即把四方形禾桶的一方，竖立在肩膀上行走，父亲是用惹人惊异的别一种方式，即把禾桶的一角竖立在肩膀上行走。这称为"扯旗角"，一是扎得人肩膀痛，二要有高超的平衡控制力，稍有不慎，禾桶就会掉下来。当年那田野上人喝彩的声音，至今还响在我耳边……

我家的轻型农具，比如镰刀、斧头、扁担、箩筐、蓑衣等，一般都放在谷仓周围或灶屋角落，用起来方便；锄头之类的家什是挂在牛栏、猪栏的木架子上的，以防止潮湿生锈，让它光彩闪闪地照人；唯有犁与耙这两件重型农具，是专门放在牛栏旁边的杂屋里，在干打垒墙上打进长木条做钉子，一张犁挂在一根木钉上，一张耙挂在两根木钉上，另眼高看，格外保养。仿佛"养兵千日，用兵一时"地爱护士兵一样。

家乡的耙有两种样式。一种是耙水田的"铁耙"，宽约四尺、高近三尺，扶手是花椒木制的，坚韧耐用，底部安装一排铁齿，间距四五寸一根，长约一尺，一个拇指头粗，十分锐利。水牛在前头拉耙，父亲在后头扶耙，身体前倾、埋头，典型的"脸朝黄土背朝天"，人在泥水里行走，热汗在水中流淌，激起一层层浪花，发出一阵阵水响，溅得人满身泥水点点，而扶耙的双手还要掌握耙齿入泥的深浅，上下沉浮，泥水荡漾出的声音，急促与舒缓有致，富有韵律感，既用力又用心，艰辛之极。稍有粗心大意，很容易被铁耙齿刺伤脚趾，那是要流血的呀。要想田里收成好，"三犁三耙"不可少。那犁耙水响融入了父亲沉重的、湍急的心声，那希望的田野成为父亲一生的梦……

另一种是"站立式的耙"，专门用于耙旱田。即在长约一米多、宽约二尺的花椒木框架下，前后两方安装铁齿，间距三寸许，长四寸许，木架宽约三寸，仅容一足，父亲一只手牵着牛绳，一只手拉紧木架的棕绳，双脚前后叉开，人侧立，就像威风凛凛一汉子。因为田是旱地，犁出的土坷垃小、土质较松散，耕牛负荷较轻，最重要的是，人是站立式的耕耘劳作。与耙水田不同的是，隔一段时间后，须停下来清理一下耙齿上的麦苑、杂草等物。对于新手上路，则须小心翼翼，以免从耙架子上摔下。人一旦摔下，牛拉着空耙照样朝前走，有如屈乡的"神牛"，速度更快，当你重踩上耙架时，比刚开始踩上耙架难度大得多。小时候，我最爱看新手耙旱田，会时不时地看点笑话，禁不住飚出一句："洋派"（湘西方言，即外行）！好一个"洋派"！

直到我考上大学，才离开农村，其间也学会了不少农活，比如除草、施肥、割稻子、种甘蔗、拾棉花、摘柑橘、打枣子、踩水车……唯独不敢学犁与耙。因此，对在田野走完自己人生、并有"行家""里手""把式"之称的父亲，我一直是心怀敬仰的。

在多山多水的湘西神地、溆水河畔，由于地理环境的影响，农民的一生是最艰苦的一生，是最勤劳的一生，也是平凡而又不平凡的一生。在祖祖辈辈务农的火辣辣的人生中，战烈日，斗风雪，面朝黄土背朝天，是伸不直腰板的一代穷苦百姓。于是，我常常怀想父亲那脚踩耙架、挺直腰板耙旱田的形象，那是一幅多么壮美的油画！它将永远挂在我的心上。是深深的怀念，也是深深的乡愁！

顺木匠

前年回了趟湘西老家，面对水渠坎上的那栋老屋，过去桐油油得锃亮的板壁，都已变成深浅不匀的暗褐色了，岁月沧桑，老屋已老，行将枯朽。我曾想保留它，但兄弟姐妹意见不一，不得不卖给一个堂弟。可当年承建房子的顺木匠，他的音容笑貌、酸甜苦辣仍历历如在目前。

顺木匠姓舒，因叫顺口了，至今不知道他的本名。他是岩家垅岩门人，同我家相隔七八里路，与我祖母的娘家同一个村子，算是一门转弯抹角的亲戚。

我的祖父佑高是旺族，威严一生，养育八男一女，我父亲排行老六。有一年（1949年前后），祖父过世了，尸骨未寒，伯伯们闹分家，并且抄起了锄头、扁担。后来，父亲便搬出祖宅院子，修建这栋新屋。顺木匠的父亲同祖父是多年的世交，更加上有点亲戚关系，他就成了承建新房的最合适人选。

新屋，四封三间的老式结构，屋架与装修材料都用松木柱头、杉木板子。前后花了约两年时间，刚开始师徒三人进场，把锯匠锯开的一块块木料，一刨子一刨子地刨光，一斧头一斧头地砍成雏形，一凿子一凿子地凿眼，一天一个看相。论手艺顺木匠是方圆几十里闻名的能工巧匠。

记得上中堂主梁那天，他双脚倚在屋架上，与对面的徒弟互相配合，谨慎安装、对准榫口；稍后，就向地上撒糯米糍粑，孩子们手忙脚乱捡拾白花花的糍粑，高声欢呼，喜气洋洋；有的半大后生仔，对着顺木匠一阵阵喝彩，门口的炮仗炸得惊天动地。只见他拍着缠上红布，贴上红纸的杉木主梁，又滴下雄鸡的鲜血，笑容满面地向父母亲和宾客打着招呼，炫示吉祥，出尽了风头。

　　无论新、旧社会，农村对各种匠人都是格外尊重的。父母亲对他随喊随到，我放学后，也帮忙端茶递烟。日子长了，知道他的家庭成分也是富农。同父亲谈得拢，有共同语言，常常讲天讲地，说古论今，谈人情，谈家事，话虽多而手却不停，不耽误工。我有时站着旁听，仿佛比听公公、娘娘火塘边的"讲古"（湘西方言，讲故事）还"味人"……

　　顺木匠有两个儿子，老大舒昭德与我花桥完小同学，以后跟着父亲学木匠。农村各种手艺匠人，靠劳动自食其力，过着饿不着肚子也发不了大财的日子。但一家要同时供两个孩子读初中、高中，那是有困难的。他思前思后，究竟让谁读书"跳龙门"呢？颇犹豫不决。为此事少不了同我父亲商量。我家三兄弟，父亲也只让我读高中、考大学。顺木匠反复考虑后，便让老二昭杰读初中、高中，后来考上南京航空学院，毕业分配到上海某部队工作。在他心里因对两个儿子不公平，没有一碗水端平，心里常常深感内疚。

　　盼星星盼月亮，终于盼出了头。他的老二当了一名军官，一杠两颗星。顺木匠为此感到自豪。有时喝多了一点"甘蔗酒"，醺醺然，逢人讲起话来，口气大，神气足，似春风得意。

　　大约"文革"后期，有一次，舒昭杰回家探亲。没过几天，便接到提前归队的紧急命令。正值阴历八月间，低庄河、长潭河涨洪水。当他走到彭家江边，只见板桥被洪水冲断，临时用渡船过河。这时，渡船已划过对岸了。他对着船老板大声地喊了好几遍，嗓子几乎喊哑了，船老板也没有把渡船划过来。舒昭杰"军令"在身，心急如焚，非常生气。又等了好久，渡船才拢岸。他跳上船头后，对着船老板发了一通火，身板挺直，两手叉腰："如果因此延误军机，你要负责任的……"

　　回到部队后，他冷静一想，当时自己的态度过火，便向首长说明遇到的这个情况，作了自我检讨。万万想不到，半个月后，村大队革委会有人向部队寄来一封"告状信"，主要内容是状告舒昭杰这个地富子女，在彭家江边，用枪威逼船老板划船过河。务请部队严肃查处，开除其军籍，遣返回乡，云云。因为舒昭杰一归队就主动汇报事情经过，并作了检讨。后来查证，"告状信"内容失实，夸大其词，用枪逼人，纯属无中生有。

　　顺木匠从儿子家信中得知此事之后，受到不小惊吓，连做几回噩梦。但总算部队领导实事求是，相信指战员，才没有因此蒙受冤枉。顺木匠赶场时把此事悄悄告诉我父亲，连说：好险呀，我这一回"躲过了一劫"，重复了好几遍。一个普通老百姓在平凡、辛劳的一生中，为什么总会为自己的家庭成分及子女的生存、发展而心惊胆战呢？

有一次在火车上，我同舒昭杰巧遇。他已升任了正团职，可以随军带家属，爱人是上海姑娘。谈起往事，我俩都深有同感：过去极左路线影响何等深广，扭曲了不少人的人性。往事啊，只能留着慢慢地回味……

远在上海的儿子，几次接顺木匠去城市享享清福，看看大世界，逛逛南京路。他临出门前做了充分的准备，还从仓库里拿出两块腊肉作礼物。当顺木匠进了儿子的家门后，把薰得黄朗朗的腊肉摆放桌上。儿子一看心上喜欢，但见有几处霉点刺目，便把腊肉放在地上。他看在眼里有点儿不自在。儿媳下班回来后，热言热语跟顺木匠打过招呼后，回头瞥见地上的腊肉，顺手就把它丢了门外边。他心想，腊肉上有几个霉点，好好洗一洗就行了，在乡下，腊肉是要吃对年的荤菜，只有请人插秧、收稻子，打牙祭才舍得吃的。青辣子炒腊肉，别有味道。等儿媳下厨房后，顺木匠赶快把腊肉装进袋子藏在沙发后面。一时心中很不痛快，精神上有点承受不了其重。因此，在上海没住几天，他就毅然决然地要返回乡下老家，说什么也留不住。当他重新带着那两块腊肉上了火车，心里久久地难以平静……

后来，顺木匠也过得顺心。农村修建新屋的越来越多，木匠成了大忙人。有的工序已用上机器代替了人力。但他仍旧舍不得握惯的那斧头、凿子、刨子、墨线盒，做着自己喜欢做的事，过着平平静静的好日子。

人的一生，淡淡地来，淡淡地去。顺木匠已从岩门远行，离开故土多年了，而我却一直忘记不了他。

一床棉絮

每到换季节时，身上的穿着，床上的铺盖，都要作适时适当的调整。立冬过后、小雪之前，我便从衣橱里抱出一床厚棉絮来。讲它"厚"，一点都不夸张，一般的棉絮五六斤重，再厚实的莫过于七八斤。而我家用的这床旧棉絮足足12斤。

兴许人们都会触景生情。每当我抱出这床厚棉絮，心里就格外有一种特别温暖之感，对往事的记忆挥之不去……

记得我考上大学那一年，妈妈千方百计地给我弹了一床新棉絮。那时候，粮棉是"统购统销"的物资。她没有告诉我具体的斤两，一方面买点棉花很不容易；另一方面，对年轻后生来说，棉絮厚一点、薄一点也无所谓。几件行李由大舅用箩筐挑着，步行70多里山路，送到资水的一个码头烟溪镇。然后我乘木船至益阳，过洞庭湖至长沙，再到武汉。这床棉絮伴着我度过了七八个春夏秋冬。当学生四年，盖的、垫的都是它，别无选择；毕业后正好遇到天灾人祸的"三年困难时期"，国家没有发给我"棉絮票"，只好仍然盖着妈妈的那床旧棉絮。

改革开放后的1983年夏天，我回家探视病重的父亲。大约10天后，父亲病情好转。我离家时，妈妈准备好了一床新棉絮给我带回。说是特意给我弹的，用的是自家产的棉花，颜色洁白，雪花似的；棉纤细长，没有渣滓，蓬松柔软，手感舒服。一个人上了年纪，比不得后生，身体上的毛病处处冒头。寒冬腊月身上不多穿衣服，床上不盖厚棉絮，就容易患这病那病的。所以赶着弹了一床加厚的棉絮，重12斤，反正是自产的棉花。弹匠师傅也是你的堂哥，手艺远近出名，做工细致……母亲说了这一连串亲切温存的话语，眼睛微笑地看着我，生怕我嫌麻烦、不愿带回。其实，那字字句句都温热着我的心窝，那嘱咐声比加厚的棉絮更加厚重，比蓬松的棉花还要温柔。妈妈一生辛劳，拾棉晒花，灯下纺线，白天织布，拼命拉扯大几个儿女，对儿女她心底藏着多少期盼！面对妈妈额头上的皱纹，宛如棉絮上密密的线网。错综之中无不浸透着浓浓的母爱。儿行千里娘担忧。当时，枝柳铁路已经通车。火车从我家乡穿过，交通方便，走不了几里路就能乘上火车。我从家乡背回这床棉絮后，顿时，吸引着妻子儿女的目光，都十分惊喜。连小女也连声背诵："千里送鹅毛，礼轻仁义重！"我说，这是老家娘娘的一片心意啊！

　　年过花甲的妈妈，记性还真不错。约莫过了四五年，便请八叔代笔写信来询问："那床棉絮是不是变结板了？可以请弹花匠翻新一下，盖着才暖和！"读完信后，心灵深处一阵温热之感直往上冒。难为她老人家的牵挂和关爱。远在千里迢迢的乡下，依然无微不至地问寒问暖。我回信用了善意的谎言禀告："已经把它翻旧一新了。"实际上，它早降格成"垫絮"了。如果实话实说，妈妈的心里一定不是滋味，是一定长时间睡不成安稳觉的。记得儿时家里的床上，总是垫得薄，冬天连竹席子都不拿掉，但盖的棉絮必须是厚厚的。

　　生活逐渐"小康"起来。城里不少人在吃、穿、用方面开始讲究了。比如，床上盖的棉絮不是越来越厚，而是愈盖愈薄了。这样似可减轻生命承受之重，睡觉舒服。我心想，这恐怕是妈妈做梦也想不到的事。如今，正时兴盖羽绒被褥与丝棉絮了。

　　去年，我在炎炎夏日中抱出那床加厚棉絮在晒台上晾晒时，我里里外外轻轻地抚摸着，质感依旧美好，厚重一如当初，棉花那样真格，比起那掺假的"黑心棉"絮不知要好上十倍百倍，仿佛从湘西家乡吹来一阵清凉的风。只是物是人非，亲爱的妈妈已经仙逝。我头顶着火热的太阳，眼睛含着泪花，心跳加快，往事宛如昨日。妈妈活了八十有四，一生过着普通劳动者的平凡而艰苦的生活。但她人生中的桩桩小事、点点滴滴，却是那样的善良、慈爱和崇高。她对子女的"小爱"，其实也闪烁着一个母亲人格的"大爱"光彩！

　　于是，晾晒过后，由爱人用旧床单把棉絮包裹缝好，让它"延年益寿"，以珍藏我们对母亲永远的感恩和敬爱之情！

过年的礼性

又逢一年春节到，便自然而然地想起家乡忙年的情景来。一进入腊月，几乎每天都有准备过年的事要做。譬如，忙过了"腊八节"，就是"二十一赶年集，二十三送灶神，二十四扫房子，二十五磨豆腐，二十六杀年猪，二十七贴对联，二十八打糍粑，二十九蒸米酒，年三十团年饭"。兴许不同的地方有不同的顺序，但忙却是共同的。

忙完了过年的准备工作后，处处洋溢出喜庆的节日气氛，或在家围炉讲古谈今，乃至极不相干的私事闲话，大家一起有说有笑，尽享天伦之乐，其乐也融融；或出门走走亲戚、乡邻，一步一步地缓步着，东张西望地回视着，去享受联络感情之温馨。与平常不同的是，走亲串门得多一点礼性，礼物不在于多少或贵贱，要既体面又随意。倘若小辈拜岳父岳母大人，礼性讲究大一点，礼品重一些，通常要送一块腊肉（带猪尾巴的圆尾）、一条腊鱼、一封红糖、四沓（四个摞在一起为一沓）糍粑、八个柑子，俗话说："嫁出门的女，泼出去的水。"娘家不能不讲求点回报；晚辈去外婆、舅舅家拜年，讲究送一块腊肉或一条腊鱼，搭一包雪枣；去姑父姑妈家，或一块腊肉，或一条腊鱼即可；而到一般远亲、乡邻家串门祝福，顺手带上一沓糍粑、两个柑子，便算礼性到堂了，而且都是礼尚往来的，图个吉祥、热闹而已。在我儿时的记忆里，似未曾听闻老百姓要去当官人家拜年送礼的事。可见家乡过年礼性旳纯洁性与无功利性。

难忘老家年俗中的"一沓糍粑、两个柑子"，实在是礼轻情义重的，要不怎么一代一代地相传下来。可是，在十年"文化大革命"中，却在大破"四旧"的屠刀下，这条千百年来的人情之线被无情地砍断了。记得1974年回家过年，已经是相隔10年后的一次回家过春节。当远远地看见那

沉水心影

牛屁股山和长潭河的时候，我的心情十分激动，脚步匆匆，走进一个几百上千户人家的大村庄，竟没有看见一户人家的大门上贴着红对联、门神和福字，一片冷冷静静，死气沉沉，令人严寒中怀抱一块冰……

欣慰的是改革开放以后，老家的年俗与礼性已逐渐恢复，过年的年味儿又变得浓浓的了。你看，远在异乡的儿女亲人，无论身份不同、身价高低的人，都不远千里从四面八方奔回故乡，为欢欢喜喜、团团圆圆地过个年，尝一尝这传统春节的年味与藏在其中的深味。

世界上最能打动人的还是情。有些事儿是不可因噎废食的。联想起唐代大诗人杜甫的"穷年忧黎元，叹息肠内热"。那诗中的"人民性"将永放思想光芒！

留守小兄妹

　　故乡留给我广阔的叙事和心灵空间。我二妹的儿子、媳妇去深圳打工两年了，把一双儿女留给两老照管，男八岁，女五岁。这一份亲情，一份真爱，是丝毫懈怠不得的责任。清早，妹夫要送孙子上小学，兼带孙女去幼儿园；二妹要在灶堂手忙脚乱地赶做早饭，催促小家伙洗漱和快吃东西。然后，才顾得上自己下田种地，或去市场摆摊。小兄妹俩对远方回来的亲戚打生下来就没见过，陌生得连常见的"人来疯"也发作不起来。放学回家后，忙着做作业，心里多半是不情愿的。我们欢聚在二楼堂屋看电视或畅叙家常；他俩在一旁的条凳上赶作业，机灵地偷看几眼电视，或你打我一下，我还一下手；或我抢了你的笔，你拿了我的本子，一心多用，小动作不断，有时跑进跑出，有时在沙发上摸爬滚打，公公、娘娘对她们的学习管教无方，力不从心，烦忧无奈……

　　晚上，我们回楼上的住房，整理桌上零乱的小东西。发现剩下的一个大芒果不见了。老伴问，是不是我吃了？没有呀。

　　第二天下午，碰巧遇见小欣意站立桌边寻找什么，我轻声地问她：找什么？她摇了摇头。我试探地又问：有一个芒果是不是你吃了？她连连点头，小苹果似的脸上添了一抹红。好吃吗？她又点头：味道甜甜的。见我亲切和蔼，没有责怪她，便燕子似地"飞"出门了。

　　此后，她主动乖巧地喊我们舅婆、舅公，举止也慢慢地无所拘谨，有时还撒娇似地往怀里钻。那闪亮的大眼睛，薄薄的小嘴唇，白净的圆脸庞，天真美丽可爱。俗话说："三岁看大。"一个人生命的精彩总是会绽放的。

　　当她再次来到我们住的房间，又在摆满什物的方桌上寻找什么时，舅婆善解人意，怜爱地抚摸一下她的头，从放箱子的角落里，拿出昨天走亲

沉水心影

戚剩下的一瓶杨梅罐头给她，叮嘱她同哥哥分着吃。等我们下到二楼堂屋，正看见兄妹俩你一颗、我一颗地分吃着杨梅。短短几天，我发现一个小秘密，兄妹俩都是"小馋猫"，总是在找东西吃，找到什么吃什么，吃不厌似的，令人既可喜又担忧。兴许这是她爹娘"惯"出来的。

有天早晨，我给她俩各买三个肉包子，目送他俩欢欢喜喜、蹦蹦跳跳上学去的背影，越走越小。心想明天你好！

晚上，我问他俩明早想吃什么？兄妹毫不犹豫地回答：吃油条。早晨，当我给每人买回两根油条时，他们喜上眉梢。我故意逗他们说：留一根明天再吃。两人都不答应。

十多年没回家乡了。约定星期六全家大小到县城玩一天。四妹深住偏僻的柳溪村，一辈子还未去过县城哩。早晨，我带领大家去花桥场上过早，一人一碗牛肉面。小欣子因同学找他有事，便把未吃完的面让人带回去，留着晚上吃。二妹夫因当天赶早去种苞谷，不能参加这天的集体活动。等他种完苞谷后，日头已经偏西，回到家时，无人煮午饭，只见灶台上剩下半碗面，他就狼吞虎咽地吃了。

当大家从县城回来后，小欣子知道牛肉面被公公吃了，立刻哭闹、撒起泼来。闹得公公很没面子。我了解个中缘由后，满口许诺他，明天早晨一定买碗牛肉面作补偿。此刻，他晶莹的眼泪才止住。而我的心里却开始有点酸楚了……

没想到的是，返程的火车票已订在次日清晨8点，需6点半赶头班中巴，才赶得上县城的那趟火车。故天色麻麻亮就忙了起来。可小兄妹俩还在睡梦中，一听那均匀的呼吸声，不忍心叫醒他们，便不辞而别。我们坐在火车上，猛然想起那碗牛肉面的承诺，顿时大惊，对自己的言而无信，留下了刻骨的遗憾，心里很不是滋味。返回城市的这些日子，留守小兄妹那天真顽皮、馋嘴好吃、美丽活泼的模样，一直还在我心中沸沸扬扬、起伏不止！

梦忆枣子坡

在一生中能入梦的人、事和地方，也许不会多。除了故乡、爹妈、爱人和小孩外，我心中的"枣子坡"，却是我梦绕魂牵的地方。

枣子坡坐落在溆水河边，距溆浦城约二三里路，地名也极普通不过，比起溆水之源的"龙潭"，溆水上游的"花桥"，溆水下游的"思蒙"来就逊色不少。可它在我心里的位置却格外突出，有如唐诗中的"朝辞白帝彩云间，千里江陵一日还"（李白），"海内存知己，天涯若此邻"（王勃），"欲穷千里目，更上一层楼"（王之涣）等名句一样，永远留在我的记忆里。

我小学毕业后，能考上县城的中学，也算出了小名。学校原叫湖南省立九中，后更名溆浦一中，校址枣子坡。记得新生入学的学杂费缴五担谷，从长潭走旱路30多里，需要五个人挑，而走水路搭船约大半天可到学校。一个偌大的长潭村，能读中学的人凤毛麟角。我走进枣子坡，满怀着灿烂的希望与理想。

进校门的山坡不算陡峭，沙石路蜿蜒曲折，行走不太便捷。可联想到学无止境、崎岖不平，就颇有点儿寓意了。

山坡之上，操场宽阔，法国梧桐高大，枝繁叶茂，两座教学楼，一座名"云山楼"，一座名"乐山楼"，楼高两层，掩映于绿树丛中。高中部在乐山楼，初中部在云山楼。校门口一棵梧桐树上悬吊一口大钟，钟声洪亮，飞掠溆水，响彻校园，享有至高权威，一千多名师生都听从它的号令，秩序井然。

坡上有一栋教工宿舍，偏于校园一隅，矮矮的平房；在山坡下并列几栋小平房，背倚山坡，面临溆水，风景幽雅。但也有几位教职员住处特别，比如，荆顾新校长住在进城路边安静的橘林中，一栋青砖小洋楼；丁汝康主任另住一栋小洋楼；教英语的陈伦老师单门独户一栋房子，位于进校门的山坡附近，周边是平展的田垄。每每路过那几栋小洋房时，我便目不转睛地瞄、好奇地瞧。

读初一下学期的时候，学校号召高年级学生"参军参干"，好多同学满怀革命激情踊跃报名。我虽心动，但因年纪小、个子矮，只有望洋兴叹而已。这些幸运儿位居高年级，他们虽不认识我，我却对他们的姓名大多清楚，不少成为我心目中的榜样。后来，这批同学中有不少人颇引人注目，有任职军分区司令员的、有当地委副书记的，或是地委、县委的部长、主任等，但也有人从部队复员回来后，同我们一起参加高考，各奔前程。人啊人，必须生逢其时，机遇重要，时势造英雄……

初中毕业后，我又考上溆浦一中高中部。教室在新修的教学楼，名叫"五四楼"。在枣子坡连续读书六年。朝霞里或黄昏时，俯瞰山坡下的溆水河，碧绿清亮，波光粼粼，悠悠地向西流去，可流不走我的向往与理想。当时，并没有分理科与文科。可我的理科成绩差，就只好求其次，偏重于文科。当时，最流传的一句话是，"学好数理化，走遍天下都不怕。"我暗自抱定一个宗旨，勤奋刻苦，奋发图强，课外多读文学作品，经常去图书馆借书，连图书馆的周良骥老师也照顾我，总是推荐新书给我。比如，俄罗斯文学名作《复活》《贵族之家》《渔夫与金鱼的故事》，苏联文学《童年》《我的大学》《铁流》《钢铁是怎样炼成的》《海鸥》《卓娅与舒拉的故事》《远离莫斯科的地方》，中国现代文学如《阿Q正传》《家》《子夜》《骆驼祥子》……每次还可多借一部。于是，我开始做起了"文学梦"。碰巧得很，我考上华师中文系后，周老师也随丈夫调任华师图书馆工作，她对我一如既往。这一段长长的"书缘"帮助了我圆文学之梦。在梦中也忘记不了她的师恩。

最难忘的是语文老师陈其拮，县城对面的陈家坳人，家庭出身不好，地主成份，历经人生坎坷。本人文学造诣很深，才华出众，口才又好，讲课呱呱叫；平常对我热情鼓励，热心指导，不仅传观我的作文，课余批改作文也很过细，圈圈点点，附加眉批。高三那年，他鼓励我报考北师大中文系、武汉大学汉语言文学系。我高考填的一二志愿就是这两所大学。也许因为那次高考的作文题《我的志愿》，难以发挥文学才能，结果事与愿违，很不情愿地就读于第三志愿华师中文系。每当我坐在桂子山上、遥望对面珞珈山时，那种迷茫的眼神，至今还记忆犹新。

在枣子坡读书时，我偷偷地向报刊投过几次稿，只有一次在《湖南日报》

发表一块豆腐干小文章《行军比赛》，稿费五角（那时每个月伙食费六元）。这件小事也得到了陈老师的鼓励，说是"良好的开端"。

1957年暑假回家乡，我从武汉途经长沙时，陈老师已上调湖南师院中文系任教，他陪我游览了岳麓山，经过枫林桥，他还专门讲解了唐代诗人杜牧《山行》中的诗句："停车坐爱枫林晚，霜叶红于二月花。"诗中的"坐"字要作"因为"解，不能作"坐着"解。对一个毕了业的学生，他仍不忘谆谆教诲。陈老师的这份心意是无价的。我一直念念不忘，刻骨铭心。

初中的英文老师陈伦，其音容笑貌常常浮现于眼前。他高高的身材，戴一副眼镜，鼻子也较高，很有几分洋人模样，虽不善言谈，但很自信与自负，俨然傲霜斗雪之状，在课堂上英语发音标准而流利。他的戴眼镜的姑娘与我同班，女如其父，性格也似有点孤傲。有次下课后，我斗胆请陈伦老师给我写个英文名字。他一挥而就。后来，我一直在书刊封面上爱签中文、英文两个名字，既留作纪念，也有点儿自炫。原来上世纪三十年代初，他在上海大夏大学英文系攻读，迫于生计，应《资本论》译者郭大力之约，课余进行文学翻译，其译作《太平世界》曾由昭昭文艺社出版。

九一八事变后，他便开始系统地研究中国古籍。1943年就写完了《诗经新解》，细心谨慎地反复考证、琢磨了20多年，还写出了《屈赋译注》《庄子译注》《越人歌》等书稿，历经"文革"浩劫，手稿被查抄、烧毁，遭受种种磨难迫害；1971年又被开除下放农村。直到1978年后，陈伦老师被回收教师队伍作退休处理。年逾八旬后，终于出版了《历史比较法与古籍校释》（湖南教育出版社1987年10月出版），全书30万字。1988年11月17日，经溆浦老乡、文史专家继东先生转寄来这部大书。拜读过后，方知此书"不囿成说，艰苦探索，独树一帜，自成一家，持之有据，胜义缤纷……定将有益于后学，有益进一步研究和整理我国丰富的古籍"（胡本昱《编余琐记》）。我手捧新书，落下热泪，似从噩梦中醒来。那枣子坡下的溆水啊，又在我梦里流动……

从枣子坡下坡的路除两条大路外，还有多条小路通向河边。鲁迅先生说过，世上原本没有路，但走的人多了，脚下便有了路。坡下的溆水并非主航道，而是分叉流过来的，在枣子坡下形成一条长潭。河边上露出水面的岩石，大块而平整的石头成了我们浣洗被单、蚊帐的蹉板，十二三岁、十五六岁的男同学，不习惯农村妇女用棒槌洗衣服，而是用脚板使劲踩的方式洗被单和蚊帐，每逢星期天浣洗的同学，往往排队，闹热得很，既养成了勤俭生活的品格，也锻炼了身体。

夏天，枣子坡下成了天然的游泳池。许多从山里来的同学学会了游泳；来自家住江边的同学更有了用武之地，像游泳健儿一样大展风采。在一次全校游泳比赛中，我有幸夺得初中组仰泳比赛的冠军，奖品是一件印有红字的白背心，穿在身上洋洋自得。这件事常为我坐船出远门壮胆；也鼓励我在华师敢报名参加横渡长江的选拔赛。

枣子坡，我的母校——母亲一般的学校，虽然离开您几十年了，可每次溆浦一中老同学聚会时，大家莫不深深地怀念着枣子坡的那些人、那些事儿！原先我总奇怪，地名叫枣子坡，为何不见枣子树、枣子林呢？一种可能是好多好多年前那里枣树成林，因此而得名；换一种角度想，从枣子坡溆浦一中毕业的成千上万的学生，一个个都像一株株枣树在阳光下、在风雨中茁壮成长，开了花结了果，哪怕枣子红了，也甘愿让人用竹竿浑身上下扑打（收获枣子的方法），撒满一地，金黄璀璨，而造福于百姓。

三峡情怀

远逝的三峡民谣

多少年来，常在三峡行走，或乘船，不是风雨中上，就是浪涛里下。但我真正听到三峡民谣的歌唱，却在20世纪80年代初的一个春天里。那一次，我在西陵峡新滩镇的一位老纤夫家里，望着墙上挂着的那一圈纤藤，竹缆上涂抹的桐油已呈黑褐色，形状似琵琶的模样。老人告诉我，这是他家祖辈留下来的纤索，也是三峡人家"靠水吃水"的一个见证。他轻轻地叹息，说起来话长。

长江西陵峡，峡中有峡，"三里一湾，五里一滩"，"滩如竹节稠"，江水湍急，泡漩喧嚣，一个漩比斗、比簸箕还大，令人惊心动魄。青滩，在明朝嘉靖二年（1523）时，瓦岗这一带又发生一次大崩塌，山裂石飞，浪涌几十丈高，死伤船工无数。民谣唱道："嘉庆二年崩瓦岗，压死好多神邦邦。"（指四川船邦）后来，改称"新滩"。滩头落差大、水势陡，约莫二三米高。三峡纤夫，俗称"打滩人"。上水船过滩，一只木帆船需几十个纤夫拉纤；一艘轮船需几百个人拉纤才能上滩。而下滩的船如同从天上飞落而下，沉舟破船，惨象环生，死人的事随时可见……直到20世纪50年代后期才设置绞滩船（15号绞滩船位于江北），长期压在纤夫胸前的大石头才算甩开。老纤夫的话，使我目瞪口呆良久！此刻，他发自肺腑地喊出几嗓子：

打青滩，绞青滩，
祷告山神保平安。
山神如要动肝火，
人船定要上阴间。

那声情悲凉，余音绕梁，令人怆然一叹，热泪盈眶，涌出绵绵乡愁。从此这首《打青滩》的民谣，便深刻地烙印在我的心底。

在西陵峡中，最惊险的恶滩要数"崆岭滩"。它位于庙河与柳林碛之间，约五华里长，绝崖壁立，江水流急，惊涛骇浪，船只上下过滩，必须先把船舱里的货物卸空，等过了滩后，再把货物重新装船。那名叫"二十四珠"的礁石，又长又高，似一只猛虎纵卧江心，把江水分割成南、北两槽，其中还有"三珠石"，被船工视为"索命鬼"，稍不留心，就会触礁沉船，难以脱身，由此得名"鬼门关"。连狂妄的法国"瑞生"号船长也在这里丧命，落得个人财两空的下场。千百年流传下来一首血泪淋漓的《崆岭滩》民谣：

青滩泄滩不算滩，

崆岭才是鬼门关。

有一次，轮船行驶在滩多流急的西陵峡中，从小就会背诵的一首《三峡谣》，因遥望那座巍巍的黄牛岩触景生情，我便自然而然地脱口而出：

朝发黄牛，

暮宿黄牛；

三朝三暮，

黄牛如故。

联想唐代大诗人李白过黄牛峡写下的《上三峡》诗，所抒发的真情实感曾深深地感动着我们。诗抒情，诗言志。李白的这首诗兴许是从这首《三峡谣》而点石成金的。其实，字词质朴、情真的民谣就是一首好诗。

长江三峡中巫峡最长，西起大宁河口，东至巴东官渡口，全长42公里。漫漫巫峡，迂回曲折，峰回路转，奇峰林立，逶迤多姿，树木茂密，云雾缭绕、猿猴出没。倘若听到《三峡猿声》那首民谣，自会油然激发出强烈的共鸣。民谣这样唱道：

巴东三峡巫峡长，

猿鸣三声泪沾裳；

三峡情怀

巴东三峡猿鸣悲，

夜鸣三声泪沾衣。

如此声情并茂的三峡民谣，夸张一点说，天地间其有几乎！

最难忘的那首《滟滪歌》，那是千千万万船工过"滟滪堆"的绝唱，它并未因为瞿塘峡口的"滟滪堆"在1958年冬被炸掉而消逝，却像沉积千年的底色永不褪色。犹如世世代代船工的真情实感，是忘不掉、记得往的乡愁。记得当年我们几位业余作者从白帝城下山，坐在靠岸边的礁石上，看过往轮船上下瞿塘滟滪堆，几声汽笛一响就轻松地远行了。我忽然冒出一句诗：汽笛一声喊，滟滪狂澜今不见，船头红旗迎风展，航道工人英雄汉。记忆犹新的那首民谣《滟滪歌》唱道：

滟滪大如象，瞿塘不可上。

滟滪大如牛，瞿塘不可留。

滟滪大如马，瞿塘不可下。

滟滪大如袱，瞿塘不可触。

滟滪大如龟，瞿塘不可窥。

滟滪大如鳖，瞿塘行舟绝。

仔细品味，纵无美词亮句，但比喻丰富多样，形象真实而夸张，既令人回肠荡气，又叫人胆战心惊！

自古"七百里"长江三峡，风光雄奇、秀丽而惊险，曾哺育出历代多少文人骚客，也考验与锻炼了世世代代三峡船工，张扬了他们沧桑、英勇与顽强的精神。他们用汗水、热血、青春、智慧与生命谱写出的一首首三峡民谣，留住了世代难忘的乡愁。

三峡民谣，是长江三峡的真实反映。随着时代的变迁与三峡建设的成就，已经成为远逝的三峡绝唱。她将永远在我们三峡儿女的心中回响，似幽兰，自芳菲！

像流水积下了层叠的悲哀

七百里三峡中，两岸连山，山崖入天，逶迤绵延，一座比一座雄奇，一座比一座秀丽，一座比一座壮美。三峡的水，进入瞿塘峡，涪万众水争一门，更有滟滪狂澜，无风白浪起，年年波浪不能摧；巫峡悠长，百转千回，一浪推一浪；西陵滩险，一滩接一滩。"青滩泄滩不算滩，空岭才是鬼门关。"因此，"自古川江不夜航"。顺江东下，或溯江西上，整个行程既费时、费力又费神，莫不惊人心魄！

古时候，长江三峡是出川、入蜀的必经之路。过往的骚人墨客一方面被三峡的雄奇秀丽而情动于心，另一方面又为三峡的滩多流急而心惊胆战。有的诗人"行到巫山必有诗"；而有的诗人如杜甫、李白、白居易、苏轼等，则是一进三峡便有诗，并且诗亦如江水，一泻千里……

20世纪60年代，因宜昌二高离三游洞很近，教学之余，我多次去三游洞游玩。那时，三游古洞历经风风雨雨后，已经破落冷寂不堪了。目睹惨状，一缕缕思古之情油然而生。唐宪宗元和十四年（819）春，白居易由江州司马赴任忠州刺史。刚进入西陵峡口，偶遇诗人元稹与白行简于下牢溪，"夷陵峡口明月夜，此处逢君是偶然"。老朋友一别五年了，高兴之情自不必言，便系舟上岸，相携策步，沿溪缓缓而进，在原始生态的山清水秀之中，隐隐约约地发现半山腰有一个山洞，洞口藤萝垂挂，秀美似女子长发，便吸引他们冒险攀援而上。因为是他们三人发现、始游，故名称"三游洞"。白居易即兴赋七言诗十七韵以赠元稹（字微之），并书于岩壁上。而今读这首《赠元微之》的诗句：

往事渺茫都似梦，旧游流落半归泉。

三峡情怀

醉悲洒泪春怀里，吟苦支颐晓烛前。

……

风凄暝色愁杨柳，月吊宵声哭杜鹃。

万丈赤幢潭底日，一条白练峡中天。

君还秦地辞炎徼，我向忠州入瘴烟。

未死会应相见在，又知何地复何年。

　　诗中抒发了离愁别恨之情，凄楚伤感，缠绵悱恻，动人心魄。两位诗人站在西陵峡口，面对峡中山水景致，触景生情，诗情满怀，意境凄美绝伦，流露出人世沧桑之感。"我向忠州入瘴烟"，前途何等黯淡。于是，白居易在《游三游洞序》说："斯境胜绝，天地间其有几乎？"其言外之意，正好以此自况，如此胜境，而无人知晓矣！岂不透露出诗人的怀才不遇之情。

　　李白曾跻身于朝廷，但仕途坎坷，因受璘王一案牵连，于乾元二年（759）被流放到夜郎（今贵州），在途经黄牛峡时，面对奇山险水，写下一首有名的《上三峡》：

巫山夹青天，巴水流若兹。

巴水忽可尽，青天无到时。

三朝上黄牛，三暮行太迟。

三朝又三暮，不觉鬓成丝。

　　西陵峡中的黄牛峡，自古滩如竹节稠，礁丛棋布，舟船过往，曲折穿行，上水船完全靠纤夫打起赤膊肩拉竹缆，背朝天，手趴岩，一步热汗流，汗水滴穿石。这种极其险恶的地理环境与劳动强度，也给李白的心灵留下了极沉重的痛感。他坐在船中，度日如年，早晨望见黄牛岩，傍晚回望还是黄牛岩，"三朝三暮，黄牛如故"，"不觉鬓成丝"。字字句句饱含着深沉的愁思，抒发出遭贬远谪流放的孤独和忧伤，沧桑感油然而生。不久，李白在途中遇赦。当他自白帝城返回江陵，有了戏剧性的色彩，情绪欢快，写下了"朝辞白帝彩云间，千里江陵一日还。两岸猿声啼不住，轻舟已过万重山。"（《早发白帝城》）这首诗堪称李白的"三峡绝唱"。但过细体味"两岸猿声啼不住"的诗句，那空谷传响的猿鸣声，岂不令人不寒而栗。

在诗人的情感深处，仍蕴含对三峡自然景象悲切凄凉的伤感。因为行人听见猿声就会掉下眼泪，"猿鸣三声泪沾裳"呀！

"安史之乱"后，杜甫携家人出川，病于云安(今云阳)。后来到了夔州(今奉节)，靠朋友接济相助，旅居长达两个年头。回忆国遭叛乱、民不聊生、家之流离漂泊，几乎是汇天下之悲愤于胸中，忧国忧民，家国情怀，游子心境，诗情滚滚，一连写下400余首诗歌。因此，杜诗更多家国情怀，所抒发的诗意沉郁、沧桑、现实性强。20世纪80年代初，我曾踏访杜甫所寓居的浣花溪，距白帝城八九里许，抚摸那块"杜工部祠"的残碑，心潮起伏，再回到白帝庙的观星亭时，吟诵镌刻于石凳上的《秋兴八首》，其中一首云：

> 玉露凋伤枫树林，巫山巫峡气萧森。
> 江间波浪兼天涌，塞上风云接地阴。
> 丛菊两开他日泪，孤舟一系故园心。
> 寒衣处处催刀尺，白帝城高急暮砧。

《秋兴八首》是杜甫的名作之一。所引用的这一首因秋天萧瑟景象而起兴，适逢安史之乱后，国运尚未转机，作者自己又萍踪漂泊不定，因此在夔州时，杜甫"每依北斗望京华"。故乡故国之思萦绕胸中，难以排遣。目睹秋之肃杀，触景伤情，蘸满了心中流淌的泪水，深沉地抒发了漂泊怀乡的悲戚之情，情到浓时有苦味。几乎是一吟双泪流，感人肺腑至深。大凡诗人的艺术风格、个性特色总是同他的经历、遭际密不可分的。

古代的长江三峡，因交通极不方便，山高水长，急流险滩，地处偏远，环境恶劣，成了朝廷的贬谪之地，出现了"贬官文化"现象。比如李白、白居易、欧阳修、陆游、刘禹锡，等等，都是被贬之官。仍以白居易的诗为例。《夜入瞿塘峡》一诗云：

> 瞿塘天下险，夜上信难哉。
> 岸似双屏合，天如匹练开。
> 逆风惊浪起，拔篙暗船来。
> 欲识愁多少，高于滟滪堆。

瞿塘峡天下至险，白天过峡，滟滪横江，波涛汹涌，沉舟覆船随时可能发生。何况夜里入峡，更是险上加险。于是诗人顿生感叹，愁思萦怀。并以滟滪堆之高来形容自己愁绪之多。真像"问君能有几多愁，恰似一江春水向东流"（李煜）……

陆游曾在夔州任通判期间，逢百姓在正月初七（习称人日）"踏碛"，写了《踏碛》诗：

乱门关外逢人日，踏碛千家万家出。
竹枝残戚云不动，剑器联翩日将夕。
行人十有八九瘿，见惯何曾羞顾影。
江边沽酒沙上卧，峡口月出风吹醒。
人生未死信难知，憔悴夔州生鬇丝。
何日画船摇桂棹，西湖却赋探春诗。

作者先写黎民百姓踏碛的欢快热闹场景，可游人中十有八九患有粗脖子病，却不顾丑陋之形参与其中。由于生存环境恶劣，生活普遍贫苦，更缺乏医疗条件。陆游在这里做官而不能养民，个人也无回天之力，自然别有一番滋味在心头。其内疚痛苦之感萦绕心中。套用一句流行语：当官不能为民做主、办好事，不如回家种红薯。末尾，写出自己在他乡的孤独伤感与怀乡之情。这沉痛的心路历程愈凸显其人世的沧桑。

唐代著名女诗人薛涛，长安人。她的身世和经历卑微特殊，本是良家女，后来父死，流落蜀中，遂入"乐籍"（被人称作歌伎、乐伎或青楼女子），常受召令侍酒赋诗。虽诗作丰富，成就很高，才华出众，也没有受到尊重，称为"女校书"，社会地位当属底层。晚年，屏居成都浣花溪，葬于望江楼公园内。她在冷寂中创制深红色小笺，用以写诗，人称"薛涛笺"，后人辑有《锦江集》《薛涛诗》，凡500余首。她在一首《谒巫山庙》云：

乱猿啼处访高唐，路入烟霞草木香。
山色未能忘宋玉，水声犹是哭襄王。
朝朝夜夜阳台下，为雨为云楚国亡。
惆怅庙前多少柳，春来空斗画眉长。

这首诗把巫山自然景观与怀古幽思联系起来，亦景亦情，亦古亦今，情景交融，但字里行间情思惆怅，充满哀伤，联想自己的身世之叹，具有真实感人的魅力。

三峡夷陵的黎民百姓对欧阳修的名字最熟悉，也最亲切。他曾于景祐三年，因越级谏言而被贬夷陵当县令。夷陵虽地处偏远，"楚人自古登临恨，暂到愁肠已九回。万树苍烟三峡暗，满江明月一猿哀……"（《黄溪夜泊》）。但他的足迹仍踏遍了西陵的山山水水，既讴歌西陵山水天下佳，又抒发了愁肠九回之情思。另一首《戏答元珍》云：

> 春风疑不到天涯，二月山城未见花。
> 残雪压枝犹有橘，冻雷惊笋欲抽芽。
> 夜闻归雁生乡思，病入新年感物华。
> 曾是洛阳花下客，野芳虽晚不须嗟。

这也是欧阳修贬官夷陵所写的诗。全诗既抒写了山城二月的自然景象，也表现出远谪三峡夷陵的失意与寂寞，借山水以慰藉自己心灵之伤、之痛。

当代诗人卞之琳先生说过："古代人的感情像流水积下了层叠的悲哀。"历代咏三峡的古诗词，绝大多数是指向个人的生命和情感体验的，以独立品格与自由性灵，寄情于山水，写得真情实感，诗意沧桑，不浮华，不矫情，无伪饰，从诗中可以读出"诗人"来。历代三峡古诗词无不闪耀着人性的光彩。至今仍保持着独立的审美价值，永远留在我们的记忆中！

三峡情怀

巴蜀胜境张飞庙

　　故地重游也常常给人以新奇感。云阳"张飞庙"，又名张桓侯庙，当地百姓称之为张王庙。按说，张飞生前和死后的官位只是"西乡侯"和"桓侯"，可历代的封建皇帝为弘扬忠义以维护其统治地位，对张飞不断加官晋爵，明代以前已被封为"助顺王"。它始建于三国蜀汉末年，距今有1700多年的历史，成为全国重点文物保护单位，国家级风景名胜区。

　　我沿着曲折的红岩梯级登临而上，忽而停下了脚步，只见石梯凹凸不平，磨砺光亮，悬崖上的山门与石梯显得有点斜门歪道之感，怎么如此相似与相识呢？顿时才想到眼前的张飞庙，原来是异地整体搬迁而来的，按照"不改变文物原状"的原则，从长江下游云阳老县城对岸的飞凤山搬迁到这里，相距32公里，恰好也在新县城对面，过新建的长江大桥即到，花了六年时间，耗资约4000万元，依旧保持依山、坐岩、临江、傍溪的地理特征。足见三峡工程建设对保护国家文物用心之极、细心之至、感人至深，留给后人以深刻的启示。

　　历尽沧桑过后的张飞庙，依旧吸引着广大游人。城里的主干道上，汽车排得满满当当，来自北京、上海、江苏、海南、广东、湖南等千里，数千里之外，意想不到的是，汽车出城上长江大桥竟花了近一个小时。当远远望见张飞庙时，真像一组完美的古建筑群油画，依山取势，坐岩临江，层层迭起，错落有致，殿宇巍峨，古朴厚重，色彩明丽，树木葱郁，不愧为历史上所称的"巴蜀一胜境"。难怪100多年前（1879）的一位英国商人称赞是他"见过的最美妙的东方美景"。

　　想必是三国时期刘、关、张"桃园三结义"的故事家喻户晓，广大黎民百姓对张飞被部将杀害，"身葬阆中，头葬云阳"这个民间传说的相信，至今对庙内正殿的刘、关、张塑像瞻仰者最多，拜谒之心最诚。我站立塑像楼前的小天井，久久地凝视，他们高举酒杯，仰天长望，那庄严肃穆，那慷慨悲壮，堪称千古英雄壮举。我沉浸在那浓浓的氛围之中，心潮起伏，联想民间传说中张飞头葬云阳之后，英灵显赫，常以三十里顺风帮助大江行船的感人故事，他那一心为国为民为忠义的精神品格令人赞颂，我轻轻吟诵正殿的那副楹联：

万里云霄飞剑履
两壶霜雪足精神

它将在历史上、民心中永远千古流芳！

据介绍，这组塑像原来是泥塑的，而今是以玻璃钢为材料在原基础上修改制成的，呈古铜色。它与楼下正对面黄庭坚所敬书的《幽兰赋》（韩伯庸），其苍劲、豪迈、旷达之气，交相辉映，更给人以气势磅礴之感。此乃文武对峙，别具风采矣！

过去，张飞庙的正殿是当地老百姓祈求神灵保佑、消灾除祸、发财致富、添子加孙、国泰民安的场所，烧香敬神祭张王者，络绎不绝，烟雾缭绕。可喜的是，现在的祭祀已改在庙外的"得月亭"。这原是一座双重檐六边形亭子，由一道单孔石桥与张飞庙连成一体，系"云阳八景"之一。其崖壁上摩崖题刻："灵钟千古"四个方丈大字，它原来置于庙前"江上风清"的位置。清末以来，一直被"江上风清"所覆盖。搬迁时移至得月亭岩壁上，与亭子交相辉映，亭内悬挂一口响铜钟，钟名"灵钟荡云"，钟高1.837米，宽1.260米，重1.5吨，铭文叙述张飞庙的历史沿革，以及因修建三峡工程而搬迁的情况。古时候，这里是饮酒赏月赋诗的佳境。因适逢传统佳节，亭前坪地成了烧香燃鞭拜佛之场所，香烟袅袅，爆竹声声，烛光闪闪，人声鼎沸，但安保措施得力，热闹而有序。在云阳张飞庙观看庙会，感受中华传统风俗的魅力，老百姓那一颗感恩的心，那一颗虔诚的心，那一颗质朴的心，令人会当不亦乐乎！

待到巫山红叶时

虽然生长在神奇的湘西山水间，却对红叶没有留下难忘的印象。直到20世纪80年代的一个秋季，才在北京第一次看见了香山红叶。在那高高的山坡上，满眼都是半黄半红的红叶，可惜因为叶子伤了水，红得不透，未免美中不足。

记得第二次观赏红叶，是在2012年11月，在湖南株洲参加溆浦一中老同学聚会后，过长沙去岳麓山，当车过湘江大桥时，扑面而来的岳麓山红枫，那高大的枫树经过秋霜之后，枫叶正红，层林尽染。我登上岳麓山，漫步在枫林下的曲径上，处处落满了一层一层的红枫叶，环卫工人一边清扫，枫树上的红叶一边纷纷飘落，俯身拾起一片红叶，便情不自禁地忆起我中学语文老师（后调任湖南师院任教）来，那是一次假期，我从武昌回家乡，途经长沙时，陈老师带领我漫游岳麓山的情景。恩师燃烧自己，照亮了别人。他虽已走了，但音容笑貌一直留在我的脑海。几天后，我写了一篇散文《相思岳麓枫叶红》，红叶承载着岁月的记忆，成了一种崇高的象征。

这次溯长江三峡而上，船过幽深秀丽的巫峡时，适逢最美的时节，巫山红叶满山遍野，一片片，一丛丛，一团团，火红火红的，蓬蓬勃勃，生机盎然，灼灼耀眼，壮丽无比，令人想象那是一幅幅的国画，一首首的唐诗，一篇篇的美文，我惊叹，我情醉！

巫山红叶时，是从11月中旬开始至12月底，甚至第二年元月上旬，红的时间最长，红的地方最宽，从半山腰到山脚，红的颜色最艳，说它红透了绝不为过，用红到了极致绝非夸张。

巫山红叶千姿百态，因为山上的自然生态环境不同，山峰连绵迤逦，阴坡阳坡相隔，生长的树木高矮不等，树种多样，树木的品性有别，待到红叶的时候，有先有后，色彩有深有浅，我们远远望去，高高低低，层层叠叠，起起伏伏，错落有致，既有凌空之壮丽，又有贴地之灵秀，怎一个"美"字了得。在船上巧遇一位巫山神女溪的年轻人，他是上县城申请开办一个土特产公司的审批手续。土生土长在巫峡山中，从小踏过了巫山许多山峰、岩岭，长年行走在长满荆棘的山道上，识别与熟悉许多花木。他告诉我：黄栌树、木子树高达五米以上，红叶自然凸显在高处；五倍子树红叶高约三米多；木瓜子树红叶约一点五米；前胡红叶约一尺上下；小灌木丛大多半米左右；更有爬山虎红叶趴地而生，等等。因此，巫山红叶各具风姿，绵蜒起伏，打个比方，好像没有建三峡大坝前的峡江波浪一样，滚滚滔滔，一浪高过一浪。我心想，原来巫山红叶为何红得那么烂漫，红得那么壮丽，红得那么雄奇，红得那么妩媚，其奥妙缘于此啊！

我改乘小游船驶进神女溪，两山夹峙，窄的地方有如一线天，清流碧透，红叶映水，轻轻荡漾，赏心悦目之极。尤其是能看见"巫山十二峰"的另外三峰的倩影，即：起云峰（生长云雾的山峰）、上升峰、净坛峰，大开眼界。过去船行巫峡，我们只能"十二巫峰见九峰"；而今三峡大坝蓄水后，才能让游客目睹隐藏深闺的另外"三峰"。仰望山顶上红叶掩映的木屋，那是"一户人家一个村"，被誉为"怀抱一江水，背靠一座山"。巫峡人与红叶朝夕相处相伴，红叶落身上，脚踩红叶路，红叶飘进窗，燃起来火旺旺，烧得"三砣"（苞谷砣、洋芋砣、红苕砣）满屋香。

靠近飞凤峰的山嘴，是神女溪的出口处，坐落于青石村，站在青石村是观对岸神女峰的最佳位置。当地老百姓习称"巫山是神女的故乡"。待到巫山红叶烂漫时，遥望神女峰，红叶从她的脚底一直红到山麓，一片连成一片，逶迤而下，火红艳丽，加上阳光照耀，形成视觉反差，使得红叶都红透了，让亭亭玉立的神女满脸绯红，红光闪闪，诗意盎然，好像装扮好了、正欲上花轿的新娘一样，身穿红衣红裤红鞋，走在宽阔的红地毯上，更加婀娜多姿、百媚千娇，正在丛中幸福的微笑。仙女下凡，入乡随俗。王母娘娘的第23个女儿瑶姬正要出嫁到巫山了。此时此刻，巫山红叶映红了神女故乡的天，照亮了神女故乡的云，成为巫山神女精神美的最华丽的装饰品。

三峡，永远的风景

一

轮船溯江而上，高峡平湖沐浴阳春暖阳，波光粼粼，两岸青山逶迤，绿意盎然。前面就是香溪。近了，近了。昔日香溪出口与西陵峡江水的那一道泾渭分明的界线已经不见了，一样的碧绿，一样的清亮。大自然不仅赋予了长江三峡壮丽的诗意，也孕育出长江三峡灵秀的风韵。船进香溪之后，我看见河边仍有三五成群的少男少女，时而欢呼雀跃，时而躬身弯腰，时而接过玻璃瓶，让古老的香溪河平添了激荡心灵的鲜活。

香溪河依旧流香，依旧漂浮着"桃花鱼"。原以为三峡库区水位升高后，我们将同美丽的桃花鱼依依惜别了。而今，它依然五彩缤纷，呈乳白色、淡黄色、桃红色，像一把把小降落伞，又似一朵朵桃花，约古铜钱大小，柔软透明，一闪一闪，随波荡漾……只见她们用纱布做成的小网从水中把它捞起，装入玻璃瓶中，那形状，那颜色，那姿态，那灵性，无不令人新奇，美丽之极，越看兴味越浓。我的思绪也随着碧波越漂越远……

头一次，我看到西陵峡北岸秭归老城下的鸭子潭与香溪河的"桃花鱼"，是在20多年前的一个春天。在同伴的指导下，我小心翼翼地、轻手轻脚地舀呀舀，心里是那样地惊喜激动；那优美的传说洋溢着特浓的诗意。"桃花鱼"是王昭君出塞前，回乡省亲后，乘坐雕花龙船，离开家乡兴山、告别父老乡亲时，热泪滚滚；两岸的桃花正落英缤纷，昭君的眼泪滚落在桃花瓣上，便化作一种形似桃花的水生物（水母）。后来，当地百姓便给它取了一个美丽的名字："桃花鱼"，以寄托乡亲对王昭君的一片深情。当时，给我讲这个传说的香溪姑娘说过一句最动情的话："每年桃花盛开的时候，我们一看见桃花鱼，就像亲眼看见了昭君一样。"她的这句话，至今还感动人心，记忆犹新。

值得欣喜的是，高峡出平湖的今天，桃花鱼的"家园"仍然存在，这是三峡永远的福祉！

近来，在三峡库区秭归的清港河上，又发现了大种群的野生鸳鸯。据当地农业站长介绍：一次性观测就多达60多只，远远望去，或在岸边荆棘间穿行；或在水如镜平的湖面上嬉戏，多么自由，何等温馨。这种珍稀鸟类对生存环境的要求，相对来说是比较高的。因此一般地方很难见到鸳鸯。三峡库区发现如此多的野生鸳鸯，实属罕见。这说明三峡工程蓄水后，库区的生态环境和湿地保护得到了明显的改善。大自然的一切生灵，无不需要一个良好的生态环境。保护母亲河，保护三峡的生态环境，才会使三峡的生灵有生命的繁衍、生命的质量、生命的长久……

二

巫山城，这是神女的故乡，山环水绕。有一次，轮船泊在巫山大宁河口，我们兴高采烈地去游"小三峡"。大宁河像一条束在地球上的绿飘带，柔柔的飘荡，悠悠的潇洒，缠绵着一只又一只造型别致的"柳叶舟"，映着蓝天白云，飘拂在徐徐的清风里。我想起著名诗人徐迟的一句诗："大三峡不如小三峡，……"

柳叶舟停靠大宁河边，我轻轻地抚摸绿飘带，清亮亮的耀人眼睛，水灵灵的沁人心脾，绿色的旋律交响耳畔。透过绿色的薄纱，一眼望得见底，银色的小鱼儿自由飞翔；美丽的三峡石玲珑剔透，五光十色，洋溢着一派生机，流动出一片绿韵；两岸山峰，青翠欲滴。这幽美的生态环境，成了鸟儿栖息的怀抱，白鹭成群。每逢冬季，北方的大雁一队队南飞，路经美丽的小三峡，就依恋地舍不得离去，便在这仙境里过一个温馨的冬天……

眼下，我坐在柳叶舟中饱览大宁河的风光，陶醉在如诗如画的意境中。忽然，我看见河边有一种小鸟，双脚纤细灵活，身子小巧玲珑，羽毛乌黑发亮，尾巴上似涂抹一点红，叽叽的叫声悦耳，蜻蜓点水式的跳跃，宛如轻歌曼舞一般的轻盈舒展，又像行云流水一样的飘逸灵动，美丽极了。我惊喜地问导游妹子："那河边的小鸟叫什么名儿？"她微笑地回答："我们本地人管它叫'点水雀'。"

待我回眸"点水雀"的时候，它却神秘地去无踪影。我悻悻然重复"点水雀"的名字……

它像故意同我捉迷藏似的，不一会儿又出现在河边，脚踩石子，小嘴

三峡情怀

啄水，一左一右地点，是嬉戏呢，还是觅食？真是一种极致，也是在艺术中不容易遇到的一种意境。这瞬间的一瞥，便成了我抹不去的鲜活记忆。

柳叶舟乘风破浪。三峡雄鹰盘旋在蓝天，点水雀却依恋于碧水。舟行，它也走；舟停，它就伫立不前，令人产生无限的妙趣。我心里在想，莫不是巫山神女已把它绣在绿色飘带上了！

大宁河小三峡无与伦比的秀丽，不仅吸引着中外游客；而且也让"点水雀"梦绕魂牵，自由自在，活灵活现，蓝天碧水竞风流，人在画中游；鸟在宁河嬉，人与鸟同伴而行。美哉！如今，三峡成平湖，野禽的生存空间更大了。天地间的任何生灵，唯有回归大自然，依偎绿水青山，才能适得其所，美轮美奂，充满蓬勃的生命活力。长江三峡库区的满江清水，真是斯境胜绝！

三

对于李白的名诗："朝辞白帝彩云间，千里江陵一日还，两岸猿声啼不住，轻舟已过万重山。"从孩提时代就心驰神往。当我来到三峡宜昌工作后，曾几十次到三峡采访，浪里上，涛里下，望彩云，观奇峰，走纤道，爬岩壁，体验过三峡的无限风光，可就是未闻两岸的猿鸣声，遗憾死了。

沧海桑田，连白云生处也有了人家。原始山林被无情地砍伐、烧毁，新修的盘山公路破坏水土、植被，过去猿猴生存的自然条件，日趋险恶，迫使猿猴不得不作"战略转移"，另觅山川幽谷、茂密深林。这是苍天对人类的惩罚。

直到二十世纪七八十年代之交，三峡儿女觉醒了。人们的环保意识增强了，实行"封山育林"。大力植树造林，年年航播撒籽，严禁砍伐，生态环境逐渐恢复，树林在茁壮，灌木又丛生。为了招引猿猴落户小三峡地区，巫山、巫溪两县人民政府有关部门，每年都在山上投放成千上万斤苞谷，培育古代历史的自然景观、改善生态环境，提供充足粮食。终于，小三峡迎来了一群又一群猿猴。大宁河两岸，成群的猿猴出没于山林或河边，或在树上欢跳嬉戏，表演"空中飞人"；或在岩石上晒太阳，享受大自然的恩惠；或在宁河边饮水；或向游人挑逗、打趣、撒野，那一声声的猿鸣声欢快惬意，穿越山林，飞掠碧波，传入耳中。如今，三峡又闻猿鸣声。它把人们带进历史的记忆中，"巴东三峡巫峡长，猿鸣三声泪沾裳"。只是正逢太平盛世，连猿声也不再哀伤如泣，而是多了几分欢悦……

三峡，那万顷的碧波，那鲜活的生灵啊，是我心中永远美丽的风景！

舒新城"滟滪堆"之恋

舒新城先生是我陌生的一位湘西溆浦老乡，心中久仰他的大名。好像我书房里那部浩繁而厚重的《辞海》（舒新城主编）一样，永远矗立在我的眼前。近日翻阅写长江三峡的现当代散文，出乎意外地读到舒新城的一篇大作《滟滪堆》，选自1929年10月中华书局出版的《蜀游心影》。题目再平常不过了，只是瞿塘峡口的一丛礁石的名字。可是却让我眼睛为之一亮。犹如前些年我从沈从文的作品中发现他神往"巫峡"一样的惊喜。正如《滟滪堆》的开头所云："瞿塘峡口有滟滪堆，常为名人吟咏。"

《水经注》所称的"三峡七百里"中，若言风景异，当数瞿塘峡为三峡雄奇之魁。在这里让人惊心动魄的，一是"夔门天下雄"；一是峡口的"滟滪堆"。

滟滪堆"上有万仞山，下有千丈水；苍苍两崖间，阔狭容一苇。瞿塘呀直泻，滟滪屹中峙；未夜黑岩昏，无风白浪起。大石如刀剑，小石如牙齿。"流行于峡江船工中的民谣唱道："滟滪大如龟，瞿塘不可归；滟滪大如象，瞿塘不可上；滟滪大如马，瞿塘不可下；滟滪大如牛，瞿塘不可留……"

有一次，舒新城过瞿塘峡，兴许是1924年10月，应吴玉章之邀，赴成都任高等师范学校教授那一次，于五时经过滟滪堆时，目睹眼前的滟滪堆远比民谣所唱的"牛"、"马"、"象"要大几百几千倍，然而他所坐的小船还是轻轻地驶过了，有惊无险，可见峡江船工驾船的本领之强、搏击风浪的力量之大。

舒新城这次过滟滪堆与白帝城，很有恋恋之感。"我恋滟滪堆，是因为它屹立江中，昂首天外，好像富有闲情逸致的诗人在那里赏玩山水，找寻诗料。"于是，他遐想："若能在堆上建一座小屋，把所有的书籍都搬上去，对着青山流水阅读，暇时垂钓荡舟，或至白帝城中闲游，至少可将我脑中所有的尘俗思想涤清"；若是从白帝城的历史中寻找一些英雄陈迹，也许能"帮助我参澈人生"。这种眷恋之情正契合了舒新城的心境和追求，使他产生了共鸣。倘若过细体验个中滋味，作者心灵的矛盾、苦闷与追求似可触可摸。而这正是当时中国知识分子所共有的情感。面对世事多艰，回天乏力，不得不寄情于山水，寻访于历史，来排遣纷扰的世事与内心郁积的苦闷、彷徨，进而折闪出时代生活的光影。文中流露出的这种真情实感，正是这篇散文的艺术魅力之所在。

　　然而，正当作者跃跃欲试，想前去访游滟滪堆和白帝城的时候，却遭到客栈茶房的一盆冷水浇头，"先生，你要回来吗？""我是到重庆去的，为什么不回来？"茶房劝道："不是这样讲，你非本地人，恐怕你去了不得回来。"此话意味深长，不仅你去的地方十分危险，而且沿途亦不安全，随时会有生命危险。他懂了茶房的一番好意，听从了他的劝导。这一次欲访游滟滪堆和白帝城的热情，"终敌不住生存之感"。因而留下了人生的一个深深遗憾。自然也不能因此断定作者是个怯懦者。而今瞿塘峡口的"滟滪回澜"早已不见了（1958年冬被炸掉）。不尽滚滚来的长江中少了喧哗，也少了一种心动。舒新城的"滟滪堆"之恋，留给作者与读者以深刻的启迪和回味。

　　1928年，应中华书局总经理陆费逵之聘，舒新城任《辞海》主编。从1930年起，兼任中华书局编辑所所长，全力主编《辞海》。1935年，日本侵华步步紧逼，总经理怕日方肇事，力主砍掉《辞海》，分类单独出书，对最敏感的社科条目，如历史上的"上海事变"、"甲午战争"等名词全部取消。而舒新城表示："决不从命。"旗帜鲜明地坚持既定出版方针，保持了鲜明的爱国主义立场和观点，使之于1936年、1937年间分别出版了《辞海》上下册。后来，在抗日战争时期"长沙沦陷"之后，舒新城不怕日本侵略者的胁迫，严厉拒绝返湘任伪职，仍坚持在中华书局工作，坚守了高尚的节操，凸显出文人的风骨。一代辞书编纂大师舒新城，永远保持了一个湘西穷苦农民的儿子所具有的本分和坚强的本色。

沈从文过三峡记

中国历代文人过长江三峡，无不为西陵峡的滩多流急而触目惊心，"三朝又三暮，不觉鬓成丝"；无不为巫峡的秀丽而欣然命笔，"行到巫山必有诗"；也无不为瞿塘峡的雄奇而惊叹不已，"不尽长江滚滚来"……

1951年10月25日，沈从文被分配到四川内江参加"土改"队工作，下午七时上火车，一队人马离北京至武汉，然后溯长江而上，从宜昌入三峡。入峡这一天正是11月1日。他在致夫人张兆和的信中写道："船今天已入峡，一切使人应接不暇，动人之至。孩子们实在都应当来看看的。真是一种爱国教育！"30多年前，沈从文曾在湘西的一支军队上吃粮（即当兵），浪迹于湘黔川边境上，便神往于三峡，却终未能如愿。此时此刻，沈从文头一次入峡，那一见钟情的激动是可想而知的。他在信里前后三次用了"动人之至"、"动人得很"、"感人之至"来表达自己的赞叹之情。这四个字即便没有具体的描写，他的夫人张兆和（江浙名门闺秀、后作《人民文学》编辑）也一定会读懂其中千言万语的情思，而张扬起想象的翅膀。

西陵峡，峡中有峡。在沈从文的心目中，这是"一个重要峡"，已过"清冷峡"（应为崆岭峡——引者）、"兵书宝剑峡"、"新滩"、"秭归"、"巴东"。昭君村和屈原宅也过了。唯对"屈庙"与他心中的向往和历史的应有情形不大相称，眼前的屈原沱岸上的屈原庙（距老秭归城东五里许），"不过如一个普通龙王庙矗立于半山岨而已"。足见伟大爱国诗人屈原在沈从文心中的崇高地位和文化重量。如此小庙怎能装得下屈原的伟大呢！

西陵峡留给他的深刻印象是流水急、色黄浊、山高陡绝与壮丽犷悍。"前后通是山，水在山中转……水急而深。船一面行进一面呼唤，声音相当惨急。两山多陡绝。特别好看是山城山村，高高吊脚楼，到处有橘柚挂枝，明黄照眼。小湾流停船无数，孩子们在船板上船棚上打闹。一切都如十分熟悉又崭新陌生。"沈从文从小流连于沅水流域的城镇与码头，沅水清绝透明，两岸青山秀峭，别是一种风景，其美尽在他的《湘行散记》的字里行间。而初入峡的沈从文虽对长江三峡了解不太深，但描述还是相当老到的。令人不能不十分佩服他的艺术天赋。

轮船在艰难的前进，那惨急的呼唤声音，让他联想到李白、杜甫、白居易、陆游从前过三峡的沧桑情景，那悲哀就像流水一样层叠于心。

巫峡以秀丽擅奇天下。过神女峰，沈从文和土改工作队员一样，完全被峡景所吸引了。"秀拔直上天际，阳光强烈，因之斑驳白赭相间，特别美观。"这种奇遇似远离了"流行色"。惯常过巫峡神女峰，天气大多为云雾缭绕，神女像罩着薄纱似的，俯视江上，含情脉脉，更加妩媚动人。想必土改工作队员即将奔赴斗争的最前线，老天也许格外恩赐，为他们事先洗刷一番身上的"小资"情调吧？沈从文一向是追求美的。他正用眼和心寻觅着，观察着，思索着，巫山"上流一点有个山，山头圆圆的，上面有个相当大的庙宇，可能是什么楚王神女庙（即高唐观——引者）。下游一点一个尖山，相当高，上面也有个小庙，好看得很"（即大宁河渡口那座尖山顶上的小庙——引者）。在长达42公里的巫峡中，神女庙的确有好几座。神女故乡的黎民百姓，因感恩于神女为其护航、为其采药，就在显眼的位置修建多座庙来祭祀她，可见广大百姓是爱憎鲜明的。神女峰不仅是巫山顶上一块独具人形的奇石，更是我们心中的真、善、美的女神！

沈从文在新中国成立前后，曾受尽诽谤，身处逆境，脱离文坛，放弃了文学创作的权利。但他的文学理想依然深埋在心中。同行的其他队员都靠船边玩，或说笑话，或看江景。可沈从文却泛滥着别一番心思："照我理想说来，沿江各地，特别是一些小到二百或不过三十户的村镇，能各住一二月，对我能用笔时极有用，因为背景中的雄秀和人事对照，使人事在这个背景中进行，一定会完全成功……可惜不易得那么一个机会。"

这一次，沈从文过长江三峡，特别使他感动的是，那保存太古风的山村，那在江面上下的帆船，那三三五五纤夫在岩石间的走动，那江上已经起了的薄雾，那江边货船上的装货呼唤，那弄船人的桨橹咿呀声、船板撞磕声，还有那黑苍苍的大鹰就（即岩鹰）在江面上啄鱼的雄姿，一切都自然综合成为一个整体，融合于迫近薄暮的空气中，动与静契合，雄与秀并存，而与环境又如此调和，真是伟大之至，感人之至。这一切，都在他生命中"形成一种知识，一种启示，另一时，将反映到文字中，成为一种历史"（《巫山县船上》）。然而，所有这一切都只剩下了美好的回忆与深沉的反思……

沈从文行船过枝江

沈从文出生于湘西凤凰，后因其文名震天下，成为我们湘西人的一种骄傲。我常常梦回湘西，一半是为乡恋与乡思之情所牵动；一半也是冲着沈从文的名字而仰慕于心。正因为这乡情和崇文，便关注起他的所到之处、所经之地来。沈从文年轻当兵的时候，浪迹湘黔川边境地区，曾神往于长江三峡的秀丽巫峡，我为此满怀激情地作文。近日读从文家书，读到他1951年（49岁）的一封信，知道沈从文先生曾乘华源轮，溯长江而上，途经宜昌枝江一事，虽不过几个小时的航程，亦令我十分欣喜、情不自禁。

1951年10月25日，沈从文离开北京前往四川参加"土改"工作，在这次川行中，沿途写了许多家信来描绘他的所见所闻所思。其中，10月31日《致张兆和》写道：

"船刚过枝江县，江边大县，已起始见到山头，树木郁郁森森，使人想到二千四百年前泱泱楚国景物，犹如逼近目前。江流壮丽，岸边航船如蚁，其实大多是过千石（即担——引者）双桅大船。也有小渔船在江面漂浮。气候还如八月间北方。已见到江边大祠堂和油坊一类建筑。远山有如崂山重叠作浅蓝峰岭的。极壮丽感人……"（《沈从文全集》第19卷）

与其说这封给夫人张兆和传递信息、沟通情感、文字精短、不加修辞、自由随意的家书，不如说是记述宜昌枝江风景、风情、风俗的优美游记散文。短短一二百字里就把所见所思的自然风物、人文景观融于一体，寄情于景，情景交融。沈从文先想到2400年前泱泱楚国之景物，犹如逼近目前。"逼近"一词，好似攥着一股穿透历史的力量。继之，由景及人，由人抒怀，伟大诗人屈原的坎坷一生，自然而然会引起他心底的波澜，心有灵犀一点通。屈原当年的情怀是"哀民生之多艰"。因此为佞臣所谗，被楚怀王疏远，

三峡情怀

最终流放至沅湘一带。新中国建立前后，沈从文所关心的仍然是"乡村中善良人民清洁、正直、胆小、温和的性情"，与新国家要求作家去表现阶级斗争的火热生活是格格不入的。于是他的境况相当艰难，在创作上表现出迷茫，无所适从，自己熟悉的人事"过时"了，过去写的作品也被人斥为"反动文艺""地主阶级的文艺"；新的人事他又不熟悉，即使尝试写了，反复修改，比如短篇小说《老同志》，也无处公开发表。而前半生的"文学理想"又不甘心泯灭，在逆境中仍固守高尚。就在这进退为难的极度痛苦与寂寞中，沈从文只好用书信作为主要方式进行试笔与抒发情思。但凭借他30多年蜚声文坛的"高产作家"之深厚功力，他书信中的字里行间处处洋溢着文学性。读他的家书真是一大艺术享受。

沈从文溯长江而上，到了枝江县（今枝城）。枝江因长江至此分岔而得名。枝江县域内，占有95.5公里长江岸线。上达重庆，下通武汉、南京、上海，不愧为大城镇。过了枝城，前方便是所辖的白洋、猇亭（古老背的古称）等古镇、港口，江流壮丽，岸上点缀着大祠堂，似闲立无语，油榨坊飘香，岸边的航船如蚁，用"如蚁"来形容双桅船之多，凸现出枝江水上交通之繁华景象，极通俗生动。我记得，他曾在《浦市》里写沅水边的浦市古镇码头也采用了这个形容词。湘西人读来，自然是很亲切的。那时的枝江、宜都江面上，漂浮着星星点点的小渔船，弄船人（湘西俗语）迎着晨光撒网，载着落日归来，白花花的鱼儿装满舱，那优美的自然生态，至今令人神往！

我一边读信，一边想象，沈从文眼前的"远山有如崂山重叠作浅蓝峰岭的"风景，兴许就是猇亭南北之荆门山与虎牙山，悬崖峭壁，树木郁郁森森，其临江的山头山貌，凸显出生命活力。让他联想起在青岛任教的往事，远山犹如熟悉的青岛崂山重叠之状，极壮丽感人。猇亭，始得名于三国时期，吴蜀"夷陵之战"就发生在这里。自古以来，就是鄂西、湘西北和川渝东一带重要的物资集散地和交通要冲。同时，气候宜人。"如八月间北方。"沈从文顺便一句闲笔，也流露出船过枝江时的另一种心情，无不带有几分感人的诗味。而遥遥在望的磨基山、宜昌港正迎接着这位落魄的大文豪哩！

诗人兴会屈原故里

端午节，又称"诗人节"。在屈原故里举办纪念伟大诗人屈原的诗歌活动，真是个绝妙的计划。

这次诗歌活动规模庞大，约七八十位中国诗人、作家；规格也高，被邀请的与会代表大多是活跃在文坛的老、中、青著名诗人作家。省内的有徐迟、黄声笑、莎蕻、欣秋、沈毅、田野、管用和、刘不朽、王维洲、李建纲、熊召政、刘益善，等等；省外的有湖南的未央，福建的蔡其矫，安徽的公刘、严阵，辽宁的李松涛，重庆的梁上泉，北京《人民日报》的徐刚、《光明日报》的韩嗣仪等名家，显示出"九省通衢"的湖北省文联、作协大开放、大气派的魄力。

1982年6月25日，这一天是农历重五，是纪念屈原的端午节，与会代表聚会在秭归县城，先参加湖北省屈原学术讨论会的开幕式；再举行端午诗会。秭归县城归州镇虽只有"点点大"的小城，却云集了省内外著名学者专家、大诗人大作家。东西街头，人群川流不息，擦肩接踵，弯曲小巷，青石板踩出砰砰声响，小城上下，到处呈现出一片过端午、怀屈原的浓浓气氛。屹立东门的"屈原故里"古牌坊，重新油漆一新，光彩夺目，郭沫若先生题写的"屈原故里"四个大字，更显得金碧辉煌！

龙舟竞渡那天，作家诗人奔涌而去江边观看。只见几里长的江边上人山人海。妇人们手提栀子花、艾蒿、粽子在叫卖，头上插着栀子花，芳香四散，把三峡女人打扮得美上加美。据介绍，今年的龙舟赛比往年的龙船多，有12条龙舟，龙舟有黄、青、紫、红、蓝、白、橘红彩色，船上的人，头上缠着各色头帕，身穿鲜艳的运动衫，与各自的龙舟同一个颜色，等"啪、啪、啪"三颗红色信号弹一响，腾空而起，12条龙舟似箭离弦，飞飙而去，

三峡情怀

劈波斩浪，去奋力争夺鳌头。呈现在眼前的"龙舟精神"，极大地感动着诗人、作家们……

尤其吸引作家诗人们的，秭归的"龙舟竞渡"别有特色，我们边看边听人介绍：每条龙舟必先唱《序歌》，歌词有传统的，也有新编的。比如：

> 大夫壮志与天齐　　人民世代怀念您
> 您受奸贼多少冤　　您受怀王多少屈
> 为国捐躯投汨罗　　船游江心来找您
> 招您魂魄归故国　　招您魂魄回三闾

《序歌》深沉悲壮，抒发出屈乡人民热爱屈原大夫，为他鸣冤叫屈的强烈感情。

龙舟竞渡中的《招魂曲》，激越高亢，响彻云霄：

> 三闾如今花似锦　　穷乡僻壤大变样
> 千好没有故土好　　落叶归根是家乡
> 年年一到五月五　　招您魂魄回故里
> 大夫大夫归来吧　　人民日夜把您想
> ……

竞渡见了分晓后，12条龙舟从长江南岸调头向北岸划回，划到江心，所有竞渡健儿齐声高唱《游江歌》，一人领唱，众人合唱：

> 三闾大夫啊听我讲　　你千万不可上东方
> 东方有十个火太阳　　金石都能熔化尽
> 人到那里必受伤
> ……

接下来，劝屈大夫不可上西方；不可上南方；不可上北方，因为人到那里必受伤！屈乡人民的一片深挚真情洋溢在字里行间，感人肺腑！

白天的锣鼓声，号子声还在耳边回响，秭归城的夜幕已经降临，作家诗人们的"端午诗会"又开始了。诗人骆文曾这样描写道："诗人竞相吟诵新作，为祖国尊严而抒情的诗篇送出了话筒；有人拥着意气昂扬的歌声走过绿色的江河；也有像麦季阵雨打在高峡灌丛那样的小曲，显出一派碧青的颜色；有哲理的句子，引人思索着心的历程……"（《秭归的端午》）他还在《两个端阳》的结尾，充满激情地歌唱，"秭归端阳，好一个淋漓激宕的节日！"

当年的熊召政是年轻的著名诗人，他那马雅科夫斯基、楼梯式的政治抒情诗，曾广为传诵。这次诗会他感情充沛地歌唱：

> 那鼓声亦响在我的心底
> 击起我心中的天风海雨
> 响在人们每一缕纯洁的思念中
> 纯洁的思念，生生世世

离别了秭归后，诗人作家们溯江而上，长江大三峡，宁河小三峡的雄奇秀丽的风光，令诗人兴会喜空前，饱了眼福，引发灵感，诗情喷发。著名诗人蔡其矫因诗名在外，所到之处，都被当地作者团团围住，题诗签名，最引人注目的是，每当船离码头时，总有美女作者相送，依依不舍。三峡女儿多么热情、多么纯真！

在这次诗会上，著名诗人徐迟的一首题词："大三峡不如小三峡，小三峡不如神农架！"几十年后，仍然成了我的口头禅。徐迟先生的音容笑貌，一直活在我的心里！

秭归端午诗会年年有，唯独这一次诗会长相忆！

三峡情怀

守望诗魂之舍

重访伟大诗人屈原的诞生地秭归乐平里，那高高的五指山仍旧巍然耸立，四周的群峰依旧连绵逶迤，林木蓊郁葱茏，离屈原村咫尺之远，半山腰坐落一个名叫"兰花村"的村子，住着几十上百户人家，白墙青瓦，满天星似的摆布。在久久凝望之中，好像闻到一缕缕兰花的清香，荡涤着我静静的心灵。油然联想起屈原一生爱兰、写兰、诵兰，这不正是屈乡民众的别一番深情厚意，喜屈原之所喜，爱屈原之所爱，寄托着一片情思，让心中长存着一座屈原诗魂之舍。

走在乐平里的一条条田埂上，田野依旧平展展的绿意盎然；山坡上的橘林，树上黄橙垂枝，飘来橘香。唯村庄房屋聚集一起，虽多了一些洋气、一点整齐，却少了些过去的自然生态与散淡的农家韵味。屈原呱呱落地的"香炉坪"，那一声响亮的、好大的哭叫声，已渐行渐远，似乎飘然云天之外，令人不免生出缕缕乡愁。

好在伟大诗人的诗魂依然在乐平里游荡，处处洋溢着楚辞诗韵，给人的感觉好像乐平里就是一个装着屈原诗魂的大容器与一栋偌大的房舍。屈原少年时的"读书洞"，依旧深藏在村民的心中，已把过去崎岖的泥巴山路修成了一米宽的石级，可以直上直下，岩洞虽小，可置身其间，仿佛回响着少年屈平的朗朗吟诵声。歇息时，有一位年已花甲的骚坛诗坛社员，对我饶有兴趣地谈起古时的吟诗遗风，倡导今后在每年的端午诗会上，多一些吟诗之声，并使之蔚然成风气。我心想，老百姓不忘古诗传统，心中有屈原，连他吟诗的姿态和味道也想着要传承下去。

村后半山腰上的"照面井"，掩映在一片大树中。当我蹲在树荫下的井沿，俯身下看，水井虽不深，但一泓清泉，绿悠悠，清亮亮。我微笑地对着照面井，井水里也凸显我的笑脸，并映出头上的一丝丝白发。岁月沧桑，谁能留得住青春呢？传说，少年屈原曾用山神赐予的金镐挖掘出这口水井，初衷是急乡民百姓之所急，以便在大旱之年有水饮。后来，屈原浪漫的幻想这口井既可照面又可照心。凡是心地善良的人往井口一照，心底透亮，浑身舒坦；而奸邪狡诈之人往井口一照，心底透黑，胆战心惊，故有"照面井寒奸佞胆"的诗句。这反映出屈原从小有着爱憎分明的思想感情。照面井的传说，至今仍在屈乡人民口中流传。

在乐平里还有那座"屈原庙"最引人注目。在遍布橘树的山丘上有一座钟堡，钟堡上屹立一座屈原庙（郭沫若题字），坐北朝南，庙虽小，但显得雄壮，那飞檐翘角令人想象成三间大夫的一顶冠冕，越看越像。

因为下榻在村庄的一个家庭旅店，老板正是三间骚坛诗社老社员、原副社长、名誉社长徐正端的儿子，他讲起父亲义务守护屈原庙长达27年之久，现年已八十有六，仍依依不舍坚守在屈原庙。于是，我们怀着敬仰之情前去"屈原庙"拜谒，同时看望这位坚守诗魂之舍的骚坛诗人徐正端。

屈原庙前有一块坪地，独立一棵高大的黄梨树（非黄桷树），据说上百年了。每次来拜谒屈原庙，或参加端午诗会，我总会在大树前留个影。当我们登上一级级石阶进庙时。恰巧，徐老正站立庙门前眺望。我上前握手，恭敬地致意：徐老，您在晒太阳啊，几年不见了，身体可好？

他笑着说，我1929年出生在乐平里，教书40年，1989年退休后，坚持守护屈原庙快27年了。已经养成了习惯，每天清晨给屈原塑像拂尘、擦灰，点上一炷香，再把庭院的清洁卫生做一遍，然后不管天气晴雨或落雪，我总爱站在庙门前打望，看村里袅袅炊烟，望公路车来车往，看小娃上学放学，再仰望天空的云卷云舒，尤其是想象屈原大夫驾着五彩祥云回到家乡来。因为，我心里牢牢记住，屈原一生不管流放多远，总是心系故乡，牵挂着父老乡亲、黎民百姓，"哀民生之多艰"。的确，这是质朴而伟大的诗句，饱含着博大而深广的大爱！为民思，比爱情价更高，比生命诚可贵。

跟随徐老穿过天井，在屈原塑像前默默三鞠躬，并虔诚地跪拜后，参观厢房中的陈列室，字画琳琅满目。旁边一间窄小的房子便是徐老的卧室兼书屋，约七八平方米，家具极其简陋，一床、一桌、一书架，另有几把木靠椅，火炉锅瓢放置墙角，比深山古刹里的和尚还简单。如此清静之境，住上数日尚可，倘若要甘愿一住27年，简直难以想象。徐正端放弃世俗意义上的幸福生活，心甘情愿以坚守屈原庙为生，守护屈原诗魂之舍，这近乎传奇人生，如果没有对屈原的深情厚爱，是无论如何也做不到的。他27年志向不变，像守着生命一样，始终如一，正是守着他自己的内心世界，虽苦犹甜。

徐老还告诉我，他每天都要在这小屋里吟诵屈原的《离骚》，以聆听伟大诗人心灵的歌吟。足见《离骚》之魅力。"不瞒你说，在这庙里，我既孤独又温暖。有时，也自娱式的舞文弄墨，已创作诗词500多首（阙）、楹联800多副，偶尔也发表在报刊，人生乐事莫过于此耳。"我俯首桌子上，随手翻阅他的一页诗稿《屈原祠维修后有感》——

剪节除荆道路通，维修屈祠显奇功；
粉墙黛瓦还原貌，画廊雕梁著古风；
匝地鲜花香四季，参天秀木叶丰隆；
高标独蠹冲霄汉，百世诗宗五岳崇。

徐正端同屈原庙的生存发展休戚相关，感情深厚之极。

伟大诗人屈原诞生在秭归乐平里，这风景秀丽的屈乡（今屈原村）就是屈原诗魂之舍。坚守诗魂之舍，不仅是三闾骚坛诗社社员徐正端个人尽心的事，也是"诗歌之城"宜昌每个人的义务。屈原是属于中国的，也是属于世界的。守望伟大诗魂之舍，任重而道远！

香溪缘

去年，我随"昭君文化高层论坛"的代表们兴致勃勃地参观三峡大坝，未等兴奋的心情平静下来，游轮就从坝首的太平溪港起航。眼前的"高峡平湖"，湖面极宽阔，一望皆绿，"江水绿如蓝"；大湖中还点缀小湖，那湖光山色近乎极致。俯视江水，它融入了太多太多巫山云雨的脉脉柔情，也融入了伟大诗人屈原的浓浓诗意。此时此刻，我心中的诗情也涟漪般地荡漾……

船行不久，驶入香溪口，溯香溪而上。这是重走王昭君离乡进宫的路。听了介绍，大家蜂拥出舱走上观景平台。啊！香溪宽了、深了。那醉人的绿色，连老专家也聊发起少年狂来，在一片赞叹声中，都想把如画的山水统统装进自己的行囊。我心里想，这已不似昔日的香溪，而成了一条秀美的香溪河。悠悠碧水把我的思绪带入久远的记忆。刚来宜昌不久的20世纪60年代初，我公差去昭君故里兴山，尚未开通宜兴公路，必先乘船至香溪镇，再赶一天一班从屈原故里秭归城到兴山的汽车，汽车沿香溪行进，弯弯曲曲的香溪，江水清浅，流着一江碧玉，有的仅一线碧流，滩多石头多，已无法行船了。我朦胧地意识到，这不正是王昭君人生波折的一种写照？

因为王昭君这个名字，我一直想念香溪。20世纪70年代末，阳春时节，我和几位业余作者体验生活，乘轮船夜宿香溪镇小客栈，呼呼吼叫的峡风一夜不停。第二天仍起得早，我们扑进香溪寻找"桃花鱼"，正碰上一群少男少女已在香溪边捞桃花鱼，把它装入玻璃瓶中。其实，它不是鱼，而是水生物中的水母，铜钱大小，状似降落伞，五颜六色，可爱极了。传说，这是王昭君离开父老乡亲流下的热泪，滴在两岸落下的桃花瓣上化成的。至今，我还忘不了那天兴奋的情味，写成的一首小诗：

香溪流香去，
重来访故里。
阳春三月桃花艳，
绿水漂浮桃花鱼。

心儿跟着鱼群游，
涌出诗情万千缕。
溪水滋润纯洁的心，
乡土养育昭君女。

挺身出塞草茫茫，
满怀乡情飞泪雨，
滚滚泪珠沾花瓣，
化作一河桃花鱼。

桃花鱼儿闪异彩，
似见当年巾帼女。
溪水淙淙弹琵琶，
昭君出塞歌万曲……

　　当我悄悄低吟这首《桃花鱼赋》时，无意中被一位陌生的女代表听见了。她笑问："你在写诗？"我不好意思地点点头。

　　"贵姓？"姓李。她开心地笑着说："真巧，我的那一位也姓李。"

　　原来，她是从呼和浩特来的贵宾。一下子就拉近了隔山隔水的距离。她亲热地大笑："咱们是大亲家。"我连忙说：算半个亲家吧！我的老家在湘西。但同船游也是缘分。有一次，听内蒙古赤峰市的文友介绍，她们常把内蒙古的男人称为"北方的狼"。现已体验到，即使是女人，也没有矫情，无处不表露出豪爽的性格和热烈的风采！那位呼市的朋友问道："从前的香溪是什么样子？"我随意地告诉她：与过去相比，香溪长胖了，长高了，性格也变了。从前的香溪浅浅的，清澈如镜，流水淙淙潺潺，就像生动活泼的女孩子；如今的香溪，江水深了，流势平缓，荡荡洄洄，好似有所依恋，像个成熟的女人，丰腴沉静，举止端庄……

84

船行香溪，两岸满目青翠，遍山芳菲，层层橘林，红果累累，似张灯结彩，喜迎远方的亲人和朋友。大家面对如诗如歌的美景，无不叹为奇丽！此刻，我心想，只有这优美的山水环境，才能养育出王昭君绝美的国色和品格。她年纪轻轻，绝顶聪颖，深明大义，自愿请行，挺身出塞。昭君以美丽的青春、高尚的品格，奉献的精神，化干戈为玉帛，给胡人、胡地带来了吉祥安宁，为华夏九州带来社会和谐，而被誉为"和平使者"，当之无愧。

船行香溪，航速缓慢，极轻极轻地犁开碧波。这好似香溪的一草一木深深地眷恋八方亲朋呢，还是八方亲朋对香溪依依不舍？这真是一次幸福的航程！在兴山峡口旅游码头上岸后，我回眸香溪，江水悠悠流去，那粼粼波光，恰似王昭君留给历史和后人永远美丽的闪光！

我想念流香的香溪！

三峡情怀

香溪的"散文树"

　　兴山，山美水美更人美。宜昌市散文学会成立座谈会选择在兴山召开，多少是冲着王昭君这个名字来的。这里是中国古代四大美人之一王昭君的出生地。香溪也是因少女王嫱（昭君本名）常在这条溪河边浣洗手帕使溪水变香而得名的。

　　如果说香溪下游不远的屈原诞生地乐平里，是中国最适合写诗的村庄。那么，兴山香溪便是中国最适合写散文的地方。早在20世纪80年代，上海散文大家菡子写了一篇《香溪》，把香溪写得"如歌如诉地前行"，"溪水流瀑带着一身浩气，一泻而下，然后随着大江东去。""这里长长的流水，都像镜面一样"，"深处见其绿，浅处如白酒一般，飞溅的水沫如白絮银丝。溪水因地而歌，有如松涛，有如竖琴，雷鸣倾盆之声，铮铮淙淙之音，响彻山林之间"。留给我们多么优美的印象！

　　另一位上海散文大家杜宣的《香溪月》，写他在端午节来到兴山香溪，正逢一个月圆之夜，"我由招待所信步走到香溪桥，一轮满月，正在中天。碧绿的香溪流水，在月光下青光粼粼……"不禁想着在这条香溪的岸边，哺育出我们祖国第一位大诗人和古代大美人，真是人杰地灵！

　　带着刚刚成立散文学会的满心喜悦，我们沿着香溪河而上，公路蜿蜒曲折，约莫半个小时便到了"三峡珍稀树木园"。好大的林场！面临淙淙秀水，浅浅碧流；背倚险峻峭岩，丛林茂密苍翠。年轻女场长的介绍，我听得入神。在这重重山林里珍藏着上千种稀有树种和上百种濒危树木。比如珙桐、红豆杉、南方红豆杉、银杏、水杉、响叶杨等等，令人眼花缭乱。在几株珙桐树前，我驻足惊叹，久久凝视，左看右看，高看低看，轻轻抚摸，思绪像白云飘飞……

86

　　珙桐与兴山香溪有着深沉的情缘。传说，香溪河畔的民女王嫱，天生丽质，丰容绝色，十七岁被选美入汉宫，因性格独立，不肯讨好画师，在汉宫被冷落数年，孤寂地虚度青春年华。后来，她抓住一次机遇，自愿请行，挺身出塞。历尽人生沧桑，在茫茫草原终其一生，独留青冢。她为呼韩邪单于出谋献策，使胡汉交和结好，宁息边境战事五六十年，被后人誉为民族团结的"和平使者"。但人性难移，因不能回归故里，思乡情切，夜夜无不梦里兴山。王昭君便以信鸽传情，以寄托她浓浓的乡思、乡愁。而信鸽万里迢迢飞到兴山地域，精疲力尽，栖息于一种神奇的珙桐树上。久而久之，珙桐树上开出一朵朵乳白色的花，极似鸽子形状，如同树上落满了鸽子。因此，当地百姓把珙桐习称为"鸽子花"。

　　面对神奇的"鸽子花"，兴山一位文友更是情有独钟。她说，鸽子花是大自然森林中的一种"异象"，富有奇妙的浪漫色彩。她的这句话，让我感受到王昭君的心灵、性情和品格。那挺拔的树干久经风雨后，依旧屹立，透露出一种顽强和生命力量，永远散发出浓郁的山野气息；那盛开的乳白色花朵，鲜活晶莹，象征着王昭君纯洁净化的内心，融入了她对家乡、对父老乡亲们感恩的一片深情。我不禁深呼吸一下，一股格外清新的气息扑鼻；那尚未滑落的滴滴露珠，仿佛王昭君思念故乡、亲人的泪水，莫不含情脉脉。我忽然联想到写散文的心灵状态不就是如此嘛！此刻，文友冲动的情感与丰富的想象力令人吃惊，几乎达到了一种炽烈的程度：照我看，这鸽子花好似一株"散文树"！而且是我们兴山的、香溪的"散文树"！

　　我略一思忖后，还真可以这么比喻，这么想象。"鸽子花"是兴山女儿王昭君用真情、用品格、用美感化成的神圣的古树，极具散文美的特质。地以人名，古已有之。那么"散文树"，树以文名，似可一试。

　　正当我俩洋洋得意之时，引来了别的文友的关切，无不点头赞同。散文好似一棵古老的鸽子花树，依然生机蓬勃，它会给我们带来一种令人振奋的浪漫精神。"散文树"是一种关切大自然的生态文明之树，也是文学的常青之树！

三峡情怀

"东山图画"怀想

平生所到之处，只要有空闲的话，我常喜欢询问当地古时的"八景"，或从州志、县志中摘抄"八景"的资料，以观其胜迹、风俗和文采。在夷陵（今宜昌）"八景"："西陵形胜"、"东山图画"、"赤溪钓艇"、"黄牛棹歌"、"雅台明月"、"灵洞仙湫"、"三游云雾"、"五陇烟收"之中，我对"东山图画"情有独钟。

早在20世纪50年代末，我分配到宜昌师专工作，学府就坐落于东山之麓，东山连绵起伏，逶迤十余里。三年里，我朝看旭日初升，蓝天浮云朵朵，山上翠色鲜鲜，桃李逢春花锦绣，声声鸟鸣暖轻烟；我夕观松竹透月玉玲珑，仿佛置身在唐代诗人王维的图画之中。即使是恰逢"三年灾害"时期，我们在山上翻地、浇水、泼粪，亦因东山美景而欲高歌一曲。

出学校大门往右步行一二里，便可从那里登上东山之巅，这里是"东山寺"遗址所在地（今解放宜昌纪念碑）。翻开《夷陵州志》（明·弘治九年刻本）复印本，首页上一幅《宜昌东山寺》的老照片赫然入目。东山寺始建于唐代，重建于明代，又毁于日本侵华战争的炮火中。据传，隔江相望的磨基山抢了风水，客争主位、主不敌客。于是到了唐代时，便在东山之巅修了这座寺庙，以助夷陵之兴旺。余生晚矣，只能从老照片上观瞻古寺的外形，堪称雄壮美观，那登临进寺的台阶曲折断续，于草丛中依稀可辨。自古以来，以其历史悠久，名僧侍奉，香火旺盛，占尽地脉风水，福佑西塞夷陵，而成为闻名的千古名刹，被列为"夷陵八景"，排名第二，流传至今。

"东山图画"之所以引人瞩目，不仅因为它的自然风景优美，绿萝溪幽，小桥流水，更在于它有其深厚的文化底蕴。一座不高的山上，修建有慈云寺、东山寺、东山草堂、揽胜楼等名胜古迹，留下了许多文人墨客的足迹与诗文。譬如，北宋欧阳修（曾贬为夷陵县令），他在任上三个年头，足迹踏遍夷陵山水之后，曾写下"西陵山水天下佳"的名句。而对东山寺他赞美曰："日暖东山去，松门数里斜，山林隐者趣，钟鼓梵王家"，"惟有山川为胜绝，寄人堪作画图夸"，字里行间激情洋溢，文采斐然；清代学者王定安在《东山寺》吟咏："蔼蔼东山巅，悠悠图画里"；清代杨振世也写道："信步东山上，凭高眺远村，云连奔峡口，烟合锁荆门"（《登东山寺》），诗句生动形象；沈庆在《东山图画》中的描写几乎达到了极致："旭日瞳瞳上，东山雾色开。翠凝排绣闼，清雅逼蓬莱……"，把情与景交融在一起，诗意盎然。类似例子不胜枚举。所有这些浓郁的人文气息，莫不为西陵峡口的东山增光添彩！

夷陵自古地灵人杰。古代有伟大诗人屈原、四大美人之一王昭君；明代有在朝廷命官刑部侍郎、后拜南京工部尚书的刘一儒，有任吏部左侍郎的王篆。刘一儒以清正廉洁闻名于世；王篆获铁御史美誉，百姓尊称他为"王天官"。两人生前都怀着浓浓的乡情，未忘乡愁。刘一儒在东山脚下修建一座"东山草堂"，从老照片看，草堂大门两层，飞檐翘角，门前石阶宽敞，为接待八方游客提供食宿方便、为过往文化名人提供交流场所；王篆则在南关外常家溪上重修一座石桥，后人改名"天官桥"（早已废毁）。当东山寺修缮后，回归故里的王天官为其作《东山寺记》："郡故有东山寺，去州五里，建自唐。盖形家（形法家，即风水先生——引者）言：东山蜿蜒，作镇郡城，与葛道诸山对，主客不敌，非建浮屠飞阁（即寺庙——引者）以张主势，无以提福西陵。则寺之所由来也。"开宗明义，写明了修建东山寺的缘由。全文叙述简明，详略得当，语言生动，颇多韵味。还有夷陵名人雷思霈，明万历年间中进士，官至翰林检讨，写了许多游东山寺的诗篇。如"九日东山寺，无花却有歌。峰峦朝雨后，铃铎晚风多。峡口生秋水，湖心老芰荷。旧时游息地，竹素已婆娑"。诗中抒发了作者多少情怀！

落叶归根，一代乡官、乡贤逝世之后，都埋葬于宜昌东山。据说，直到20世纪50年代，这两座坟茔才不复存在。江山留胜迹，历史源远长。惜乎哉！

可是，余生也有幸。我对建于东山山麓的一座高大的石牌坊，不仅目睹过它的雄姿，而且多次穿行其下，那副镌刻的楹联依稀留在记忆中。

上联：百卉斗春秋拓东山一区游人应识从军乐；下联：大江流日夜望

西陵三峡过客犹生敌忾心。在中华民族最危险的时候，日本侵略者从常德、从枣阳、随州疯狂扑来，烧杀抢掠，无恶不作，罪恶滔天。1940年五六月间，日本侵略者发动了大规模的对宜作战，其主战场不仅在西陵峡的石牌，也摆在城区的东山。东山寺和东山草堂都毁于日本侵略者的炮火下。这是日寇蹂躏中国的又一铁证。历史岂容歪曲，罪行怎能洗刷！在纪念抗日战争胜利70周年的今天，我们更加怀想东山寺与东山草堂等名胜古迹。尽管今日东山古木参天，气象万千、风景焕然一新，图画更新更美，但作为宜昌历史文化地标的灵魂，将永远跳动在我们的心里！

永驻心中的"天官牌坊"

初来宜昌不久，面对一座陌生的城市，周围的人也不熟悉，对峡州、夷陵的历史沿革更是了解甚少。但看着脚下母亲河畔的热土，便不准备离开这个地方了。从1962年至1974年，我曾在已经开始残破陈旧的民主路寓住了十多年。意想不到的是，那就是过去赫赫有名的"天官牌坊街"。

记得1962年的酷热夏季，因为宜昌师专的下马，我调入宜昌二高；爱人调入宜昌市商业幼儿园。新家就安在民主路靠学院街顶头的幼儿园里。大门为青石筑成的，颇似上海的石库门，岁月流逝，却依稀可见当年的气派。进门是正方形的两层木楼（楼上是小朋友教室），经过一块地场，迎面为长方形两层楼房，砖木结构，滚三层长条青石作墙脚，进门上两级青石阶梯，便是一条幽深的走廊，光线暗淡，左右两边洞开四扇门，两房之间又有一扇小门，用锁锁死，三四家分而住之。我家住在二楼的一间，约10平方米，油漆的地板已现斑驳，走起来有响声，尤其是上下楼梯，嘭嘭声更响。楼下也住了三家。挤出一间作小朋友午休寝室。人住在旧式的木板屋，天生一个深刻的顾虑，但凡一言一行须小心翼翼。日子久了也便习已为常，和睦相处。至今，那楼板的声音似还响在耳畔，也响在心上。当年的一个"家"多么简陋：一张窄木床、一顶白蚊帐、一张长条桌（兼书架）、一把木椅子，两个小凳子，一住多少年，还自觉心满意足哩！

后来，文化馆的陈补先生，被人称誉为"宜昌通"。在一次闲聊中他说："你住的地方就是从前的'天官牌坊'。"据史料记载，位于中心城区的一条街，旧称南正后街。明代时期，夷陵儒生名叫王篆（1519—1603），字邵芳，点军紫阳人。于嘉靖四十一年（1562）中了进士。学而优则仕，任两京都御史，后晋升为吏部侍郎（相当于今之中央人事组织部长）。于是，宜昌黎民百姓尊称他为"王天官"。其父王良策，号柱山，因儿子显贵，光宗耀祖，为炫耀乡里，便在南正后街修建一座大牌坊，上书"天官封宠"四个金字，碑上双面镌刻两条龙。从此，这条街称作"天官牌坊街"。新中国成立后，改名"民主路"，街长一华里许，青石板路，但商铺鳞次栉比，繁华热闹。王篆因从小受严格的家教，聪明好学，后来才华出众，官位高升，深得当朝宰相张居正赏识重用。但张居正死后，王篆也受到弹劾，被神宗下诏罢了官。他回归故里后，便以诵读诗书经史为乐，撰写了不少文章，如，《东山寺记》《六一书院记》等。

天官牌坊街的这幢楼房，楼高不过两层，占地面积并不宽敞，大小不到20间房，装修也不显豪华，但自古以来地以人名。我的一家，由小两口到有了儿女，前后住了十多年（"文革"后期移居大门对面的小平房）。它与我的一生便有一种难以割舍的情愫，一种已经浸入心灵的人文情怀。

"三年灾害"时期，它是我们饥饿中的小小温暖与慰藉。幼儿园小朋友的伙食比大人开得稍好一点，教师职工从中也多少沾点光，比如，菜的油水稍微多一点，剩下的饭菜有时也可多盛一勺、半两。当我俩对坐在房里的小方凳上，我多挑一筷子饭菜送给她碗里，她又回敬一筷子饭菜过来，哪怕两人共吃一碗面，也是乐滋滋的。患难见真情。因而留下我青春的记忆。

这间小房也是我逃避"名利思想"帽子的避风港湾。我一边教学，一边做着"作家梦"。每晚9点钟后从教研室集体办公回到宿舍，在凹凸不平的泥巴地上，靠砖块垫平一张木桌，偷偷地在孤灯下加班加点学习写作，在沉沉的寂静中，只有我的笔尖还在轻轻地响着，带着执着的梦想在跋涉。可投给报刊的稿件退得多，每当发现有我的退稿信，便会引起同事的议论、领导的批评，什么个人主义、名利思想严重！因此，我便把通讯处改为民主路爱人的单位（即"天官牌坊"），以遮学校同事与领导的耳目。

天官牌坊里的那间小房，也是我励志奋斗的隐秘地。每逢周末，我从镇镜山学校回到家里，马不停蹄地批改完学生作文后，便抢时间写文章或修改文章。文章往往是改出来的，对一个习作者尤其如此。记得1964年4月，我在《长江文艺》发表的处女作（文艺随笔，2000字），就是在这里修改完成的。这大大地增强了我的自信心，也是圆"作家梦"的一个开端。回想我在这间小屋，在炎炎夏夜中打起赤膊、挥汗写作的情景，虽苦犹甜。成功意味着奋斗。至今，我还心潮起伏……

我是认同"日久他乡即故乡"这句话的。我的根留在湘西。但鄂西宜昌是我终生难忘的第二故乡。台湾诗人余光中的《乡愁》：乡愁"是一枚小小的邮票""一张窄窄的船票""一方矮矮的坟墓""一湾浅浅的海峡"。洋溢着何等的深深眷恋和绵绵真情。而在我的人生中，宜昌天官牌坊里的那间窄窄的屋子，也寄托着我浓浓的"乡愁"，在长江滚滚的波涛中成了恒久的定格与牵挂。任何一张文化名片是不可忘记的。"天官牌坊"啊，将永驻我的心中！

幸福在路上

一个人对生活许多年的这片土地，总怀有一份深深的热爱，有着更多的情怀、关注和梦想，哪怕在回忆的瞬间也总会多出几分反思。

记得20世纪60年代初，在物质极度贫穷的日子里，我在宜昌市北山坡的一所高等学府任教。从大学毕业三年后，我仅仅分配得一双购鞋票，买回了一双胶鞋；到了第四年，又获得了一张手表购物票，心里格外欣喜。手表是从苏联进口的"基洛夫"牌，价值约两个半月的工资。当时，校园离九码头二华里许，尽是上坡下坡弯弯曲曲的土路；距城区中心解放路约四五华里，走田垄，过池塘，穿小巷，然后到达。年轻，有脚力，不费劲。因饥饿患了浮肿病后，每次走在泥巴路上，步履蹒跚，虚空乏力。我梦想有朝一日，汽车隆隆地从这里驶过……

20世纪70年代初，我调离学校，步入文坛。因为参与修改一出革命现代京剧《茶山七仙女》，在五峰茶山体验生活长达一二年。从五峰县城沿天池河到九环坡，十几里山路，来来往往，都是靠步行的。一次较远的山路是从县城到采花茶乡，六七十里山路，背着行李走了一天。在饱览沿途秀丽的山水风光中，也渴望通客车的日子，那该有多快活多舒适多便捷！

最难忘记的是，每次从渔关镇（今五峰新县城）赶车回宜昌城区，真要话说。一间小屋就是车站，居高临下，里里外外一个人，他就是站长。可小站长，大权力。对乘客不预售车票，非等从县城开来的客车有空余位置，空几个，临时仓促地售几张票，搞得乘客坐立不安。但谁都不敢离开那间小屋，也许就在你离开的几分钟里有客车通过，一旦坐失良机后，不知又要等呀等多长时间，往往等上半天、一天也未搭上车的。站长可神气啦，他进进出出，总有人跟随着，前呼后拥，好比大领导似的。当时作家不像现在这么多，内心里多少有几分骄傲的我，也得甜言蜜语相求，也要尾随不舍，还要搭讪地同他攀谈，巴结巴结；要紧的是，不能忘记站长的姓名，以便开口闭口能叫出某站长来，站长之前加上姓氏，就显得几分亲切，他兴许会听得舒服。在车站，无心想别的，一心想着有一天，能在山路上多有几辆客车奔驰，多听到声声车笛鸣叫，对孤寂的乘客壮壮胆子，减轻心理压力。那条通往山外，有着"老虎口""千丈岩"等险处的盘山公路，则被五峰人称作"幸福路"……

改革开放以后，经济转轨，思想解放，带来了城乡的巨大变化。我体验深刻的五峰公路，建设速度，日新月异，由山顶改在山腰行驶，坡度小了，路面拓宽至8米，由麻砂路面改成水泥、沥青路面，一再裁弯改直，方便行驶，缩短路程。昔日的"老虎口"，只徒有虚名了；"千丈岩"已失去惊心动魄的威慑力；一辆辆客车、货车，云山里来，雾海里回，千里公路铺满朝晖！

我难忘的北山坡，而今马路纵横，铁路贯穿，高楼栉比，形成了交通枢纽。每每经过这里，不禁感慨万千，今非昔比，换了人间。

20世纪80年代中期后，迁住在解放路，楼房位于大十字路口的一隅。清晨的车笛唤醒我去公园晨练；街灯下的车水马龙，平添一座城市的灿烂辉煌；大街上的熙熙攘攘，显示出一座城市的发达兴旺。说句心里话，有时也有点烦，但更多时候却倍感温暖，心生自豪之感。冥思默想过后，我依旧害怕那大山里独行的文化苦旅，焦急等车的无奈；我依旧不满于城里爬坡的疲劳与艰难。幸福在路上。于是，从这片养育我的城市正在加剧的物欲与喧嚣中，便多了几分宽容，多了几分关注，多了几分热切的希望。"物欲横流"是可以通过对心灵的疏浚而加以引导的；城市街道的"高分贝"，也是能够在科学管理中而下降的。面对西陵峡口的一座大城浮现，畅行在长长的宽敞的东山大道、夷陵大道、沿江大道、发展大道、城东大道上，心里真有一种幸福感，更充满了对未来的希望！

中国改革开放30多年，在时间长河中只是一瞬间，但它却像阳光雨露，滋润了中国百姓的生命，并提供了精神的启迪！

三峡情怀

观"光"

自打1959年9月分配来宜昌后，就同这座城市结下了千丝万缕的情缘，我与城休戚相关，城与我荣辱与共。曾为改变小城的落后面貌而努力添砖加瓦；也为大城的崛起而欢欣鼓舞。"萧瑟秋风今又是，换了人间。"

常听人说，我们过上了"幸福的时光"。"时光"二字，我想内涵极其丰富。闲来品味，它兴许包含着"光亮"，亦即"电灯"在内吧。这是城市居民不可或缺的生活元素。据说，20世纪50年代伊始，小城内只有一家小发电厂，发电量极少，不过几千瓦而已。名为"永耀"，实则少光。往往一条街，一个巷，黑灯瞎火的，不见一盏路灯。连城市主干道的路灯安装率也微乎其微……

发光发亮的"电"（路灯），既是一座城市的华表（外壳），也是一座城市系统工程的灵魂。自从兴建了宏伟的葛洲坝水利枢纽工程、长江三峡水利枢纽工程之后，宜昌的城市品位提升了，城市的辐射力增强了，城市的灵魂光洁了。三峡水电站的总装机容量1820万千瓦，年发电量847亿度，所发出的强大电流可以照亮半个中国。宜昌供电公司路灯管理中心，抓住机遇，提出"让城市的灯先亮起来"。灯亮，才能城美。

因为城市用电的"透支"，停电，也时有发生。每当城市某一片区、某个路段、某个社区突然停电，发生路灯故障时，生活在这里的居民的心就会万分焦急，狼狈失措，那个难受的滋味依旧记忆犹新。而此时此刻，电力路灯人便紧急出动，披挂上阵，其速度赶得上"110"，他们冒着雷雨、顶着狂风、迎着暴雪，奋不顾身地进行抢修。在他们的心目中，路灯的事无小事，它直接关联着民生的大事。当灯光重又照亮了城市的每个角落，千家万户会异口同声的欢呼雀跃："路灯亮了，心也亮了。"电力路灯人永远同人民群众心连着心。

时间不知不觉地流逝着，近几年宜昌城市骨架扩大了，工业园区在飞速发展，随着向"世界水电之都"跨出的豪迈步伐，供电不再紧紧巴巴，城市的"亮化"工程翻开了新的一页。据不完全统计，城区已安装各类路灯、景观灯多达几万盏。这艰难的发展历程融入了成千成万水电建设者和电力路灯人的汗水、心血、智慧、青春和生命啊！正是他们的无私奉献才换来城市的一片光明！

今日三峡宜昌，广大人民群众正享受着"亮福"哩！那观"光"的喜悦，随时都挂在眉梢，随处都留在嘴角；那观"光"的感受，照亮了我们的心灵，洋溢着日新月异的幸福感与自豪感。入夜，我看见夷陵长江大桥的灯光如彩虹耀眼，疑似天上银河落长江；我望着林立的高楼大厦，万家窗口灯光如织；我徜徉美丽的滨江公园，火树银花，景观灯像鲜花一样绽放；那云集路的霓虹灯把大街装点得如梦如幻……这一幅幅美丽的画面，见证了宜昌城市建设的巨大变化，见证了伟大祖国的繁荣昌盛。灯光啊，让一座城市充满活力，充满生气，展开飞翔的翅膀！

走在宽阔的沿江大道上，我看见在茂盛的绿树中，高高的路灯雪亮雪亮，俨然一排排威武的道路卫士，忠诚地为城市站岗放哨。过去偏僻的杨岔路，如今不仅大街上，即便是背街小巷里也已经是："一路有灯，一路光明"，明亮好似白昼。每天夜晚，我偕老伴在街巷里漫步，优哉游哉，再也不感到害怕，与路灯同行，更有了安全感。这自然要感谢路灯的美意。城市的灯光，不仅给人以光明，改变和美化了生活；而且给人以持续不断的温暖，叫人真正地享受幸福的时光！

让我们满怀敬意向光明的制造者、路灯人献上一束鲜花！

三峡情怀

春的声音

　　2014年"冬至"前后，我本能地预感到，冬至到了，春天就不会远了，无论天空是否雪花飘飘，时间老人总是迈开青春的脚步，永不停留地向前、向前……

　　我从西陵峡口出发，溯长江三峡而上，长长的600多里库区，高峡平湖，碧波荡漾，波光粼粼，湖中有湖，峡谷幽深，两岸青山绿树，橙黄橘红，香飘三峡；神女的故乡巫山，那经霜的红叶满山遍野，一片片、一丛丛、一团团，火红火红的艳丽，好似在丛中微笑，但她俏也不争春，只把春来报。即将验收的宏伟的三峡工程，已把强大的电流源源不断地输送到祖国各地，照亮了半个中国。2014年，三峡集团通过科学运行三峡工程，总发电量成功突破了988亿度，创全世界年度发电量之最。

　　三峡库区的一座座新城与乡镇，在我眼前不断地掠过，处处是灯的路，灯的桥，灯的山，灯的海，流光溢彩，春景灿烂，诗意盎然！无论在行船的甲板上，抑或是高速公路的车窗里，不时地传出老百姓的欢声笑语：今年，我们秭归的脐橙丰收了，价钱也不错；今年，巫山的庙党质量好，鼓起了药农的钱包；今年，奉节的夔柚个儿长得大、味道更加甜；今年，万州的川橘大红袍，小年的产量虽比过去低了些，但价钱可观，十元钱三斤，橘农一毛钱都不肯少……这些浓重的山里音，犹如春的声音一样暖心、祥和、幸福，蕴含着浓郁的民间情感在里面。

　　期盼高速，是藏在我们每个人心中的渴望。返回宜昌时，我坐在成都始发至上海虹桥的动车，一路穿山入洞、跨江过桥，风驰电掣一般，刚过涪陵不久，就进入湖北恩施，再由恩施到达宜昌东站，前后不到五个小时，真正过了一把高速的瘾。这种亲身真切的体验，令人有一种"春风得意马蹄疾"的诗意韵味。

走出宜昌新区火车东站，眼前别开一片火热的新天地，高楼像举起森林般的巨手，好气派啊！回眸雄伟宽阔的东站，它以巨人的无比神力，使南来北往、东西贯通的列车，一辆接一辆地奔驰而去、呼啸而来，这就是宜昌人与时间的赛跑。我由衷地赞美高速度、高质量！

宜昌的东大门伍家岗在雄起。不远处传来震撼人心的机器声，高高的塔吊见证精彩的瞬间：山，在一座一座的削平；地，在一亩一亩的拓宽；路，在一米一米的延伸，从小溪塔至火车东站的BRT快速公交车道正呼之欲出，宜昌的现代化大城梦和我们紧紧相连。忽然，我的眼前飘出一道道彩虹：正在兴建中的至喜长江大桥，即将动工的伍家岗长江大桥，已经通车的宜万铁路大桥，好似天上之路，云中之路，像纽带连接着江南与江北，宛如巫山神女遗落的一条条金项链，神奇地排在西陵峡口争奇斗艳……

新年的钟声即将敲响。春的脚步正响彻神州大地，春的声音在宜昌儿女的心中绽放烂漫的花朵，涌起时代的洪波！

三峡情怀

珍　藏

　　我同友人的交往过从，大多是"君子之交淡如水"的。物资钱财上的礼尚往来极少，但精神上的心仪相通、真诚坦荡，常常在言谈、书信中表露出来。因此，这些书信就成了友情的记录。经过遴选，每年都汇集一册《文艺书信辑》保存。对于漂亮好看珍贵的邮票，原先是随便丢弃的，后来剪下来保存了一部分。从神农架走出来的友人老袁，碰到我就大谈集邮。我看他是行家，收藏的邮品丰富，并且用心之极，自己创意、组合成许多专题和系列。可他总是为我十分惋惜，不该把邮票剪下、把信封丢掉，特别是名人的信封、著名机关单位的信封，更不该丢失。现在想来，非常惋惜。

　　同样地有位书法界的文友，因见面多，喜欢直话直说，且常带批评口气说道，像你这样身居文联领导岗位，迎来送往的文艺界名人名家很多，而你极少向他们索求书画，太傻了！那都是值得珍藏的宝啊，它是传承中华民族灿烂文化的瑰宝。回想起来真是遗憾。早在1978年，我借调在省文联，有一次，奉命深夜去武昌火车站迎接著名画家关山月、黎雄才，并把他们送到下榻的东湖宾馆。两老颇为感动。留武汉的两天，也为他们服务过。但我没有讨画的念头，觉得人微位卑。而对于时有接触机会的省文联主席姚雪垠，也未曾开口索求姚老的墨宝。

　　20世纪80年代初，我在"轻舟号"游轮陪同中国文联访问团游三峡。在船上，著名书画家兴会无前，兴致勃勃，挥毫泼墨。我们搞服务工作的人员，不时地请书画家们为市里有关领导留下大作、墨宝，这都一一如愿以偿。按理说，这也是为自己求书画的好机会，但总有顾虑不好意思开口。除非少数几位与我交谈得多的书画家，主动地为我赠送书画。比如，我得到过著名作家峻青画的梅，由南京画院著名画家贺成点的小鸟；电影艺术家许还山赠送给我的"为民思"条幅；还有京剧表演艺术家刘雪涛寄赠我的《竹》，是用红颜色画的，等等。

1992年，长阳举办民族文化节，邀请北京、武汉的书画家光临，其中有李铎先生。作为一方地主的文联干部，多有机会同他交谈，为他服务，作些民俗介绍。县里请李铎先生为名胜风景区题写了："武落钟离山"、"五爪观"等墨宝。县一中宋校长通过我的介绍，为学校题写了校名。但我没有开口为自己索求一幅墨宝。一则觉得为私不好；二则李铎题写后，要由他夫人钤章后才能到手。生怕唐突了，丢自己面子。明明知道李铎在军事博物馆工作，是中国书法家协会的副主席，名气显赫仅在舒同、启功、沈鹏之下。心里好想收藏一幅李铎先生的字。可硬是失去了这个难逢难遇的机会，岂不惜哉！

民族文化节之后，市美协的几位书法家陪同李铎先生到三峡大坝参观。应三峡开发总公司之要求，李铎题写了"中堡岛"三个大字。据说，这三个字的润笔费是1500元。呀！500元一个字。在当时，确实令人吃惊。陡地冒出一句"字画有价"的感慨。

万万没有想到的是，在长阳不敢开口索求的李铎先生的墨宝，梦幻似的获得了。简直像得到"从天上掉下来一个林妹妹"似的兴奋。这个喜讯是青年书法家张学怀告诉我的。他说，李铎留给你的墨宝在书法家罗群手里，由他带回来。小张有声有色地描述道，在李铎题字时，我们几个围在李铎身旁观摩，私下动议，华章主席为人忠厚，与人为善。我们为他求一幅墨宝吧！于是，他们趁机对李铎先生说出这层意思。李铎先生好像回忆起什么一样，然后点头应允了。只见他略一思忖，兴许是从名字联想起来的，犹如神来之笔，挥毫写下："落花时节读华章"的横幅。

当我捧起这一帧长长的横幅，心情激动，暗自庆幸良久。横幅上的题款："华章同志雅嘱壬午夏李铎。"右上角和左下角各钤一枚印章。我凝视着，微微笑了。这是经过李铎夫人同意的墨宝。不仅佳句飞扬，而且笔力遒劲。我脑海里似浮现出李铎先生当时墨研、纸展、落笔的情景……

李铎先生的"落花时节读华章"这幅墨宝，至今高挂在我的书房。每每观赏吟咏，我便情不自禁地感激那几位好心的中青年书法家的美意，自然而然妙悟出：字画有价，人情无价。李铎先生的墨宝值得永久珍藏，可文友的深情厚意却多么难能可贵。我从中又一次找到了永恒，看到了无限。

行走的魅力

对于生命科学我近乎一个"科盲"。但"生命在于运动"的理念，我却是个忠诚的践行者。早在中学时代就获得了全校仰泳比赛的冠军；读大学时，我始终坚持锻炼，其强项是长跑与游泳。兴许是家住长潭河边，从小爱下河洗澡的原因。跑步的本领想必因为孩提时经常上山拾柴火，用一竿竹筢子扫松针毛，几个娃娃伙伴常从山顶一直往下筢，飞跑而下，聚拢成一大抱；再从山脚登上山顶，又飞跑而下，如此循环往复练成的"幼功"吧！

后来，健身运动为人民群众所重视。媒体上时有宣传与提倡，其形式五花八门。一段时间一个花样。我也与时俱进，往往上半年练一个项目；下半年又见异思迁。比如，我练过"倒着走"；后又练"拍手掌行走"，等等。

北京的一位洪教授，十几年前就提出一个鲜明的观点：行走是世界上最好的锻炼方式。因为他在中南海给中央领导宣讲行走的赫赫名声。他的讲话稿一时不翼而飞，几乎家喻户晓。践行者蔚然成风。从此我的健身方式便以"行走"为主。

一条沿着长江的沿江大道与美丽的滨江公园，是宜昌这座城市的骄傲。沿着江畔行走是得天独厚的最佳选择。十多年来，早晨行走一小时，黄昏散步一小时，无论春夏秋冬，我迎着北风走；我顶着太阳走；我打着雨伞走；我冒着雪花走。一直坚持至今。这样既呼吸了新鲜空气，又收获了身体健康；既赢得了心情舒畅，又提升了生命境界。

坚持行走，可以延长人生。人固然总有一死。这是自然规律。倘若通过行走方式，增强了体质，可以让死来得从容一点，延迟一些，连阎王爷看到你的健朗，也会另眼相看，不忙在你的名字上打叉。每个人应当珍惜只有一次的宝贵生命。我们既不怕死，但也不想死。每个人忙忙碌碌一生，坎坎坷坷几十年，等到正逢盛世时，怎么能早早离开人世间呢？这种强烈的生命意识，人皆有之。

行走的人越来越多。各自走路的姿势也有不同，凸显出人们的独特风貌。我的一位文友，他是打着赤脚行走的。每当寒冬季节，这种裸足而行常常引人注目，成了一道风景。或令人同情；或被人误解"另类"，甚至被指为神经有点毛病。但他淡然处之，我行我素，情有独钟，痴心不改。我想起自己读中学时，学校在县城，离家约30里，每个月回家一次取伙食费，都是光着脚板来回走路的。这种艰苦的行走，自然因家乡贫穷落后所迫。可是，对我青少年时代既是一种身体锻炼，更是一种意志的磨砺，影响着我漫漫的人生。每个人终究会有走不动路的那一天，衰老、病死是迟早的事。但人多活几年，只要活得没有遗憾，尽力做好该做的事，读点自己喜欢的书，就是活得自由自在，就有了生命的价值在其中。

我在清晨行走时，常常不约而同地在"天然塔"路段碰到我的一位老领导，是湖南老乡。他每天从滨江公园上段的樵湖岭走出家门，一直走至伍家岗，长达两小时。一顶草帽头上戴，一路潇洒沿江走，无须语言，便展示出一种行走的魅力。他虽年过古稀，却身不发胖，步履轻捷，双眼明亮，神采奕奕。我们有时打打招呼，或交谈一会儿，都市新闻，家乡变化，天南地北，畅所欲言，语气亲切，热情洋溢，全然没有官腔官调，与以前"以车代步"的日子迥然不同。心想，经常行走者，也可使一个人回到本色上来。只有热爱生活的人，才能充满生命的激情。每当我看到他渐行渐远的背影，江风吹拂，绿树婆娑，青草茵茵，状写出人与自然的一种默契，别具魅力，让人陶醉。因此我曾暗暗思忖：是不是自己剩下的只是生存呢，还是留有青年时代未竟的某个人生梦想？"抢时间，抓今天"。这是著名作家姚雪垠晚年的座右铭。它既是生命的自然，也是人生的境界！

103

三峡情怀

"跳龙门"

去年腊月，家有孙女参加艺术类资格考试，情牵全家老小，心心念念。虽然只是全国高考的"准考试"，也好像往昔的"鲤鱼跳龙门"。俨然人生中的头等大事，唯此一举，决胜于此。农民有句俗话："考大学，是学生娃穿皮鞋与穿草鞋的分水岭呀！"对每个人都是人生的第一次大考，命运攸关，决不可掉以轻心！

考试地点设在汉口的省考试院里，孙女下榻在一家旅馆，相距公交车七八站路。那几天，她连续参加招生院校的面试、笔试，日以继夜，真是名副其实的"赶考"。有一次，晚上7点至9点考试。省考试院大门外，风景独异：许多家长或站立，或徘徊，坐立不安，神情紧张。我置身其间，别有一番滋味在心头。

已是寒冬腊月时节，北风呼呼地叫，浓重的寒气直灌进领口、袖筒，手也冻，脚也麻，冰冷的风似刀子在脸上刮，生痛生痛的难受。眼望考场窗口的灯光，我心里也是七上八下的，忐忑不安。即使历史不容许倒退、重新回到原点，可我的回忆之门依旧打开了。种种昨日，宛如目前……

记得1955年炎热的七月，我们到湘西行署沅陵参加高考，路程几百里。有的同学从溆水坐木船；有的同学从县城搭汽车；也有的同学结伴步行，翻山越岭近100公里。那时候，沅陵一中的考场外没有家长、亲人陪伴，只有千里沅水滚滚滔滔，风流奔去。但也有万一的例外，有一位女同学，第一天考完后就悲观失望之极，跳入校园中的一口井里……这件惨事留给我永远难忘的印象。好多年后，我写过一篇《赶考记》回忆此情此景。

作为"过来人"，依稀记得当年的莘莘学子对高考的心态还比较平和，顺其自然，竞争气氛没有现在这么"硝烟弥漫"。究其原因，不外乎当时高中毕业生的出路多。名落孙山之后，既可参加工作，根据自身条件，比如文科成绩好的人，可进党政机关做文秘、当干事；数理科成绩好的人，可以当小学教师、甚至初中教师；有的家庭困难的人，干脆回乡务农；家庭经济条件富裕的人，且可以复读，可以重考，等等。兴许是国家经济建设高潮伊始，各行各业、各条战线都亟需人才，就业率高，人才竞争并不激烈突出。而今时代不同了。比如就业，越来越趋向高学历，高学位，留洋文凭。为了不让人生贬值，可怜"天下父母心"……

每当离考试结束的时间一分一分地近了，近了，就陆陆续续有考生走出大门，只见家长带着一脸紧张的表情迎上去；而当我迎接孙女时，心里竟一片空荡，只对她点了点头，没有勇气问她考得好不好？生怕她不能承受关键时刻的压力。其实，我很想知道她考得好坏，因为，这太重要了。但又生怕因此而影响她的情绪，挫伤她的自信心。我俩肩并肩默默地走，顶着朔风，冒着寒潮，直往公共汽车站奔去。在路上，我只轻声地说了一句："小心冻手啊！明天还有笔试！"在昏黄的路灯下，我的心发痛，泪水湿了眼角……

高考时间已提前到六月。过去曾被人们称为"黑色七月"的中国高考，如今成了"黑色六月"。当然，也是学生激情迸发的六月。终于，在我家的头顶上现出一片蔚蓝的晴空。孙女考取了第一志愿新闻与传媒学院的编导专业。家长松了一口长气；但年轻人难免这山望见那山高。满意中又有不满意……开学报名那天，当我站在历代人文底蕴非常浓厚、名人辈出的黄州热土上，眼看那偌大的校园，林立的高楼大厦，优美的绿色生态环境，生气勃勃的学子身影，霎时，我心中洋溢出无比的欣喜，望着她开始走向生命的远方，寻找人生的蹊径，去播种，去耕耘，去收获，去开拓！

但乐而不能忘忧。"忧"还会接踵而来……值得反思的，不仅是我们的孩子；而是我们家长自己，独生子女，"望子女成龙成凤"，已变成孤注一掷……

三峡情怀

金字塔的山

对于一个城市的记忆，印象最深的也许就是某条江、某座山。从我脚下奔腾东去的长江——中华儿女的母亲河。隔江相望的是那座磨基山，孤峰临江，绝壁如削，站立城区中心的一马路口望去，呈埃及的"金字塔"形状，被百姓戏称为"宜昌的金字塔"。20世纪初，一个英国人阿绮波德·立德夫人也将这座山峰称作"宜昌的金字塔"（《穿蓝色长袍的国度》）。这是大自然的造化。无论是谁第一个想出来的这个比喻，堪称天才。

磨基山是一座有传说的山。据传，晋代有一位名叫葛洪的炼丹家，曾在此结庐隐居，冶炼仙丹，故名"葛道山"。又据《湖广通志》记载，有一位"郭景纯（晋）结庐于此，基尚存，有一井一钟，呼曰郭道。故有'郭道山'之称。而当地百姓传说，磨基山底下深埋着一副仙人留下的金磨子，所以又叫'磨基山'。而这为广大老百姓所乐于接受，并流传至今"。

磨基山也是一座有旖旎风景的山。东西跨度约600米，南北跨度1000米，海拔约220米，满山绿树，灌木丛生，山麓橘树成林，橘花芬芳，空气新鲜怡人；若登高眺望，山静声远，江上碧波轻漾，船只如飞，彩虹凌空，葛洲坝雄姿、城市美景尽收眼底，如在画中，似入诗境。

山不在高，有仙则灵。磨基山在宜昌市民众的心目中是一座休闲游憩的山、延年益寿的山、陶冶性情的山。好像每个人都可从它山底下的金磨子上淘得一克半克黄金似的。一年四季，登山者络绎不绝。在阳春三月里，我们从夷陵长江大桥信步而过，沿着一条曲折逶迤的小道登山。爬至半山腰，回望山谷下，新修的磨基山公园已具雏形，那曲线般的人行步道，那凌空飞架的天桥，那绿化的六级台地，那平坦宽阔的广场，如春风拂面，似锦上添花，真正把关心民生落到了实处。

从登山大路的左边斜穿而出，干枯的竹叶掩埋了石级，我们小心地下走七八级石阶，虽宽不盈尺，却有惊无险，往前走，铺路的方块水泥板时断时续、时有时无，坎坎坷坷，两旁绊脚的杂草已被刈去，挡路的杂树枝条亦被砍掉，名副其实的曲径通幽，走在其间，一路伴随着好心情。唯喳喳啾啾的鸟雀声悠扬婉转，悦耳动听，平添盎然的春意，打开了心的窗户……

我们的脚步在慢慢地走，仿佛岁月在默默地流逝，如同走进了梦中。忽然，老胡指着路坎下的一棵桃树说，你看桃花开了，开的多么灿烂！我惊喜地看着桃花，在枝头含苞绽放，便伸出手轻轻地摘下一朵桃花，看了又看，闻了又闻，好像勾起了我的思念与乡愁。我忆起家乡老屋地场墙角的那棵桃树来了。那是我母亲栽种的一棵桃树，经过嫁接之后，终于结出了又大又白的白桃，桃子尖带粉红色，俗称胭脂红。母亲种桃树的初衷是为儿女们吃桃子、饱口福，想不到它后来竟变成一棵"摇钱树"，每到桃儿成熟时，母亲赶场去把它卖掉，一点一点地积攒学费钱。到了"三年灾害"时期，那棵桃树还帮助父母亲在度灾荒中救了急，俗话说，吃两个桃子抵得半饱哩！

当我看着这朵美丽的桃花，灼灼其华，灿烂火红，想到清明节将至，父母亲已经远行，不禁泪湿双眼。这朵桃花宛如盛开在我生命里的一朵红，留住了我心底的思念。

穿行在磨基山半山腰的树林里，从树缝中我们隐约看见了一栋栋高楼耸立在对面的山坡下，拐过几个山弯，接上了下山的正道后，眼前塔吊摩天，高楼沿着五龙大道排开，错落有致，或三五栋，或七八上十栋，形成一个个自然小区，江南新城正在崛起，发展之势锐不可当。冷藏了几十年的点军区，终于被全面改革、实现宜昌梦的阵阵春风吻开了，正在变得美丽多姿！

三峡情怀

漫步东山大道

一座城市都有一二条闻名的马路和街道。譬如北京的长安街，上海的南京路，武汉的航空路，长沙的五一大道，等等。宜昌的东山大道就相似于它们在城市中的地位，好像亮眼的一块黄金地标，活络城市的一条大动脉，大江大河的一条主航道。

东山大道，因依傍一座秀丽的、连绵逶迤的东山而得名，与长江平行东去，上接镇镜山，下通伍家岗，长约20公里，伴随宜昌新城而生，修建的历史不过50多年，仿佛弹指一挥间。可因为我亲眼见过它的开工，也曾为之挖过土、铺过石、打过夯，于是留下了难忘的记忆。

当年，我从镇镜山出发，漫步在新修的东山大道上，便情不自禁地涌出一阵自豪感。那时候，这座城市正度过自然灾难时期，元气尚待恢复，居民约十几万人，只有一条窄窄的汉宜公路纵穿城区。记忆犹新的是，广大老百姓的精神振奋，有一股穷则思变的旺盛斗志。城市规划修建东山大道，全民动员，打"人民战争"。我正在镇镜山"宜昌二高"任教，在各单位包干的路段上，师生连续奋战了十多天。白天，头顶烈日，在旱地与水田中或开挖，或填方，或打夯；晚上，披星戴月，挑灯夜战，一锄汗滴土，一车石头一身汗，打夯的声音动地响，号子翻过了山，飞过了河，那不怕苦、不怕累的革命干劲，真像工人诗人黄声笑所写的那样，"太阳装了千千万，月亮卸了万万千"；"就是泰山碰到我，也要粉碎化成泥"。心想，一个国家要富强，一座城市要发展，除了依赖先进的科学技术之外，还要靠人民群众的齐心与干劲，人心齐，泰山移！而人总是要有一点精神的。

有一次，我走过东山大道的北山坡，原只是走马观花，却忽然停下了脚步，依依留恋不舍。这里曾经是宜昌一所最高学府"宜昌师专"的校址。我在师专任教时，从这里的崎岖山坡上与田垄阡陌中，来来回回，弯弯拐拐，上上下下三个365天。有多少回拖着浮肿的双脚，一步一步地艰难上坡；有多少次从山坡下的两口池塘挑水上东山，去浇灌红苕、苞谷、蔬菜，以生产自救，度过三年饥饿的日子。而修建东山大道之后，似乎把当年的田垄阡陌、山水之灵统统装进了这条宽敞的大道。这突发的想象，却不乏真实。我环顾四周，交通方便，楼房林立，小区清洁，校园热闹，昔日坎坷相隔的"宜昌医专"（今中心医院），一下子缩短了距离，仿佛近在咫尺。脚下，由开初的砂石马路，已经加固拓宽成六股车道，实现了道路路面的全硬化，只见大小车辆如织，能承载几十上百吨重的大卡车行驶，默默地为建设新宜昌和葛洲坝水利枢纽工程作出了贡献。那一排排的桂花树、一行行的灯笼树（学名栾树）整齐地竖立在大道两边，春风拂来，枝条伸展，绿意盎然；到了秋天，金桂香飘全城，成了一道亮丽的风景线。顿时，那非正常年代淤积在心的苦难，一个个地被打开驱散了……

自从我家乔迁至杨岔路后，因为有平行的东山大道、夷陵大道和沿江大道穿行而过，杨岔路由郊区提升为主城区，崭新的小区一个挨着一个、商店鳞次栉比。东山大道的BRT公交快车道，即将全线通车，从夷陵区汽车客运站直达宜昌火车东站，整个大道拓宽成八车道。眼看那长长的、美观的钢筋站台，像里程碑似的屹立在大道中间，让宜昌城市的"黑骏马"——新型公交车，多装快跑，奔驰在蓝天白云下，将给城市以精神的指引，加速现代化大城市的建设步伐！

一场冬雪落下后，我乘兴漫步在东山大道，地气渐温，迎着一缕缕初升的阳光，沐浴在喜气洋洋的春风里，仰望那新安装的一根根高杆路灯，好像一排排银装素裹的大树，生机蓬勃地伸向蓝天，树梢上还绽开着两片银色的嫩叶幼芽，正含苞待放，凸显出生命的活力。我轻轻一拍，似听到一颗微微颤抖的心音在跳动，她想等到暮色苍茫中为千家万户一个惊喜，闪亮出一盏盏皎洁晶莹炫目的灯，肩负着一座大城的光明！

至喜大桥凌空俏

古往今来，修路架桥是件喜事善举。过去的万里长江波涛汹涌，一泻千里，江南、江北宛如一道难以逾越的天堑。历史长河流到了1957年，在苏联专家的援助下，才修建了一座武汉长江大桥，"风樯动，龟蛇静，起宏图。一桥飞架南北，天堑变通途"（《游泳》）。被誉为"万里长江第一桥"。永远铭刻在我们的心里。

宜昌南津关以上的川江（又称峡江），自岷江而来，其"源若瓮口，可以滥觞"。"倾折回直，捍怒斗激，束之为湍，触之为漩，顺流之舟，顷刻数百里，不及顾视，一失毫厘，与崖石遇，则糜溃漂没，不见踪迹"（欧阳修《峡州至喜亭记》）。文中极言"自三峡七百里中"江水湍急，惊险万状，其为险且不测已到了如此地步。只有出了西陵峡后，长江才山平水阔。过往船夫至此，方才感到重新获得生命。于是，他们把酒洒向地上，再三跪拜，互相庆幸，以为是人生的至喜至幸。

当宋朝尚书虞部郎中朱庆基，再次来峡州做知州时，同部属商议，认为此事理应载入史册，在江边渡口修建"至喜亭"，给船夫与行旅之人以停留休息之所。并把此事托付给时任县令的欧阳修。欧阳修遵命在西塞门外（今镇川门）修建了"至喜亭"。并于景祐四年（1037）写成《峡州至喜亭记》。这是欧阳修留给夷陵宜昌最可宝贵的文化遗产，堪称宜昌古今乡土教材之经典。

山平水阔大城浮。这既是诗人的想象，也是宜昌人民的梦想。自从改革开放以来，葛洲坝水利枢纽工程与三峡大坝的建成发电，宜昌沧海桑田，万象更新，"水电之都"声名鹊起，闻名遐迩，城区常住人口由原来的三十几万发展到今天的170多万，城市骨架不断扩大，各项基础设施正加紧完善，一座新兴的大城正雄伟地浮现于西陵峡口。

在宜昌沿江城镇飞越长江的大桥已建成五座，即：枝城铁路大桥、宜万铁路大桥、西陵长江大桥、宜昌长江大桥、夷陵长江大桥，今年又新添一座至喜长江大桥，气势如虹，凌空俏丽。

在"大寒"节气的第二天，宜昌城区落了飘飘洒洒的第一场雪。滨江的树木绽放出耀眼的银花，遍地变成了白雪皑皑的银色世界，一片光辉。遥望凌空飞架的至喜长江大桥，浑身红装素裹，俨然飒爽英姿，风情万种，格外引人注目。那巨人般跨越的阔步，那伸出的钢铁似的双手，足以把一座大城高高地擎起！

我激情地向她走近，走近；她兴奋地对我招手，微笑。那纷飞的雪花似传来她温柔的声音：感谢宜昌大地母亲般的挚爱，给取了个"至喜"的名儿。此名出自典籍，与史实相符。能与镇川门前的古"至喜亭"遗址相依相伴，更多了一份历史的使命感。我心想，如果说"至喜亭"曾代表了峡江黎民与父母官的深情厚意，那么"至喜桥"却抒发出宜昌百姓与人民公仆的凌云壮志。

我走至大桥底下，巧遇一位中年建设者。我刚一开口，他连说很忙，只能边走边介绍：至喜长江大桥，由大江桥、三江桥、南北引桥组成，全长3234.7米，其中大江桥主跨838米。位于葛洲坝工程下游2.7公里，镇江阁上游约0.5公里处，北接西陵二路，南接点军大道。桥型为悬索桥，是继"武汉鹦鹉洲大桥"之后、世界第二座钢混结合梁悬索桥。

他还说，三江桥采用主跨210米的高低塔中央索面混凝土梁斜拉桥，桥长378米，宽33.5米，双向6车道。我们经过三年多的紧张施工，主桥已全面贯通。设计时速60公里。预计今年实现全桥通车运行。

我问：这座大桥有什么独特处？他回答：除了攻克3项技术难题外（这很高深，几句话难说明白），我们特别凸显生态环境保护的设计理念，千方百计地给市民出行带来前所未有的便利。今后，当你们漫步大桥时是能感受得到的。另外，大桥主缆是由127股锌铝合金镀层高强钢丝索股组成，有较高的耐腐蚀性，在国内同类桥梁中系首次采用。

至喜长江大桥是城区"内中外三级"快速环网的重要组成部分。它将补充整个江南江北交通大循环的完整性……

我目送他匆匆走远的背影，心中油然生出敬意！

我伫立大桥北端，放眼大江之南，联想尚欠发达的点军这片土地上，

三峡情怀

正在崛起的奥体中心, 市一中新校区, 市老干部活动中心, 市妇联儿童中心, 市委党校, 以及磨基山公园, 湿地公园, 江南星城, 维多利亚港小区等现代化新建筑物, 令人心潮起伏。至喜长江大桥, 必将成为点军区一座重要的"开发之桥""发展之桥", 成为宜昌百姓心中的"至喜之桥"!

牧心月儿湾

月亮湾、月儿湾之类的地名并不少见。著名的三星堆遗址旁边的月亮河，令人难以忘怀；敦煌的月亮湖，在荒茫的沙丘群中，一轮蛾眉似的弯月，显得多么晶莹透亮，着实迷人；三国古战场附近的当阳月潭河，夷陵区小溪塔镇新桥边村的月儿湾生态农庄，等等。可见炎黄子孙对月亮的喜欢，只要大地上的某处山冲、江河中的某一河段，形状像圆月，像月牙的地方，当地百姓就取名为它。在人们的心目中，月亮是光明皎洁、柔情似水、上善和谐的象征，个中洋溢出多少美好愿望和诗情画意。

宜昌夷陵区的月儿湾生态农庄，苍翠的群山环抱，绿树掩映着零散的农家，几方鱼塘点缀在花园之中，露珠滚动在青青的草地上，荷花在池中绽放，红橘挂满枝头，杨柳柔姿起舞，四季花果盛开，月月桂花飘香。倘徉在这自然生态的环境中，我们告别了城市的喧嚣，焦躁的心灵得到了放牧，沉重的生活节拍得到了放慢；油然而生的是性情的怡悦，心态的平和，诗意的催生，品位的提升。月儿湾距宜昌市区和夷陵区小溪塔镇均10公里左右，全村森林覆盖率百分之九十五。堪称诗意休闲旅游的又一绝妙佳境。

我们工作之余，到乡村中去，到城市"后花园"式的月儿湾去，看一看青山绿水，闻一闻鸟语花香，尝一尝农家饭菜，体验一番垂钓、品茗之乐，真乃人生的一大享受、平添生活的一缕诗意。会休息才会更好的工作。

中秋的月儿湾，农庄主人杀了一头猪、宰了一头牛，摘下了一篓篓红橘，市、区里的几十位文人墨客在这里舞文弄墨，挥毫作画，个个兴致勃勃，主、客谈笑风生。月儿湾的优美生态环境，为作者提供了丰富的创作源泉。于是，便产生了"诗意月儿湾"（元辰）的书名；《牧心月儿湾》（浚山）的横幅与文题；拆字顶真七绝："土肥茶美桂花香，日夜寻思却老方，万福齐臻何处有，月儿湾里一农庄"（祚正并指书）。"宁静致远"（家伦）的条幅、斗方，大受主人、客人的青睐；画家大江、书家和昌等展开宣纸，泼墨成画，妙笔生辉，妙语连珠。青山打腹稿，真情动人心。来自葛洲坝的女书法家爱梅，书录古诗条幅："一窗佳景王维画，四壁青山杜甫诗。"诗意盎然，情味真挚，真实生动……文人墨客的优秀作品，又为月儿湾生态农庄平添了一道人文景观！

农庄主人热情地带领我们参观，真用得上"一步一景"这个形容词。主体建筑设计新颖大气，接待大厅宽敞气派，已建成25间标准客房、宴会厅可一次接纳800人就餐、大小会议室3间，设有中央空调，太阳能热水器，太阳能、风能路灯等，设施齐全且现代化，宛如城市的宾馆。站立阳台上环视，那院内茂盛的花木，停车场掩映于绿树之中，青青草地上的儿童游乐场，碧水涟漪的垂钓池，绿意盎然的荷花池，周围的橘林硕果累累，绿油油的蔬菜地，一一尽收眼底。走进农家书屋，书橱并立，藏书六七千册，窗明几净，新农村新景象；走进员工宿舍，一溜儿平房，整整齐齐，厕所卫生；还有那香菇坊、豆腐坊、品茶轩，各具农家特色，尽显乡土精粹。正如元辰先生所言，月儿湾是"自然、生态、乡土、诗意"。

我一边参观一边浮想，月儿湾的春夏秋冬四季，风、花、雪、月俱全。人生怎么能离得开风花雪月呢！心中想点风花雪月，手上写点风花雪月，有闲看点风花雪月，这才能让人回归自然，亲近自然，走进梦中的家园，增添生活的情趣，享受人生的诗意！

最美茶乡邓村

　　过了早春二月，人们梦绕魂牵的是，早点儿听到天空中布谷鸟的欢叫歌声，早点儿传来茶山春茶开园的喜讯。清明前新茶上市，喝茶族捧一杯在手，先品为快，抿一口，清香入心，回味无穷……

　　我们上夷陵茶乡邓村时，已是阳春三月，邓村之美几近于丽人的丰腴仙姿，绿油油的茶树正绽开嫩嫩的幼芽，或一叶一枪，或两叶一枪，匀称齐整，片片饱满，鲜活之极，品质优良，不见一丝儿疵点，美到极致。站立陆羽台高处，公路曲折蜿蜒，逶迤而上，放眼崇山峻岭，云雾缭绕，那一层层梯田，一行行茶树，生机蓬勃，好似千条万条长长的玉带，掩映在云山雾海之中，望不见头，看不到尾，野气横生，绿得喜人，如生命之树常青！

　　峡州产名茶，古书有记载。邓村之绿茶，得天独厚。这里横跨北纬31度线，属亚热带季风湿润气候，海拔在800—1000米，土壤肥沃疏松，呈黄棕色，雨量充沛，年约1000毫米，加之距离三峡大坝只有17公里，若裁弯取直，便挨得很近了。其生态环境最适宜于种茶，这是老天爷对邓村人的恩赐。

　　邓村并非村，而是一个乡，辖16个村，乡域面积达260平方公里。这真是天大的天然茶园，非常引人注目。难怪唐朝的"茶圣"陆羽，在其所撰的世界第一部茶叶大书《茶经》中，通过对神州各地茶叶品质比较之后，把峡州（今宜昌）地区所产之茶列入上品，名曰："峡州上。"好一个"上"字了得！

　　到了宋朝时期，一代宗师欧阳修贬夷陵任县令时，曾满腔热情地赞誉："春秋楚国西偏境，陆羽茶经第一州。"夷陵邓村产茶、产名茶、产贡茶，

三峡情怀

历史悠久。《图经本草》记载，巴川峡山，野生茶树有的需两人才能合抱。好大一棵棵的茶树！这次虽未目睹，但听介绍，令人心驰神往。如今在邓村茶山中仍留存有"第四纪冰川"野生茶树。把一个"世界茶树原产地在三峡西陵峡"的重大课题，赫然地推到人们的面前。这也许是我们特别关注夷陵邓村茶乡的过去与未来的缘由。

迎着朝阳，行走在绿色的海洋。时而上坡，好似脚蹬云梯；时而下坡，仿佛扁舟下滩。呼吸那清新的空气，令人心旷神怡。采茶的男女像满天星似的分散在茶园里，正忙碌着采摘春茶，神情专注，十指飞动，小心翼翼地边采边装进竹篮或背篓。在随意的采访中，她们暂停几分钟，微笑地说：春茶采摘粗心不得，茶芽嫩，一不小心，容易伤害叶芽，制作出来后，叶片破损，不匀称整齐，影响茶的外观，质量会降一等。品茶讲究的人，既重茶的内质也重茶的外形。品茶是一种美与美感。听了她们的三言两语后，当刮目相看邓村茶农，也悟出她们深受峡州茶文化传统的影响。我心想，兴许这就是邓村茶之魂，邓村茶美之源吧！

到了茶园没有不手痒的，我欲动手一试，那位大嫂不放心，我说过去在五峰小河、春光茶园学过采茶与评茶。她才放心地同我继续交谈。采摘四斤多春茶鲜叶才能制作一斤新茶，鲜叶卖价一斤40元左右，每天可采十二三斤鲜叶。如今，我们邓村茶农的收入提高了，生活奔上了"小康"，而百分之八十的收入来自茶叶。年轻的乡党委书记介绍说：全乡有8万亩茶山，总产量11000多吨，茶加工厂103家，总产值4.4亿元。拥有全国驰名品牌"邓村绿茶集团""萧氏茶业集团"，邓村茶叶畅销海内外。它不仅墙内开花墙外香，而且墙内也香。因此被誉为"中国最美名茶之乡"。

很多年前，我就知道夷陵有个邓村。邓村人是同"茶叶"紧紧连在一起的。茶叶兴，邓村人则兴。邓村的奇丽山水是天然自在的自然，没有邓村人的参与，山水只是自在的自然，有了邓村人的参与，自然山水才可成为一种文化现象。邓村是远古三峡茶文化的传承与继续，更是改革创新时代茶文化的升华。邓村茶也贵在创新。人无我有，人有我独。因此，邓村的未来也格外引人关注。当我们徜徉在机械化制茶车间，眼前为之一亮，心情十分激动。那才真正是"鸟枪换炮"。萧氏茶业集团有限公司成立18周年，一跃成为国家重点龙头企业，位于中国茶叶企业"前五强"。它打造的现代茶叶全产业链体系，引领了中国产业发展方向。萧氏集团自主研发的"茶树鲜叶清洗工艺"，打破了几千年的制茶不清洗的历史，可以洗除茶叶表层的灰尘、异物、飞禽粪便等附属杂物的残留，使夷陵邓村茶更鲜更美、更卫生更安全。

我久久地凝视那清洗鲜叶的自动化工艺流程，心中流动着邓村最美的无限风光！

三峡情怀

园园的魅力

初冬的一天，阳光温煦。我听到采访对象的名字，调头望去，第一眼看到张园园，眼睛为之一亮。一双圆圆的亮亮的眼睛，真有点佩服她父母取名的智慧。

园园说，从业十年，她始终在寻找一个梦想。梦想不大，可以见证自身价值，可以温暖人心，足矣。做过销售，做过卖场管理，总觉不是她心中的梦想。2009年下半年，她走进了金东山集团公司。一个人要实现自己心中的梦想也不是容易的事。她应聘的是人力资源部，而且笃定不变。当时负责招聘的人为了全面考察她，对她进行了三次"面试"，关卡重重，足见其十分慎重。五年来，她好似一粒种子扎根下来，生根发芽，开花结果。以她一年又一年优秀的工作绩效，已经升职为人力资源部的年轻经理。别人知道的是，她很努力。别人不知道的是，她终觉找到了自己的天地。可以通过自己的发现、培养，为公司提供有用的人才，这于她是极有意义的。有领导的关怀和信任，有同事的相互扶持，这个自由又温情的天地，是她所喜欢和珍惜的。

张园园天生一双圆圆而明亮的大眼睛。她有能力也有自信，要当好"总裁的眼睛""为集团公司找对人"。2009年11月15日在三峡职业技术学院举行一场校园招聘会，是她刚加入金东山的第一项工作任务，令她至今印象深刻。在三峡职业技术学院的大礼堂，挤满了学生，氛围热烈火爆。她和同事们散发宣传传单后，开始激情的宣讲。这番宣讲吸引了众多优秀的学子，学生会主席、副主席以及文艺部长均被收入麾下。这一次初试锋芒，给张园园带来了兴奋感和自信心。而当初收入麾下一个叫李梦欣竹的小姑娘，经过5年的成长，如今已成为公司的中层管理人员。而让她津津乐道的另一次招聘，就是为公司成功引进了一名企划人才——企划部经理李娜，十年媒介经验，面对众多的企业做职业选择时，与园园的一番畅谈使她立下决心，并成为公司的中坚力量。发现人才，留住人才，打造人才，让园园对自己的工作充满信心，充满期待。

随着金东山的飞速发展，招聘员工的任务越来越重大。现场招聘、网络招聘甚至充当猎头，园园带着自己的团队广开门路，在金东山桃花岭饭店开业前期成功赢得应聘者多达400人，保证了正式开业的人才需求。

园园微笑着告诉我，她在人力资源部工作五年，金东山集团公司百分之八十的员工，是她经手招聘而来的。她也亲眼见证了当年100多名员工，今天已发展到近300名员工。公司在壮大，员工在成长。金流金东山，流去的也有HR（人力资源管理者的英文缩写）金色的生命年华。心想，一个年轻人的生命闪光是绚丽灿烂的。我打心里为她和她的伙伴们发出啧啧赞叹！

园园不光具有一双明亮的眼睛，更积累了丰富的临场经验。她说：招聘面试时首先要营造出一种轻松的氛围，让每个应聘者心态放松平和，以表现其最真实的内心；其次，要通过提问去引导他们，并且层层深入，从中发现与判断其思维方式与工作能力；再次，对于特别岗位，还要现场出题，比如面试营销企划人员让其试做一二套营销方案；最后，还要调查其背景材料，了解他们平时的一贯表现，真正"为集团公司找对人"，招进优秀的人才。李总裁管总，把握全局，日理万机，不可能事事亲临。那么，我们人力资源部就要当好李总的"眼睛"。这句话多么富有魅力啊！

除了帮公司选对人，帮公司培养人才，也是园园的一项重点工作。园园说：金东山非常重视对核心员工的培养，人力资源部每年都会通过"请进来"和"送出去"形式，帮助公司员工提升专业技能，帮助管理者提升管理水平。一个"九段秘书"的故事，留给我深刻的印象。从做工作到做流程，从完成任务到保证结果，从会做事的秘书到会思考的秘书，原来秘书也可以有九段的境界。在金东山，也有很多这样的员工，在参加了"九段秘书"课程的学习后，深受启发，努力让自己成长为自己岗位的"九段"。

除了培训学习，金东山李总也非常重视广大员工的读书学习。人的知识多半是靠读书得来的。诚然，实践也出真知。集团公司号召在员工中大兴读书之风，每年向员工推荐10本书，每个干部、员工读完一本书后，都要写一篇读书心得，并在公司进行分享。培训学习也好，读书分享也好，

三峡情怀

都是园园所带领的人力资源部门去抓计划、抓落实。园园说，我们乐于做好这项工作，在自己成长的同时，也能够努力帮助他人成长，这是件多么有成就感和快乐的事情。听了张园园的这一番话之后，我陷于沉思，心情激动。我们来到金东山，不仅听到流金的哗哗声音，同时也感受到浓浓的书香！

这正是园园魅力之所在！

灼灼其华映峡口

农历春分这一天，春风柔柔，春雨霏霏，相约在西陵峡口。喜上眉梢，美在心扉，也美在年华之中。

壮丽的长江三峡，流出西陵峡南津关后，山至此而陵，水至此而夷，一座大城浮现在前方，一座融洞（三游洞、白马洞、龙泉洞）、溪（下牢溪）于一体的天然园林亮丽在人们的眼前。据说，从前这里的桃树很多，"漫天桃花连云开"。老地名叫"桃坪"，后改称为"桃花村"。但到了二十世纪七八十年代，桃树所剩寥寥无几，同桃花村名不副实。葛洲坝水利枢纽工程建成之后，大型豪华游轮停泊在这里，为恢复与改善峡口的自然生态环境，便在这里大力种植桃树。以后，优胜劣汰，年年扩大，至今还在补种花桃树。俗话说"十年树木"。而今的桃花村，桃树成林，茂盛葱茏，千姿百态，满山遍野，香逸清远，数量已近一万株，品种达50多个。导游小秦介绍，这里拥有碧桃、日月桃、人面桃、五宝桃、绯桃等珍稀名品，被誉为"桃花五仙子"。

伴着春风春雨，我们沿着崎岖的石磴子，行走在弯弯曲曲的山路上，那灿烂的桃花，连着天上的云彩。目睹那晶莹莹的花瓣，似露出激动的喜泪，娇艳无比。雨中赏桃花，更多了几分诗情、几分诗意。难怪"桃李不言，下自成蹊"。我走拢去近观，凝视那一枝桃花春带雨的情状，几乎出神入化，欲轻轻伸手又缩了回来，生怕伤其绝世之美丽，"桃之夭夭，灼灼其华。之子于归，宜其室家……"反复吟咏古诗，也难品尽个中的诗味。

忽地，我想起前几年慕名游常德桃源县"桃花源"的情景来，那里的桃林真是望不到边，好似广阔的海洋，那飘柔缤纷的落英，宛如下起一阵阵红雨，美丽之极。但桃花源中的10万株桃树中，"花桃"（又名垂枝花桃）

三峡情怀

极少，难以寻觅，曾给我留下了深深的遗憾。可是，在西陵峡口的桃花村，近万株桃树中，除了极少的单粉桃（结桃子的桃树）外，绝大多数都是珍稀的花桃，千朵万朵压枝低，令人异常惊奇。兴许可以说，桃园不在大，有"仙"则名。

霏霏细雨滋润着一树花蕾花瓣，每朵花蕾花瓣鲜活到了极致。花开的颜色像正宗的玫瑰红，仔细观赏，不同于普通桃花的粉红。倘若说桃花是灿烂的，那么花桃之花则是热烈的，其花瓣硕大、丰满而重瓣，不结果，只开花，故名"花桃"。两相比较，桃花略嫌一点轻佻；而花桃更多几分端庄。经小秦这么一一评点，我们徜徉在西陵峡口的桃花村，真正是一种春天的美丽相约！令人莫不慨叹：风景这边独好！

循着幽幽的古典乐曲声，我们来到一块芳草地，只见20位年轻女子站成双排，清一色的古装打扮，宽松长衫，表情庄重肃穆，随着女司仪之命，按秩序一个个步履轻盈地上前，在香炉前请香、燃香、作揖，然后原路返回，虔诚之至。这是在举行"祭花仙"的仪式。主祭人念念有声，我们虽未听清其意，但现场的祭祀氛围极其浓郁，具有地域特色和乡土气息。于是，我想到古时候楚地"淫祀"之风俗。淫者，多也。宋代欧阳修贬夷陵任县令时，历时不到两年，却踏遍了夷陵的山山水水，深入了解民风民俗，寻访名胜古迹。对于"淫祀"之风虽有不满，可他仍把它写入诗中："大川虽有神，淫祀亦其俗"，"潭潭村鼓隔溪闻，楚巫歌舞送迎神"（《黄牛峡祠》）。其楚地文化特色，乡土气息甚为浓厚。

我站立江边的桃花坞，长江滚滚东去，凭栏远眺，宏伟的葛洲坝水利枢纽工程，好似长龙卧波，雄奇壮观。往西看，国家重点文物保护单位"三游洞"，近在咫尺，"斯境胜绝"，因唐代白居易、白行简和元稹三人同行发现而得名。"夷陵有夷山，夷山多名洞。三游最著名，喧传自唐宋"（清·龚绍仁）；"峰峦压岸东西碧，桃李临波上下红"（宋·赵拆）。心想，未来的桃花村，随着加强保护长江三峡自然生态环境的进程，一定会变得更加美丽。"桃子夭夭，灼灼其华"，将永远映照西陵峡口，而成为秋看巫山红叶，春赏峡口花桃之自然、人文经典！

最美之缘

乌镇：我轻轻地来

　　乘高铁的快意，意犹未尽。向往已久的的浙江桐乡市乌镇，又呈现在我眼前了。位居江南水乡六大古镇之首的乌镇，纵横的河面很窄很小，流水也很潺潺湲湲，唯有河上石拱桥高高耸立，石板小巷幽深古朴，明清建筑老宅保存完好，木板铺子古色古香，风韵浓郁而独特。我情不自禁地自言自语：乌镇，我轻轻地来了！

　　徜徉于石板古街巷，老铺子鳞次栉比，只是开门营业者少，想必早已搬迁到宽阔的大街道上去了。此刻，茅盾先生《林家铺子》所描写的人物、故事情节又浮出脑海：赶市的乡下人一群一群的在街上走过，他们臂上挽着篮，或是牵着小孩子，粗声大气地一边在走，一边在谈话。他们望到了林先生的花花绿绿的铺面，贴着"大廉价照码九折"的纸条，都站住了，啧啧地夸羡那些货物。"林先生坐在账台上，抖擞着精神，堆起满脸的笑容，眼睛望着那些乡下人，又带睬着自己铺子里的两个伙计，两个学徒，满心希望货物出去，洋钱进来。"但是这些乡下人看了一会，指指点点一番，竟自懒洋洋地走到斜对门的裕昌祥铺面前站住了再看。"林先生伸长了脖子，望到那班乡下人的背影，眼睛里冒出火来。他恨不得拉他们回来！"那妒忌的眼睛，那苦着的脸相，那蹀回账台的失落，莫不描写得活灵活现。林先生也知道不是自己不会做生意，而是乡下人太穷了，买不起打折后的"贱货"。从而找到了"生意清淡"的原因所在。沧桑岁月的那一幕幕宛如目前……

　　走进宏源泰染坊，迎面横竖的高架上，晾晒着色泽明丽的印花布，随风轻漾，令人眼睛一亮，忍不住用手轻轻地摸一摸，体验那独特的质感，闻一闻散发出的乡土气息，细看靛蓝的花色与简洁的图案，太熟悉了。让我联想起湘西老家的蜡染印花布来。小的时候，床上盖的是印花被套；妈妈头上缠的是印花头帕；妹妹们逢年过节、走亲串戚穿的是印花布剪裁的衣衫，看着她们身穿漂漂亮亮标标致致的得意模样，"味"死人了。尽管时代飞跃向前，人总是要穿衣服的，变来变去，还是棉布类的清爽、暖和。眼前，乌镇传统作坊里的土灶、水缸、染料、晾布架……都给我十分亲切与温热之感。随着人流我出入于传统民居、传统商铺、传统文化区，一缕缕思古之幽情油然而生。尤其是那"百床馆"陈列的一张一张的古床，暗红色油漆床架，雕花描凤，千姿百态，风格别具，拙中见秀，藏秀于拙，人见人爱，魅力无穷，哪怕在床上打一个滚也会梦里三秋！

乌镇历史悠久，源远流长，7000多年前就有人类在此繁衍生息，文化底蕴深厚，瑰丽璀璨。历来文人荟萃，人才辈出，曾游学或寓居于乌镇的，比如，昭明太子、陈与义、夏同善等；生于斯长于斯的有孔另境、沈雁冰、沈泽民等。中国现当代文学巨匠茅盾，原名沈德鸿，字雁冰。1896年7月4日生于乌镇。1981年3月26日辞世。早在20世纪30年代"左联"时期，就创作出长篇巨作《子夜》、短篇小说《林家铺子》《春蚕》；抗战时期，发表了《腐蚀》《霜叶红似二月花》等中、长篇小说，轰动文坛，声名日盛；新中国成立之后，历任中国文联副主席、中国作协主席、文化部长、全国政协副主席。百忙中还发表了许多文学评论，如《夜读偶记》影响了几代人，出版有《茅盾评论文集》（上、下卷）和回忆录《我走过的道路》等，为中国的文艺事业作出了卓越的贡献。

"乌镇茅盾故居"，位于乌镇观前街与新华路交接处。故居为二层楼房，砖木结构，四开间两进深，前楼四间临街，底层最东一间为大门；楼房后有一小园子，面积共约500平方米，四代同堂居住于此。幼年时期，茅盾和几个堂兄弟在这里读书，由祖父亲自教授；青年时代，茅盾住在这里读书、写作，1935年秋，他在书房里完成了中篇小说《多角关系》的写作。由叶圣陶先生写的"茅盾故居"横匾，挂在墙上，依旧熠熠生辉。我凝视良久，思绪万千。当年茅盾亲手种植的那棵棕榈，而今笔直挺拔、雍容素朴，已超过院墙，高达七八米，生机勃勃、郁郁葱葱。见树如见其人！

修复后的乌镇茅盾故居，于1985年隆重开放。大门前高悬陈云同志题写的"茅盾故居"匾额。几年前，已把故居里的茅盾400余幅照片和反映他的生平及业绩的实物及珍藏品276件，移至隔邻的立志书院，即"茅盾纪念馆"对外展出，正厅安置一座茅盾铜像，供人瞻仰，成为全国重点文

最美之缘

物保护单位。为桐乡市乌镇增光添彩！

我站在高高的石拱桥上，放眼远处，田野广阔平展，桑树翠绿成行；近看小河边，柳色青青，鲜活妩媚，江南春雨杏花，小桥流水人家，风景如诗如画。巧遇一位当地老者从石桥经过，他热情主动地打招呼说：来乌镇还有水乡的茶馆不能不去。本地人喜欢吃茶、泡茶馆，有"皮包水"的说法。平时，勤快做事干活；空闲时，坐在古镇的茶馆，自由地说些新鲜事儿，或镇上的陈年旧事，喝的是味，品的是韵，享的是福，过的是和谐的安逸生活，最后连茶叶都吃进肚里，故习称"吃茶"。我忽然想，水乡风情酽如茶，古镇乡情亲似水。江南好，能不忆江南！

乌镇啊，我轻轻地来了，但我的心未曾离开，将常常在我的梦里闪烁！

拜读寒山寺

依稀记得小时候不情愿地跟随外婆去寺庙拜佛的情景。参加工作后，有机会顺便参观过灵隐寺、归元寺、普陀寺、南岳庙、九华山、中台禅寺、章华寺、玉泉寺等名寺古刹，因为我从未跪在蒲团上拜过菩萨，没有尽虔诚之心，自然是称不上拜佛者的。唯独对于姑苏城外的寒山寺却情有独钟，心驰神往。

寒山寺沾地利之光，位于苏州"天堂城"西郊的枫桥不远处，山门又面对京杭古运河。特别是唐代诗人张继，曾赴长安应试未中，大受挫折，在返程途中路过苏州，孤身一人，乘船过寒山寺门前的枫桥，江天寒霜，月落乌啼，钟声悠远，一腔愁肠，此情此景深深地触动了张继的心灵，便写下了一首《枫桥夜泊》：

> 月落乌啼霜满天，
> 江枫渔火对愁眠。
> 姑苏城外寒山寺，
> 夜半钟声到客船。

张继的这首诗写得真情实感，情景交融，诗意盎然，流传深远。过了多少年多少代之后，还一直为寒山寺增光添彩。

相传，梁武帝天监年间曾修建"妙利普明塔院"。等到唐贞观年间，有寒山、拾得两位名僧来塔院修行。以后，寒山接替住持之位，故改名"寒山寺"。寺以人名、寺以诗名。自古有之。到宋朝时，又重新改名为"普明禅院"。可因张继的诗句"姑苏城外寒山寺"，早已深入人心，广大黎民百姓依旧习惯的称其为"寒山寺"。从元代至明代而清代末，本寺先后五次惨遭劫难，而每次又都被重修复建。足见寒山寺在历代民众心中的位置之高。

清晨，我走进神往已久的苏州寒山寺，朝霞与佛光交相辉映，黄墙、碧瓦与绿树融为一体，古色古香，小巧玲珑，凸显园林建筑风格，寺内香烟缭绕，袅袅缥缈……我想，拜佛者须心诚；拜读者须心沉。仰视那"大雄宝殿"四个金字，顿生肃穆之感，雄伟的正殿金碧辉煌，供奉释迦牟尼坐像，满脸慈祥。侧立的十八罗汉生动有趣。

我逡巡一番之后，伫立高高立柱前拜读那副对联：

古刹千年长留半夜钟声响彻世间惊客梦
姑苏一揽剩有几株枫树饱经霜雪护寒山

反复默诵，沉淀于心，并抄录在小本上，内蕴着历史的沧桑感。大雄宝殿两侧，还供奉着"和合二圣"寒山和拾得的塑像，造型古朴，形象生动，笑容可掬。导游介绍：当年，寒山和拾得在寺里的日子，两人潜心修行，互相鼓励，互相鞭策，相处融洽，终成正果。住持年老，拟从两人中选出一人接替住持，可选举结果两人所得票数相同。而二者只能择其一。老住持正在为难之中，拾得不为名利，主动让贤，悄悄地漂洋过海去了日本。他在日本修建了拾得寺。寒山则做了寒山寺的住持。

岁月流逝，两人的事业都有所成。于是，世人把他们"和合"的思想境界传为佳话，被誉为"和合二圣"。我听完始末，心怀感动。一个人无论活在佛界或人世间，最可宝贵的乃思想境界也。

在大雄宝殿右侧，悬挂一口铜钟。这是人们向往的"夜半钟声到客船"的源头所在。我兴致勃勃地左看看，右瞧瞧，目光无法移开，留连不舍。只可叹此钟非彼钟矣！唐代的铜钟早已失传，明代所铸的钟也流入日本，惜乎哉！眼前的这口钟虽已逾百年（1906），却只是一件明代钟的仿制品。每逢除夕之夜撞钟同庆之时，那钟声虽依旧洪亮悠扬，可在有心人听来，想必会体悟出不同的韵味……

拜读寒山寺的碑廊，令我心怀敬畏。一是宋明以来的名人所书；二是诗词碑刻琳琅满目，一诗一气韵，一石一天地。但最吸人眼球的是，张继的《枫桥夜泊》诗碑。虽前有宋朝王珪宰相所书的石刻；继有明代文徵明所书的诗碑，可惜均已不复存在。现存的这块诗碑，为清末书法名家俞樾所书，浙江人氏，其字用笔厚重，遒劲有力，圆润稳健。景系绝景，诗属绝唱，轻轻抚摸，仿佛芬芳扑鼻。

我久久地读字吟诗，由诗及人，缕缕情思宛如门前古运河的细浪，一层一层微微荡漾，似有着品读不尽的文化内涵。

引人瞩目的还有"藏经楼"，匾额为赵朴初居士所题。字如其人，清丽秀逸，文气浓厚，令人钦慕，高山仰止！据说楼上珍藏有《龙藏》一部，系清刻完整梵箧本，非常珍稀。我忽然想入非非，倘能独上经楼，真乃平生一大幸事；一楼的两壁嵌有《金刚经》全部石刻，为宋代书法名家张樗所书，亦十分珍贵。虽未能目睹，但心向往之。

置身寒山寺内，好似沉浮在茫茫书海之中，那雄伟的宝殿博大精深，光明不尽；那藏经楼的丰富多彩，层叠着多少奥妙；那曲径通幽的脚印，留下多少迷茫与寥远。

"寺中三昧"，远非一日所能阅尽。我依依不舍地走出寒山寺，脑海与心里仍然在回味，仍然在思念。

苏马荡流淌出的美

　　家乡的一个侄子，在利川市苏马荡风景区"林海云天"买了新房，邀请我和他高中的几个同学前去享受清凉。

　　我乍一听"苏马荡"的地名，十分陌生，也很好奇。原来，它是1700年的巴楚古驿，地处长江南岸，海拔1460米，面积20平方公里，夏季平均气温最高22摄氏度，原始生态植物蓊郁丰富，特色鲜明，堪称天然绿色园林。苏马荡是土家族语的一句方言。它的意思是："老虎喝水的地方。"土家族崇尚白虎，视它为图腾，水则是老虎的生命之源，足见这方水土的珍贵与至高。

　　炎炎夏日，漫步在林海云天中，只见天格外的蓝，云非常的白，四周森林苍茫，一望无际，完全被绿色所包裹，放眼尽是绿色，十分养眼。林海云天负氧离子的含量，比城区高达208倍。好像生活在"天然氧吧"与"养生仙境"里。在苏马荡这个小山村，人口约1000人，而80岁以上的寿星就有30多位。这当然要归功于大自然给予的恩赐。

　　我们走在林荫道上，气候凉爽，空气清新，环境幽静，隔三岔五碰到休闲的老者，度假的中青年人，有的扶着老人；有的携着小孩；或窃窃细语；或笑语欢声，连树上的画眉、蜂鸟、山喳子也叽叽喳喳地称赞不已，情趣盎然。小张、小谭两个妹娃引导我们边走边看，那一条条步道七弯八拐，曲径通幽，令人心态怡然、平和、谐美。好似在吟咏一首首山水诗，观赏一幅幅中国画，于不经意间在林海深处接受一次心灵的洗礼。

　　站在那株古水杉前，陡添一缕林海豪情，涌出一种顶礼膜拜的冲动。树高35米，树冠22米，树龄已超过600年，枝繁叶茂，绿荫如盖，饱经风霜，气象非凡。我们五个人牵手合围，却惊叹抱不住。经植物学家鉴定，这是目前世界上树龄最长、树径最大的古水杉，名副其实的"天下第一杉"，素有"水杉王"、"活化石"之美称。心想，在恩施州谋道镇苏马荡，如果没有这株"水杉王"，整个景区乃至中华大地都会减色不少。据调查，这里的水杉母树有6000多株。望着那树枝上系扎的红丝带，在悠悠的山风中起舞，也似在我们心里飘扬。一株树能活到这个分儿上也真值了啊！在诗人心目中，兴许它就是诗的一座高峰；在散文家眼里，兴许它就是美的一块丰碑；在老百姓心里，它就是祈福的一株"神树"！

每次穿行在林海中，以我的植物学知识，就不时地发现有红豆杉、珙桐、黄杉相思树、水红树等世界一、二类珍稀植物。令人回味的是，身在林海创业的梁总、张总，树木是不会缺的。可是，他们却不忘在开辟的大路与步道两边，精心地栽种一排排桂花树、杉木树、松柏树等，在每栋楼楼前楼后也有计划地种植果木、花卉，蔚然成片。倘若施工中万不得已砍挖一棵树，那就种植两棵、三棵来补偿，千万不能对大自然有动斧动锯的残酷。过去"前人栽树，后人乘凉"；而今更是为了保护中国的生态环境，实现美丽的"中国梦"。

苏马荡还拥有华中地区、武陵山片区规模最大、种类最多、野生杜鹃花林，生长周期上百万年。其中，这里的"银花杜鹃"群落，分布最集中、保存最完好，连片面积超过一万亩以上，称得上"杜鹃长廊"。而平生所见的杜鹃（映山红）多为红杜鹃、紫杜鹃，唯独未见过"银花杜鹃"，银白花瓣，花蕊呈淡黄色，远看银光闪闪，灿烂无比，灼灼耀眼，仿佛落了一场"六月雪"，在世界上称得上一绝。高山杜鹃开花在每年的五至六月。这次虽未看见杜鹃花开的妖娆，但她永远留在我美丽的思念中。

鄂西恩施州是中国的"硒都"。位于自治州境内的苏马荡也得到大自然的独特地利，拥有丰富的富硒土壤和富硒泉水，通过植物的生长吸收，变成更利于人体吸收的有机硒。苏马荡独特的高山海拔，秀水灵溪，清新空气，未受污染的富硒土壤，孕育出营养丰富、口味甜美的高山有机蔬菜。清晨，我们逛农贸市场，发现土鸡、土鸡蛋、野生枞菌、苞谷、蔬菜，品种多，水灵灵，活鲜鲜，是远非别的地区长出的蔬菜所能媲美的；提篮或背篓的农妇、大爷，没有小贩的叫卖声，一个个满脸憨厚淳朴，收钱小心过细，称秤却大方洒脱。在苏马荡吃的菜、喝的水都是最放心、最环保的绿色食品，也是硒含量最高的，它远远高出我国成人日平均硒的摄入量，真是名不虚传！

在山谷的一眼山泉处，我们用手掬一捧泉水，非常清亮洁净，甘甜可口，清凉入心，泉底为石英沙地，汩汩地喷涌而出，有"苏马神水"之美称。此刻，我久久地凝视山泉，浮想联翩，从苏马荡流淌出的是水美、山美、人美……

难怪央视记者称赞："苏马荡，中国最美的小地方。"

情满山楂树

几年前，一部《山楂树之恋》的电影和电视剧在宜昌拍摄、首映，曾经轰动了宜昌城里与城外，那是纯真爱情的力量。距城区几十里外的百里荒，一棵老山楂树因为被名导选取为片中之景，从此成了闻名的一个旅游景观，至今吸引着少男少女们。

这次去承德兴隆中国作协雾灵山创作之家，给人十分惊奇的是，燕山主峰下的雾灵山，满山遍野都生长着大大小小、高高矮矮的山楂树，兴隆县的老乡在这片土地也栽种着山楂树，素有"山楂之乡"的美称。当地俗称为"红果树"。

创作之家——花果山庄，庄里庄外都被蓊郁浓绿的果树所掩映，除了上百年的老梨树之外，就是茁壮的核桃树、板栗树和山楂树。兴许有山楂树之情结，我对山楂树情有独钟。无论在清晨的朝霞中，或是在傍晚的余晖里，我总会去看它，伫立在山楂树前，一次次地观赏，一遍遍地品读，一声声地在心底吟唱。那树干曲曲虬虬，苍劲朴拙，好似人工造型的盆景，凸显出艺术之美；枝叶茂盛，青翠欲滴，生机蓬勃，长在树枝上的山楂不是一颗一颗地垂向地面，而是一束一束、一把一把地向上伸张，少则七八颗，多则十几颗，名副其实的果实累累。农民种庄稼讲求实惠。山楂果成熟在秋分时节，果实丰满圆润，果皮红艳红艳，酸中带甜。眼下是盛夏，树上的山楂果皮呈青绿色，向阳处已略带一丝丝淡红，像少女脸上涂了一抹淡妆，那圆圆果实底部开一个小口子，似少女张开小口对人微笑，越看越笑容可掬，露出永远的魅力，留给人以愉悦的美感。

客居雾灵山花果山庄，与友人漫步弯曲的幽径上，十分惬意。"依山就势建楼台，绿树红楼自剪裁，莫问门牌多少号，花香果味引君来"（兴隆籍

最美之缘

诗人刘章）。竖立于路口的一块大理石碑，镌刻着文学前辈刘白羽所题写的"中国作家协会雾灵山创作之家"，背倚着一坡山楂树林。让人联想起一个作家的使命感，应像山楂树那样，为人民多结出艳丽的红玛瑙似的果实来。

　　雾灵山的"雾"在山下是难以遇见的，当我们登上海拔2188米的山顶，那神奇的云雾茫茫似大海一样，波澜壮阔，云气蒸腾，什么风景也看不见。但它仍给人以信心，云雾终有随风而逝的时候，清朗光明是一定会到来的。雾灵山的"雨"，喜欢不期而至，不给人任何提醒，明明是朗朗的晴天，忽而就下起雨来，雨点硕大，似铜钱一般，雨的来势凶猛，像瓢泼一样，迅速在地上洇湿一片，哗哗而流；可不到十几分钟或半个钟头后，大雨遽停，雨过天晴。时晴时雨，一阵一阵，自然调控，几乎成了雾灵山的气候常态。白天如此，夜晚亦然。若躺在床上听雨，时而"大弦嘈嘈"，时而"小弦切切"，"嘈嘈切切错杂弹，大珠小珠落玉盘"（白居易诗句），声音脆响悦耳，诗味隽永，也是一道风景。

　　兴许雾灵山区的雨水丰沛，空气清新，四季如春，平均气温约计摄氏17度，最高气温摄氏28度，适宜农作物、果木树的生长。我从山楂树下抓起一把土，分明是麻砂土，十分贫瘠，捏不成坨，与沃土形成鲜明对比。我一直沉思，这里何以能生长出这么美的山楂红果呢？是不是这土地天生有"灵根"哩！这突如其来的想入非非，令我暗自笑了。其实，万物生长靠雨露阳光！雾灵山的山楂树好似汲尽了青山的雨水，汲尽了蓝天的阳光，不计较土壤之肥瘦。对大自然索取很少，对百姓却回馈甚多，她的品格称得上至高、乃大！

　　人都会渐渐老去、患病。而中医说，山楂红果可给我们带来健康，降脂减压、防止心脑血管疾病等。许多中老年人常吃爱喝，莫不对山楂怀有一种深深的感恩之情。

　　返程前夕，我和沧州的一位文友，走进一户老乡的矮屋里，打问种植山楂的知识，中年夫妇热情介绍，兴隆的山楂树满山都生长着，那是野生山楂，品性泼辣，树枝长刺，结的果子很小；我们田里种植的山楂是经过嫁接的，一米多高的树就能结出山楂红果。

　　于是，我们在山坡上拔了两株山楂树苗，那根入土极深，虽只有一根香那么细小，却费了不小力气，然后寻找泥巴包裹，用塑料袋扎住，灌足山泉水。次日，跟随我南下，寄托着我的一片情思……

神秘的佛地

我对山西五台山是早就怀有神往之心的，但说不清何以迟至今日才动身前往，内心里也不是为烧香拜佛朝圣，而是游览观光采风。因此，只能笼统地给自己扣一顶帽子，缺少对佛的虔诚之意。

从太原市出发，坐大巴车三个多小时就到了五台山。没想到五台山百草浓绿，山花烂漫，松柏苍翠，万木争荣，空气清新，环境幽深，好一派生机蓬勃之美丽景象，真真所谓佛门净地。

我异常兴奋地环视四周，五台山与别地不同的是，周围由五个台顶连绵环抱，形成独特的自然奇观。东台名望海峰，南台名锦绣峰，西台名挂月峰，北台名叶斗峰，中台名翠岩峰，方圆约320公里，最高海拔3061米，坐落于"华北屋脊"之上，我放眼远望，台顶上极少树木，呈平坦宽阔形状，犹如垒土之平台，五台山因此而得名。奇哉！

据传，唐代全盛时期，五台山曾有300余座寺庙，经历几次变迁，寺庙建筑遭到破坏，减少至128座。现尚存寺庙47座，除台外8座外，都荟萃于五台之内的盆地、山坡上，鳞次栉比，形成佛塔入云、殿宇巍峨、金碧辉煌的佛教道场，其中多为敕建寺院，几朝皇帝都曾前来参拜过。2009年6月被正式列入《世界遗产名录》。

中国佛教有四大名山：浙江普陀山、四川峨眉山、安徽九华山，而山西五台山位居首位，大名鼎鼎，被誉为"金五台"。我紧跟女导游的小黄旗，行走在弯弯曲曲的山路上，人流络绎不绝。常常是一个寺庙进，又一个寺庙出，目不暇接。每个寺庙里的"天王殿""大雄宝殿"，或雄伟，或恢宏，错落有致，大同小异，殿内天王塑像，个个身披重甲，威武雄壮。大雄宝殿，飞檐翘角，气势轩昂，正中台上供奉着释迦牟尼佛像，金光闪耀，庄严肃穆。而香客天南海北，形形色色，服饰各异，情怀有别，深藏着一个精彩的心灵天地。一位太原的团友小吴，言谈举止中表露出对佛的至诚至信，令人感动。他先向我推荐两部佛经，我连连点头；之后，又对我热情介绍佛教的礼仪与禁忌。比如，到寺院不能叫买香，而要称请香；上香要用左手，佛教认为左手是最干净的，然后恭敬地用双手插在香炉里；请香的正确方法是，用左手拿起三根香，点燃之后，把顶端朝上，用右手轻轻扇动，不要用口吹熄，也不要挥舞香火，再用左右手食指把香杆夹住，用左右手大拇指托着香的尾端，使香头平对佛像，然后举起齐眉供奉，走到香炉前，先插中间的一根，表达供养十方一切佛；然后右手插右边的一根，以供养十方一切法；再以左手插左边的一根，以供养十方一切僧，三根须并排插好。这上香拜佛的过程与细节，只有虔诚才能如此过细耐烦的做好……而我过去进入寺庙，随便取三根香点燃，插在香炉中即完。显然缺少礼仪、犯了禁忌，可见缺失诚心，故菩萨不保佑吾辈，也是情理之中的事。

翌日清早，天色尚不明亮，导游便催着我们去"五爷庙"，声称"越早越好，越早越心诚。五爷庙是最灵验的"。在生活安排上推迟了早餐的时间。我一听庙的名字感觉不怎么文雅，但它声名远播。相传，龙王爷的第五个儿子，喜欢看戏，五台山专门为五爷搭建了一座戏台。而佛（菩萨）是不看戏的。所以在整个五台山仅此一座戏台。五爷庙每逢初一、十五前来朝拜的黎民百姓、官员商贾，人数最多，香火最旺。据说，龙五爷是在南山寺观音堂的南北财神殿供奉的一尊财神，所以拜五爷庙的人，莫不抱着来求钱财的希望。生活在贫瘠中的百姓，求财致富永远是他们前行的动力与未来的梦想。而那些富贵者总有一颗贪得无厌的野心，欲壑更是填不满的。神奇的是，历来拜五爷庙许愿却很灵，几乎有求必应。我们赶到五爷庙时，真有"莫道君行早，更有早行人"之感概。庙前坪地上好似人山人海，香火袅袅腾腾，香炉火光熊熊，把偌大的香炉烧得红朗朗的。一些手捧着还愿的匾牌、锦旗、黄绢的香客，已把庙门挤得水泄不通。那声势，那氛围，那冲动，那风俗，令我惊诧不已。心里想，五爷庙带给人们以多少梦想的微笑……诚然，钱财是可祈求的，但需要努力奋斗，需要时间的不断沉淀，"厚德载物"。

匆匆吃过早饭后，前往五台山最有名气的"大螺顶"（又称黛螺顶），在我的心目中它犹如峨眉山的"金顶"、五当山的"金顶"一样至高无上。相传，五台山是大智文殊菩萨讲经弘法的道场和佛教圣地。唐代曾因"文殊信仰"的繁盛，吸引着海内外的香客、佛教信徒。大螺顶寺内以文殊为主供，供奉着东、西、南、北、中五个台顶的文殊菩萨，文殊以大智而赫赫闻名。故登大螺顶素有"小朝台"之称。上山有台阶1080级，从下住上仰望，层层台阶犹如天梯一般，登1080级台阶可消除1080种烦恼。故称作"大智路"。登上1080级的陡峭山路，无疑是颇费脚力的。团友小吴是选择这条山路登山的，约需一个多小时；右边另有一条上山路，俗称"骡马路"，路的半边为石头铺路，另一半为泥土路，系上下骡马必经之道；中间为缆车道，上山约九分钟。我选择坐缆车而上，自然体验不到消除1080种烦恼的滋味。走进寺内，主供的文殊菩萨高大雄伟，面相庄严，堪称顶天立地，为平生所未见也。难怪吸引着众多香客、游人，颇有文化大观之意味。那氛围给人以鼓舞、振奋与力量，中华儿女是由五千年传统文化所哺育的，是具有智慧的民族和人民，中华民族伟大复兴的"中国梦"是一定能实现的。站立寺庙大门前眺望，山风吹拂，仿佛历史风云迎面而来，豪情奔放，五台山的天最蓝，五台山的云最白。我在生命的愉悦中享受着上苍的馈赠与佛教圣地的美丽！

下山时，我选择走骡马道，一路上两次遇到行大礼的香客。一位是身穿僧人长衫的中年人，走三步，仆伏地上，双手前伸，额头叩地，如此往复艰难地前行，他浑身沾满泥土，额头微肿，目不斜视。我久久地目送这个形象，他的虔诚之心深深地感动着我。有信仰，就不怕苦与累，就不怕千难与万险。犹如"不到长城非好汉"！半路上，又遇到一位老者，身穿平常百姓服装，唯在膝盖上加了一个护膝，也恭敬地行大礼上山，动作如前者，虽显出疲乏之态，仍坚毅而行，他在朝拜路途上的这般付出，令人敬而仰之。文殊菩萨在上，礼拜者以各种方式去庙里朝拜（又称朝台），为了推崇智慧者，为了仰慕聪明者，一切艰难皆在所不辞。我心想，这种精神堪称中华民族伟大复兴精神的一个缩影！

最美之缘

幽幽桂子香

金秋时节，参加母校华中师大110周年校庆盛典。我和留校任教的两位老同学徜徉在桂子山的林荫道上，幽幽的桂花香沁入心脾，让人沉醉在往事的回忆中。"恰同学少年，风华正茂"。每天脚踩一条砂石小路，两旁的绿树也很年轻瘦小，尚不能给人遮荫，烈日下，风雪中，我们奔走于教学楼—图书馆—食堂"三点一线"，为理想而脚步匆匆，不怕艰辛，发愤读书。想不到，如今苍翠的树林掩映着一栋栋高楼大厦，桂花香飘校园的每一条大路和曲径，每一栋高楼与角落，成了名副其实的桂子山——桂花飘香的山。桂子山原名鬼子山。后来一位领导同志灵机一动，利用谐音，把鬼子山改名桂子山。为名副其实，便倡导在校园广植桂花树。年复一年，桂花树越种越多，愈来愈壮，以至达二万余株。我油然生出前人栽桂树，后人闻桂香的感恩之情。

在去桂苑报到的大路上，我们谈笑风生地漫步，半道迎面走来几位小校友，一位女生满脸笑容地问我：是不是李老师？是呀，你怎么认识我。她自我介绍：我是校庆盛典活动的志愿者，分配我的任务是接待您。我在网上看过您的介绍和照片哩。这三天里"一对一"，一切校庆活动由我专门接待。顿时，我心里十分感动。

接待我的志愿者是湖南汝城人。一听说她是湖南老乡，彼此更显得亲切了。她是计算机学院的大二女生，还不到19岁，身穿学校发的白衬衫，分外苗条，眼睛清亮，聪明伶俐，一身灵气。比起当年桂子山的我来厉害多了。湘女的机智水灵是出了名的。年轻的向警予、杨开慧是令人敬仰的革命家，标致的丁玲女士是著名的作家，还有好几位闻名的女歌唱家……

她虽不是文学院的，却羡慕学文科的人。她兴致勃勃地带我先去文学院大楼参观，那座琉璃碧瓦的古建筑，一直竖立在我的心中，至今也风采依旧。目睹一楼的阶梯大教室，仿佛仍回响着学贯中西的老师们的讲课声音，南腔北调皆入耳。这是我文学的摇篮，这是我做文学梦的地方。她告诉我，文学院在全国高等院校文科排名第五位。对此殊荣，我在座谈会上询问过文学院的胡院长，她摘下眼镜微笑地点点头。

之后，她欣然地引我去感受曾住过的学生宿舍楼。这是我多年来的渴念，那"三栋二楼49号"，我一直忘记不了。那时候的华中师院只有6栋一样的学生宿舍楼，四层高、灰砖墙，而今已修葺一新。楼号依旧，设施换新，每人一张电脑桌，代替了过去四人各据一方的正方桌，自然已难以被复制了，凸显出时代前进的光彩。

两个晚上的文艺晚会，她都是提前送我前往，自己却不能观看；然后在演出结束时，又站在门口接我，送我回桂苑住处。灯光照着曲折蜿蜒的路，清风轻拂，桂花飘香，闻着花木散发出的气味，十分惬意，温馨如梦。她询问我学生时代的往事与趣闻；我听她畅谈今天和未来的梦想。意想不到的是，小小年纪的心里也装着迷茫与惆怅，从大三就要埋头准备考研，要不，毕业后找工作困难。她是班上的团支部书记，遇事还要为同学多想一些，有的还需要宽容和包容。我好似听到她那颗强大的跳动的心音。不知怎的，眼前的她已幻化成一枝金黄的桂花。桂花开的很小很小，没有芍药那么丰润耀眼，也没有菊花那么五颜六色，但暗香却藏于星星点点之中，其质朴、清纯和淡雅是与生俱来的品质，即使枯萎落在地上，也让人争相拾捡，用以酿出佳蜜来。可见她是世间最让人喜爱的小花。桂花香气储满于心，散发出的却是一点点儿暗香，淡淡的，幽幽的，让人品味无穷……

她多次不经意地流露出爱华师大、爱桂子山，更爱桂子飘香的情思。第二天早晨，她带我去参观新图书馆大楼。我忽然触景生情，回忆起曾在毕业前夕，在"火炉城"酷暑高温下，顶着烈日，挥汗如雨，为兴修原图书馆劳动了一星期，受苦受累、几乎病倒的情景宛如目前，但至今没有后悔过。而我后悔的是，当年没有在桂子山亲手种一株桂花树。这或许引起了她的共鸣。只听她天真地"哇"了一声，好呵！为了将来不后悔，我想在明年春天，找一处沃土亲手种植一株桂树苗，种下我的爱，种下我的希望！我暗自为她心灵所蕴含的真情诗意而欣喜。

最美之缘

山歌飞出白溢寨

　　五峰土家族自治县采花乡的白溢寨，距老县城约25公里，1998年修通的盘山公路，逶迤而上，路的两边苍翠幽奇、蓊郁透秀，联通了武陵山余脉的又一处桃花源。白溢寨的山是一座灵山。站在山下的白溢坪，从左往右看，可仰望白岩尖，那巨大的白色花纹岩壁壮丽之极，似一幅精美的油画挂在山上；继而是黑峰尖，海拔2320.3米，如鹤立鄂西万山丛中；接着是炮台子尖；末尾为起谷尖。据介绍，环寨围长30多公里，最高一级台阶天堰坪，面积宽达3000多亩。我伫立凝视，油然涌出高山仰止、危乎高哉之惊叹！难怪《中国名胜辞典》把它记入其中："白溢寨峰高峡深，泉曲瀑飞，险峻而奇丽。你若登临寨顶，视野一展千里，无限风光尽收眼底，颇有孔子登泰山小天下之概。"山寨上那"暑天冰穴"的世界自然奇观亦载入《世界之谜》丛书。

　　白溢寨的水清冽冽的碧绿，有48股清秀的泉水。据传，白溢寨上有一口天堰，天生两条神鱼：一条红色金鱼；一条白色金鱼。有一年山洪暴发，洪水冲破天堰，一条红金鱼跃出水面，飞过山下鱼泉河，落在一个坝子上；一条白金鱼飞落于山下的黑坑子。红鱼坪、白鱼坪由此而得名。后来演变为今天的红渔坪与白溢坪。红鱼坪盛产烟叶，与别处不同之处，烟叶茎对茎；白溢坪的田因有48股清泉水，大都成了冷水田，长出的稻谷与别处不同，生长的时间长，其颗粒也长，三颗米连接恰好一寸，煮熟的饭一颗颗直立向上，其状似沏出的西湖龙井茶，直立于茶杯，米的色彩绿中透亮，且味道鲜美、糯性也强，喷香可口，成为晋贡土司或皇上的"贡米"。正如民谣所唱：

白鱼米来味道鲜

闲暇当抽红鱼烟

四季常饮清泉水

姑娘美得赛神仙

听后，我兴味盎然。连问现在的收成如何？

毛老答曰：昔日，白溢坪种植贡米的冷水田多达1000亩，因为冷水田泥巴很烂很深，犁田太困难，弄得不好，牛下田就不能自拔，愈陷愈深，乃至死于泥中；农民插秧、收稻，需要搭上门板或木盆，人站立其上，小心而艰难地进行。后来，减少至三四百亩；如今，已经绝迹了。

正当我大失所望之际，毛老笑道：古老的农耕传统方式虽已失传了，但遗风尚存，白溢坪现有的二三百亩水田，仍继续耕种，方式较前粗放，功夫比过去差了许多，所产的稻米，名称"白溢米"。虽不能与昔日的"贡米"媲美，但遗传的基因好，质量仍比别处的大米香味浓、糯性大、口感好。对于一个年已七十有四的老农民，他的谈吐令我暗暗钦佩，有些词句带有浓浓的文化味道。

一方水土养一方人。白溢寨曾为容美土司"北府"（即白溢寨帅府），容美又称容米，即土家语中的"妹妹的住地"。在鹤峰、五峰、长阳一带的崇山峻岭中生存了几千年，在土司中最为富强。长期以来，文人墨客对此地的山川风物、田园风光赞赏有加，留下许多诗作，其诗魂源远流长。比如，李焕春的《白溢晴岚》：

岚光开白溢

情景望欤奇

浅翠雄关滴

浓青大寒滋

人家屏障列

帅府画图披

古迹堪凭吊

山留夕照时

我反复吟咏后，深感内中意境，有看不完的美丽景致。

最美之缘

白溢寨的村落文化底蕴深厚，无论男人女人皆能歌善舞，千年绵延至今，造就了整个山寨以浓郁的土家族民俗风情与绚丽多姿的艺术境界。走进白溢寨，好似走在唐诗宋词的诗行里。村民在村口敲锣打鼓，锣鼓喧天，不是我们有多么不凡，而是凸显当地的民风民俗和人文气息。迎接我们的不是村支书，而是村撒尔嗬艺术团团长，名叫毛方明，年方51岁的土家汉子，家境不错。我们在他家的堂屋刚一落座，几位年过七旬的老农（方老、覃老等），寒暄几句后，好像三句不离本行似的，就唱起了山歌："听到锣鼓响，喉咙就发痒；不请我自来，唱到大天亮。"五峰、长阳土家族的山歌，俗称"五句子"，内容有血有肉，有情有义，形式独特，前四句，或比或兴，勾画出一幅别具意境的画面，第五句则画龙点睛，升华思想。大家挤坐在一把把木靠背椅子上，仿佛置身于歌厅里。我的思绪一下子飞回到"故事大王"（五峰白鹿庄）刘德培80岁生日时的情景里，客人请刘老讲故事，他总是首先问：你们是想听正经的故事呢，还是听荤故事？我们哈哈大笑，先"粉"（方言，讲）一个带荤的故事吧！……

眼前，只见71岁的毛老故作忸怩后，清清嗓子，便放声唱了起来：

叫我唱来我就唱
樱桃小嘴吐芬芳
桃花李花香十里
桂花菊花十里香
花香引动唱歌郎

一阵叫好声后，77岁的覃老接唱一首：

太阳落土西山黄
犀牛望月姐望郎
犀牛望月归大海
姐望情郎归绣房
梦里也想人成双

毛老又纵情接唱：

想姐想得无奈何
推两颗荞麦做一个
放在脚下冰冰冷
抱在怀里冷冰冰
几口吃了就发抖
……

稻场上围坐着七八上十个妇女，一边摘四季豆、刮土豆，一边说说笑笑，也情不自禁地唱起了山歌：

高山顶上一树花
露水大了压偏哒
蜜蜂哥哥不来采
奴家空开一树花
一怨爹娘二怨他

叫声情哥我的人
说你聪明不聪明
自古常言说的有
纸上画人叫不应
枉费哥哥一片心
……

我到稻场去听歌，歌者年纪最大的68岁，一般在六十岁上下，最小的一个小女孩仅10岁，双休日也跟着奶奶来了，嗓音像金嗓子似的。我玩笑地说，白溢寨的女人水色好，年纪大了不出老，半老徐娘风韵犹存。然后，又欣喜地说，白溢寨唱山歌有传人，太好了！她们高兴地介绍：村里成立了"撒尔嗬艺术团"，团员30多人，毛方明当团长，他又是县里非物质文化遗产土家族撒尔嗬的传承人，每月享受政府补贴80元。他的父亲另成立了"薅草锣鼓基地"。父子俩一唱一和，把偏僻的高山村寨唱得热之闹之。毛家五辈人，已传唱100多年了。土家男女对歌、情意缠绵，人心暖和；田头地边唱起薅草锣鼓，心里充满阳光，干起活来劲得得的。心想，唱"五

最美之缘

句子"情歌、跳"撒尔嗬"舞，也可以照亮人生。

夜晚，朦胧月色笼罩稻场，正中央点燃起一堆篝火，火光熊熊，远远近近的村民，男男女女，围着篝火，跳起了撒叶尔儿嗬、摆手舞。那热烈的场景，那跳动的心房，那欢歌和笑语，无不放飞人的心灵。每一首山歌，都唱出了白溢寨新农村的新气象，唱出了安定团结、圆中国梦的决心；每一支舞蹈，都跳出了党的富民政策放光芒！

朋友，快来白溢寨，一起欢快地跳吧！

我眼中的台湾同胞

头一回登上台湾宝岛，自然而然地有一种新鲜感，"远游无处不销魂"。那大海大洋无边无际，惊涛拍岸；那心驰神往的阿里山，苍翠如画；那梦里荡漾的日月潭，诗意盎然；那居高临下的故宫，珍宝耀眼；那中山堂的国父铜像与卫士，令人肃然起敬；那中台禅寺，奇光异彩，寺院中的一座拱形铜桥（杭州赠送），象征着海峡两岸同胞心连着心；那士林官邸，人去楼空，一片静悄悄的神秘；仰望那雄伟的101大楼，好几次使我掉下来旅行帽……而对台湾同胞的掠影更让我难忘。

每一天，在热烈互动的问好声中，又开始了新的旅程。这开心的一刻连接着两岸同胞的心灵。台湾旅游像一扇文明的窗口，导游则是文明的一张名片。小姚，幽默的台湾小伙子。他总是那样潇洒开朗、幽默风趣，除介绍风景名胜外，还稍带一点自己的轶闻趣事，别具心裁。他说，在台湾只有身残的人才免除服兵役的义务。当然，不像过去的抓壮丁。但我从学校毕业后至今未当过兵，可我绝对不是一个身残者，因为我是开了"后门"的。父亲是国民党机关的公务员，不是什么局长，只是一名警察局的巡警。有人问起马英九先生，他一本正经地说，我同马英九很熟，我叫他马叔。有事情就给马叔通个电话，大多时候，他都会接电话的。并且，我还同马英九照过好多张合影。然后，戛然而止，留给我们许多的羡慕……

汽车中途在一家大茶庄的场坪停车。一走下车，远远地就看见场坪左侧站立着的马英九如同真人一样生动的剪影，和蔼可亲，似在迎宾。正有许多游客争相同马英九合影，纯然出于敬意，氛围自由而热烈。顿时，我恍然大悟。原来，小姚在车上所述，只不过是一个美丽的谎言。虽是开个玩笑，但没有恶意。当我们揭穿了他的美丽谎言时，只见他诙谐地大笑。

走进茶庄，受到了热情的接待，我们被邀请到茶厅入座。五六个水灵灵的姑娘一展精彩的茶艺，敬奉一杯杯绿茶给大家品尝，这是"头道茶"。我一边品茶，一边听介绍"台湾高山茶"。过一会儿，姑娘们又奉上"二道茶"，分别倒进两只茶杯，要我们品出其中不同的味道来。这时候，一位风姿绰约的女经理走进来微笑致意，麻利地从柜上取下不同包装、十分精致的茶叶盒，一一介绍其品质，凸显各自的特性，分别由姑娘们送到座位前，还特别说明优惠价是多少。饱含着推销之情。我细品着二道茶，清香味美，不愧是云雾山中出名茶。可选购者寥寥无几。原来，我们旅游团员中大都是宜昌人，来自名茶之乡，购买欲不强。有的略现尴尬；有的露出歉意，但又不好意思马上离开。此时此刻，女经理又吩咐姑娘们奉上"三道茶"来，细细一品，茶浓水也浓，芳香满口，味道更加醇厚。直到下一波旅客熙熙攘攘欲进厅堂之时，女经理才去迎接新客人。

回到车上，小姚见没几个人购买茶叶，就笑着问我们：你们喝到"第三道茶"没有？我说，已经喝过那第三道茶了，一道比一道更味美喷香。他说："过去，台湾茶庄形成一种习俗，一般茶客只能品尝头道与二道茶。那第三道茶只敬奉给尊贵的客人与诚信的客户。看来，你们是被当成贵宾招待的。"我心想，台湾的茶商对大陆来的游客也是另眼高看，如同招待故乡的亲人一样。越想，心越热，越想，心越感动。

是夜，酣睡甜美。清晨，推窗一看，一条碧绿的小河从眼前悠悠流去，水波涟漪，对岸几栋矗立的高楼，被一座凌空飞架的大桥隔成上下两截。我俩沿着河边漫步，一只渔舟泊在杨柳下，环境分外幽静，黎明静悄悄的。约一里开外，又有一座小桥，对面有一条河街，过往行人稀少。在路上迎面遇到一位老年妇人，手提着菜篮子。向她打问河的名字？老人热情回答：这叫"碧潭"。心里想，真是名副其实。欲再问河的沿革。老妇人一笑，你俩是从大陆来旅游的吧？请沿栏杆往前再走一段，在桥头立有一块牌子，写有碧潭的来龙去脉。她微笑地说了一声：再见，欢迎你们来台湾旅游！我目送她远去的背影，恰好她也回过头来，这凝目的瞬间，让我联想翩翩。从细微处我似已感受到台湾同胞的手足情意，她，久久地萦绕在我的胸怀……

珠海情思（外一章）

珠海渔女

我千里迢迢地奔你而来。当海上日出刚刚升起的时候，我俩轻轻地走在珠海湾的沙滩上，任细沙柔柔地吻着脚板心，任海风轻轻地吹拂在脸庞，任海浪奏响澎湃的乐章。珠海渔女啊，你那倩影好像海市蜃楼似的越来越清晰，美的魅力吸引着我们。

我久久地凝视眼前的这座珠海渔女雕像，直觉她的身材优雅，颈脖戴着项珠，肩上掮着渔网，裤脚轻挽，满脸微笑，略带点儿忧伤，神情艰辛而安静，双手高擎一颗晶莹璀璨的珍珠，熠熠生辉，面对扑面而来的大风大浪，没有丝毫惧色，欲向她神往的土地与黎民百姓奉献珍宝，凸显出一个渔家女子纯洁感恩的情怀，浑身上下无不流淌着诗意，光彩照人。一个站在湛蓝色海湾水边的人是无法不干净的。于是，这里的土地有福了，这里的黎民百姓有福了，这座城市浪漫了。她被美誉为珠海市的象征，如海涛拍岸声震天地！

珠海渔女之美，还美在她那迷人的传说。相传，南海龙王的第七个女儿小玉龙（又称七公主），被珠海香炉湾美丽的风景迷住了，不愿返回龙宫仙境，决意扮成一个渔女，名叫玉珠。与当地渔民一起织网、打渔、采珠，还抽空上山采灵芝，配上珍珠粉，帮渔民治病疗伤。在劳动中她与青年渔民海鹏相识、相知、相恋，彼此山盟海誓。不巧，他俩的相恋被苍蛟知道了。苍蛟怀恨在心，从中报复。他变成一个矮子，接近海鹏做好友，巧设奸计，鼓动海鹏无论如何要得到七公主戴在手上的手镯作为定情物。原来，南海龙宫中有八个管家婆，为防七公主思凡，每人给她套上一只手镯，只要脱掉一只，她就会死去。有一次，海鹏又提出索要一只手镯作定情物；七公主为明心志，证明真情，万不得已，便冒着生死，摘下一只手镯给心爱的人，而她随即便死于情人怀里。海鹏此时悔之晚矣，饮声泣血，哀天恸地，演出了一出情节曲折动人的爱情悲剧。七公主（珠海渔女）把自己的真爱留给了天地、留给了人间，也留给了历史、今天与未来，令人历久弥新的长叹息……珠海的黎民百姓为她对爱情的忠贞不移所深深感动，便为她塑造一座美丽的雕像纪念她。

此时此刻，我俩徜徉在珠海边长长的情侣大道上，一步三回头，思绪如海似潮。这条情侣大道与渔女传说密切相连，寓意着渔女的爱情之路美绝而又痛绝，承载着厚重的浪漫的诗意与幸福。于是，由眼前的珠海渔女联想到三峡的"巫山神女"，以及巫峡的"望夫石"等传说故事，虽说地域不同，情节各异，但其中浓浓的人性、所历经的苦难与炽热的情和爱是共同的文化内涵。这些珍贵的历史记忆，留给人们世世代代恒久的蓬勃生命力。岁月虽已远逝，但教益将永远长存！

"车让行人"点赞

"五一"前夕，我们在珠海旅行。因为寻找适合自己的旅馆，拖着行李箱，行色匆匆地穿越大街与小街。每当经过斑马线时，从未遇到汽车从身边呼啸而过的不文明的驾驶行为；有时候，在斑马线外的街道上，碰到了正在行驶的小车，出乎意料，也总是"车让行人"。司机礼貌停车或伸出手示意行人先走的那一瞬间，令人心热与感激。这是开放城市、文明珠海留给我们一道亮丽的风景线，值得点赞！

而今，车不让人的现象在许多城市司空见惯、普遍得很。许多老人与小孩过斑马线时，常常遇到惊魂动魄的险象，或是酿成人生的悲剧。老百姓称它为"伤人线""夺命线"。尤其是摩托车的超车之举，防不胜防，累累造成伤人的严重事故，险象环生，惨不忍睹。老百姓反讽其为"英雄司机"。据说，每年因机动车不礼让斑马线、不礼让行人而导致道路交通事故成千上万起，造成受伤与死亡人数不计其数，这绝非文人的艺术夸张。

本来，汽车及其他机动车辆行经人行横道时，应当减速行驶；或遇行人横过道路，应当避让，应当停车让行。这都是《道路交通安全法》有明文规定的法规，是违犯不得的。这既是交通法规，也是职业道德与文明素养。因此，所有司机同志必须遵守我国的道路交通安全法规，务必养成良好的文明驾驶行为，提高每个驾驶员必备的文明素质，牢牢守望人人珍惜的这条"安全线"和"生命线"！退一步，海阔天空，也不至于"两败俱伤"。

珠海市经过整治，持之以恒，加强执法力度，建成一座"车让行人"的城市，获得文明城市的美誉，以文明驾驶的行动为行人增添一份安全，为和谐、文明城市架起一道最亮丽的风景线。他山之石，可以攻玉。诚哉斯言矣！

美丽董市之恋

正是晴朗清明的四月天，我们来到长江畔的董市古镇，距枝江市城区约12里。1800年的悠久岁月，好像波涛滚滚的大江，"逝者如斯夫"，留下了"董滩口"的地名，成为今天的董市镇。在镇名之前着一"古"字，绝非赶时髦，而是十分匹配。

站在老正街前，江上波光粼粼，借水势而形成的沙滩，蜿蜒迤逦，层叠有致，既壮美又妩媚，乘坐渡船可上沙滩。我们徜徉于二三千亩的大沙滩，此乃蜀江"九十九洲"（《荆州府志》）之一。容易让人联想起这是楚国"郢"都之城郊，伟大诗人屈原的浪漫主义遗风飘然而至。那董市江边码头成百艘舟船装卸货物的人影和号子；那日有千头毛驴和骡马上街不绝于耳的铃铛声，仿佛犹在耳边鸣响……

记得好多年前，我跟随十几个学生背着行李徒步走进董市时，脚踩嘭嘭作响的石板老正街。老街长约两里，宽不过七八米，两边的房屋系明清传统民居，风格各式各样，封火墙、木板铺面、过街楼、小天井，古色古香，"居民丛集"，熙熙攘攘，"四方商贾"，匆匆往来，这一切的一切宛如眼前。董市啊，我心中永远的一道美丽风景！

而今，在时光的磨砺中，有的不见了踪影，有的已变得破败，有的失去了光彩。这自然也是历史变迁中正常的事情。近几年，枝江市人民政府也多次进行保护，收储几十间私房，先后三次申报将董市镇列为中国历史文化名镇。看来，成功还有待于时日。走出老正街后，眼前万象更新，两层、三层的小楼房，粉墙青瓦，新崭崭的漂亮，一排连着一排，不锈钢的门与窗闪闪发光，院子中间的文化广场宽宽敞敞，一片安宁、文明、卫生之景象，令人刮目相看。我心想，古老的董市又开始了一个新的轮回，重新焕发出大地的青春，成为新农村美的极致。

自小生长于农村的人，对田地既很熟悉也最敏感。不同年代、不同地方的农民对田土的观念也各不相同。有的人一辈子与田土相依为命，脸朝黄土背朝天，汗滴禾下土，最终也改变不了贫穷的命，算了，靠天吃饭；后来，成批的青壮劳力外出打工，虽挣回了钱，却荒了田地，正如老父亲们深情所说的那样，田地荒了，再种熟，就难啦；有的人梦想把田地为我所用，人尽其才，地尽其用，搞科学种田，用智慧改变命运。我们沿着安董路走走停停，停停走走，参观了平湖村、曹店村、裴圣村、泰洲村，一个村有一个村的美。有的村道路绿化好、环境卫生大改善；有的村庭院改造规划好；有的村打造"老家人民公社"，唤起对"激情燃烧岁月"的回忆；有的村建起了绿色观光大棚蔬菜基地，各有各的创新，各自找准脱贫之门道。眼下，正是草莓成熟季节，街口路边的草莓销售棚有如鳞次栉比，惹得过往行人竞相购买；我们被优待走进大棚内自选自摘，那一排排绿叶，一排排红莓，生机蓬勃，鲜艳无比，清香扑鼻，大饱了眼福，甜透了心扉，一边摘，一边尝，酸酸甜甜，甜甜酸酸，那美味儿如诗如画。一对农民夫妇守候在大棚门外，微笑地迎送顾客。我说，你家的奶油草莓味道极好。他说，这全靠科学种田。农民脑子开了窍，财源滚滚八方来。放眼望去，大棚在阳光下一溜儿灿烂，形成了董市美丽乡村的一道风景线。往前走的时候，我忽地生发奇想，由衷地钦佩董市农民的灵性来，种什么作物吃香、赚钱多而快，就改种什么作物，不能像从前在一条道上走到黑，在一棵树上吊死。农民脱贫致富也不能没有勃勃"野心"！

艳阳当头照，田地出现干渴。正担心再不落雨会影响农作物生长，这偌大的面积灌溉怎么办？同伴已经发现，那田坎地角都安装了自流喷灌的塑料管子。果不然，田地上空已下起了霏霏细雨，飘飘洒洒……好大的曹店枫林花卉月季园啊！据介绍，这是董市综合性农民林业专业合作社的一个功能区——"月季园区"，目前占地200多亩，规划500亩，将打造成为长江中、下游最大的月季生态园。已培育30多个月季新品种、15万株树桩和盆装月季。鲜活的月季、玫瑰、蔷薇"三姊妹花"，正绽开的热热闹闹，我情不自禁地低吟苏东坡的《月季》诗："花开花落无间断，春来春去不相关。牡丹最贵惟春晚，芍药虽繁只夏初。唯有此花开不败，一年长占四时春……""不登富贵高堂第，却向寻常百姓家"（杨万里诗句）。这种一年四季展芳华、独有芳姿月月香的花，正适合老百姓观赏的需求，也是

最美之缘

我的最爱；那一朵朵的月季、玫瑰不仅红的鲜艳，黄的金黄，尤其是花朵硕大，宛如一只碗大，为平生前所未见，格外吸引人的目光，令人惊喜异常。同伴们在玫瑰月季或香水月季前争相拍照留影；我却在一朵大花月季前屏住呼吸凝视良久，继之，脱口而出：这是我梦中看到的那一朵，也是我最想同它合影的那朵花。此时此刻，说不清是人为花醉，还是花为人狂；是人为花而落泪，还是花感时而溅泪……

一位青年农民对我说：未来，我们的生态园将按照"速度加快、规模做大、品牌做响、档次提高、产业延长的总体要求，以月季为支柱，以红继木、紫玉兰为基础，发展茶花、樱花等花卉"。我询问：这些花卉的未来与归宿？他笑着回答：走市场化之路，为致富架起一座金桥。这就是我们农民的梦。年轻人的这分锐气可嘉可赞。我联想起董市古今名人辈出。比如，后汉掌军中郎将、一代贤良忠臣董和、董允父子，现当代最高学府清华大学副校长、化学教育家张子高和他的儿子张滂，化学家、中科院院士、博士生导师，以及北大化学学院教授、博士生导师袁谷，等等。这些出生董市、心怀董市的文武高人，他们的灵魂定会历久弥新，他们的智慧必将影响一代又一代的董市人，而不会仅仅只留下记忆。董市啊，一定会越来越美丽，将留给我们永远深深的恋情！

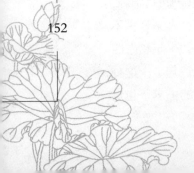

品书读人

不应被遗忘之珠

对于阅读作家的作品集，我历来有个习惯，必先读序言（自序、代序），再读后记、跋语，然后开始按顺序阅读正文，圈圈点点。不久前，在新华书店看到梁实秋先生雅舍系列丛书，含《雅舍小品》《雅舍随笔》《雅舍杂文》《雅舍谈吃》《雅舍忆旧》和《雅舍遗珠》6册。因为以前购买过不少梁实秋的选集，便只选购了一册《雅舍遗珠》（武汉出版社2013年出版）。

大凡编选一部、一套作品选集时，编者总会谦虚地说有"遗珠之憾"。梁实秋在他漫长的文学生涯中，历经曲折坎坷，曾以诸多笔名在各种报纸杂志上发表了很多作品，由于种种历史原因散落各处。不少文章一时未被搜集或未能收入作品集，确实存在"遗珠之憾"。难能可贵的是，本书编者在参考现已出版的各种相关文集的基础上，"我们精心搜罗、补充梁实秋以笔名发表在各种报纸杂志上的文章，然后按题材和内容特色重新编排，并参阅相关文献，对所选作品原文及相关引文进行了修订和校正，最终汇成梁实秋文集雅舍系列丛书"（《编者说明》）。此书值得肯定的是，它基本尊重了原文，力求最大限度地保持作品的原貌，忠实地呈现作品的原意，从不同侧面向当今的读者，展现了真实的梁实秋的文品、人品和足迹，以及他的文学思想、文学观念。故用《雅舍遗珠》命名此书，是再恰当不过的了。

本书分"亦知柴米贵"、"时闻鸡犬鸣"、"行到水穷处"、"坐看云起时"、"清福出小语"和"寂寞生滋味"6辑，凡100篇。这些作品题材广阔丰富，既有柴米油盐，也有风花雪月；既有行走祖国的山川游踪，也有旅游域外的种种风情，或所见所闻，或所思所感，写得情真意切，性情率直，个性独具，那思想之自由，随意生发，那独立之精神，见解鲜明，无不流露在字里行间，真乃深谙散文随笔小品的精髓。比如，一只流浪街头无人豢养的野猫，夜晚蹲在家门前守候你，听到一声"咪噢"，你就不能不心动一下。恻隐之心，人皆有之。而"自家的白猫王子听得门外有同类的呼声，起初是兴奋，观察许久，发出呼噜的吼声……对于这不速之客，白猫王子好像不表示欢迎。一门之隔，幸与不幸，判若霄壤。一个是食鲜眠锦，一个是踵门乞食。世间没有平等可言！"（《一只野猫》）作者于平实细微之中，发出冲天之大慨！他的良知显然是可以触摸得到的。读者往往只知其擅写风花雪月、花鸟鱼虫、油盐柴米、身边琐事，却不知梁实秋也于平常小题材中折射出鲜明的大爱、褒贬与沉思。

作者足迹北自辽东，南至百粤，走过十几个省。可在梁实秋眼里真正流连不忍去的地方应推青岛。至今青岛的房屋建筑，仍有德国人的痕迹，屋顶一律使用红瓦片，山坡起伏，绿树葱茏之间，红绿掩映，饶有情趣。接着写青岛的宜人天气，"春有百花秋有月，夏有凉风冬有雪"，美不胜收。但在春天的百花之中，"樱花我并不喜欢，虽然第一公园里整条街的两边都是樱花树，繁花如簇，一片花海……可是花没有香气，没有姿态。樱花是日本的国花，日本和我们有血海深仇，花树无辜，但是我不能不连带着对它有几分憎恶！"（《忆青岛》）我读到这些文字，倍感舒畅气爽，内中蕴含着思想与艺术的力量，一枝一叶总关情。又比如，作者在《美国去来》一文中，于草草巡游一番美国之后，感慨万千，"一面惊叹其各方面之长足进展，一面又不禁为其前途深抱隐忧。但是最萦心的还是我们自己的祖国的前途。美国的休戚，与我们息息相关，可是我们自己的国家才是我们自己安身立命之处。于是摒挡行装，赶快回来"。对祖国的热爱一往情深，感人肺腑。作家的气节、风骨和忧患意识充满于文字之中。类似的精彩篇什几乎俯拾皆是，不胜枚举。但众所周知，梁实秋也有不少观点与当时文坛的主流不尽一致，印象最深的要数他和鲁迅等左翼作家"笔战"不断。而今看来，似不足为怪。作家最终靠作品说话。谁为后世留下的好作品乃至经典之作愈多，谁就会受到文学界与广大读者的肯定与追捧。本书编者的特别声明："本书的观点仅代表作者本人，不代表编者的观点。"我们在阅读过程中当须独立思考，从好的方面想，也是个有益的提醒。

《雅舍遗珠》并不是因为曾经散落而更觉其美。实在是这100篇作品中绝大多数自有其趣、自有其味、自有情致、自有美感。同梁实秋的其他散

品
书
读
人

文随笔小品一样，其艺术技巧别具一格，融情趣、幽默、智慧、学问于一炉，潇洒隽永，儒雅诙谐，文采翩翩，不愧为中国现代散文的大家。如同冰心先生所说，"一个人应当像一朵花，花有色香味，人有才情趣，我的朋友，男人中梁实秋最像一朵花"。

春风沉醉的"闲书"

　　在春天里，阅读的空间更多了一片蔚蓝与绿意，春风沉醉的书屋更多了一分读书的乐趣与美妙。我从北山坡新华书店选购了一册郁达夫的《闲书》（译林出版社2015年出版），安静地休闲地初读过后，情趣盎然，好似一次愉快的精神之旅。

　　《闲书》是"字里行间文库"第一辑23册中的一册，这是郁达夫1945年8月遇害前的最后一部散文集。全书情感真挚，语言清新，如行云流水般自然，富有诗的韵味与风致。说它是不容错过的文学经典似不为过。

　　这本集子中的长短杂什、游记日记，都是这位民国才子闲空不过时才写出来的作品，故以《闲书》作书名。

　　作者迁到杭州后，很想建筑一所住房，"我衣并不要锦绣，食也自甘于藜藿，可是住的房子总得有"。然而，他手头无钱，奈何！有一次，微醉之后，胡思乱想起来。心机一转，他买了《芥子园》画谱回来，开始学画。原因是想靠卖画，来造一所房子。"万一画画，仍旧是不能赚钱吃饭，那么至少至少，我也可以画许多房子，挂在四壁，给我自己的想象以一顿醉饱，如饥者的画饼，旱天的画云霓……总可以得到一点慰安"（《住所的话》）。文字的背后隐藏着多少人生的况味！过去或至今，"文章不值钱"，颇引人深思。

　　山水及自然景物对于人生、艺术都有绝大的影响与威力。郁达夫写道："孔夫子到了川上，就觉悟到了他的栖栖一代，猎官求仕之非；太史公游览了名山大川，然后才死心塌地，去发愤而写书。"由此，因为山水、自然，是可以使人性发现，使名利心减淡，使人格净化、以减少物欲的无聊之念。

　　在《闲书》的字里行间，常常流露出儿女情长与人生感悟。譬如，到闽以后，因和霞（夫人王映霞）的离居两地，不能日日见面谈心，很感痛苦。有时候身体不佳，时思杭州之霞与小儿女，"身多疾病思回里"，古人的诗实在有见地之至（《浓春日记》）。一次，他去省立图书馆看了半天书后感慨道："经济不充裕，想买的书不能买，所感到的痛苦，比肉体上的饥寒，还要难受。"这里所发出的正是一个富有才情的知识分子自己的声音与内心感受。文学，可以说是时代的一面镜子，文学，也可以照亮生活。

周作人先生名其书斋曰"苦雨"，恰正与苏东坡的"喜雨亭"名相反。郁达夫以为，其实，"北方的雨，却都可喜，因其难得之故。像今年那么的水灾，也并不是雨多的必然结果"；就像"生之于死，喜之于悲，都是如此，推及天时，又何尝不然？无雨哪能见晴之可爱，没有夜也将看不出昼之光明"（《雨》）。自有理趣在其中。

当我读到《说肥瘦长短之类》《清贫慰语》《说姓氏》《说沉默》诸篇之后，更觉极具消闲之趣，颇能得遣闲时。自古以来，形容美人，总以"长身玉立"来形容，大约瘦者必长，肥者必矮。其实在古代，"燕（赵飞燕，汉成帝皇后）瘦、环（杨玉环，唐玄宗贵妃）肥"也各臻其美，其体态各有各好看的地方；"尧长舜短"，也同是圣人矣。反过来从长短来说，中国历史上，似乎是特别以赞扬矮子的记录为多。比如，周公、伊尹、晏子、孟尝君等等，全是矮子、眇小丈夫。外国的拿破仑，也属短小精悍之辈……如借喻文艺作品，即风格不同，而各有所长。

一个人在有限的生命里，在匆忙的奔波中，倘放慢一下生活的节奏，挤点时间，安静地品尝几本有趣有味、有真有善有美的好书，仿佛春风沉醉的晚上，享受人生之美丽，而留下乐不可支的长久记忆，连陌生人都会由衷地道一声：晚安！

从梭罗的自嘲说起

梭罗是一位美国作家，1817年7月12日生于康科德城，只活了45岁。有人称他为诗人和博物学家；有评论家称其为美国超经验主义作家。

梭罗生前，只出版了两本书。32岁（1849）自费出版了《康科德河和梅里麦克河上的一星期》，内容是写作者哥儿俩在两条河上旅行一星期中的历程和体验。据徐迟先生介绍，"大段大段议论文史哲和宗教等等。虽精雕细刻，却晦涩难懂，没有引起什么反响。印行一千册，只售出一百多册，送掉七十五册，存下七百多册，在书店仓库里放到1853年，全部退给作者了。梭罗曾诙谐地自嘲说，我家里大约藏书九百册，自己出版的书占七百多册"（《瓦尔登湖》译本序）。

从梭罗的"自嘲"中，显然看出作者是十分无奈的，诙谐中透露出心灵的冷寂和悲伤。当下，我们如不为贤者名家讳，或为亲者文友讳，在出书热中何尝不常常出现这种尴尬事。即使是大作家、名作家出书，在向全国征订中往往多则几百本，少则几本、几十本，无法达到出版社的起印数，而最终不得不压下来，或退回给作者压在箱底。可是，有的选材严格、适合读者对象和阅读趣味的作品（读物），则是印数可观，乃至畅销，一炮走红，名列图书排行榜。此类例子可举出不少。诚然，有的作品借央视讲台造势；有的作品靠书商炒作；有的作品借红包评论家吹捧；有的作品靠华丽包装取胜；有的作品用钱财"跑奖"来贴金等等，八仙过海，各显神通。但其中可以借鉴的是，作家写什么，不能不以艺术的眼光、睿智的思考去多方寻找，严格筛选，不能不贴近时代、贴近生活、贴近群众，真实地反映广大人民群众的心声，想人民大众之所想，急人民大众之所急，从心底做着一个"大众化"的梦，创作为中国老百姓所喜闻乐见的中国作风、中国气派的好作品来。创作上的迎合、媚俗倾向自不可取，但脱离生活没有人间烟火味的宗教禅意与哲学讲章亦是创作上的大忌。

在创作上关键是怎么写。除了创作速度放慢之外，重要的是作品构思要巧，故事情节要生动引人、跌宕起伏、讲究语言锤炼，追求作家的独特个性，调动一切艺术技巧和手段，塑造出一个或几个鲜活的人物形象来，就像《红楼梦》里的贾宝玉、林黛玉、王熙凤；就像鲁迅笔下的阿Q、祥林嫂、孔乙己；就像沈从文《边城》的翠翠。这些人物形象让作家留下了作品、留下了思想，延长了生命；使读者留下了长久的记忆，让他们永远在我们的记忆里活着。就像一个诗人，一定要有一二首或几句诗让人记住，而不是只留下了关于他们的组织活动的新闻报道。作家诗人最重要的是写好作品，靠作品说话。写好作品自非一蹴而就，亦须顽强坚守。

梭罗的另一本书是《瓦尔登湖》，于1854年出版，时年37岁。开始也没有受到应有的注意，甚至还受到詹姆斯、斯蒂文生的讥讽和批评。但1856年1月，却受到乔治·艾略特的好评，称赞他："深沉而敏感的抒情"和"超凡入圣"。随着时光的流逝，这本书的影响越来越大，已经成为美国文学中的一本独特的卓越的经典。

徐迟在《译本序》中说："这是一本寂寞、恬静、智慧的书。其分析生活、批判习俗，有独到处……语语惊人，字字闪光，见解独特，耐人寻味。许多篇页是形象描绘，优美细致，像湖水的纯洁透明，像山林的茂密翠绿；也有一些篇页说理透彻，十分精辟，给人启迪"；"这是一本清新、健康、引人向上的书，读着它，读者自然会感觉到心灵的纯净，精神的升华"。因此，《瓦尔登湖》的徐迟译本从2006年8月第1版到2009年9月，先后8次印刷。倘若梭罗九泉之下有知，当仰天大开笑颜。此乃"敢自嘲者真名士矣"！

是的，在这个物欲横流、遍地烦躁的环境氛围中，要沉得下心来，寻找心情渐渐恬静的时候，或黄昏以后，或夜深人静之时，捧起书本，品味书香。古人云，既要"行万里路"，又要"读万卷书"。书是人类进步的阶梯，是智慧之门的钥匙。知识就是力量，书本才能变成财富。如今，中国人读书偏少，一年人均约四五本；尤其是读书观存在问题。比如，影响读书的功利思想，实用观点，学校的应试教育，等等。这就不利于读书风气的形成。读者不读书，自然就勿需购书，读者不购书，出版的书就没有销路，高品位的书就难以出版。这种恶性循环，确实令人担忧！如此，不仅梭罗会"自嘲"，吾侪更不必说了。

生命的美容

现如今，我兴许不会心血来潮去整容的。一来早过了想漂亮欲整容的年纪；二来也怕担万一的生命风险，得不偿失。

记得1983年春，我经兴山县城去神农架采风，为赶一天只发一班的客车，非在凌晨四五点到车站。我走出昭君旅社，手提两个小包，在月色朦胧下匆匆赶路，不小心掉进香溪桥引桥上的下水道，左眼角处撞在被人揭开的盖子上，当时眼睛直冒金花，用手一摸流血不少。赶到县人民医院由值夜班医生打个疤止血作了处理。等到早晨八点再到外科看医生。医生仔细察看一番后说，如果再撕开纱布缝两三针，会重新流血。不如照旧算了。反正人到中年，留个小疤痕也不当紧。我点头同意了。

让自己尽量美丽下去，乃至永远美丽。这是每个人的向往，尤其是女人。也可以说是人的一种天性。当下"韩剧"就大受许多少男少女的热捧，比观足球世界杯还有过之。因为，韩剧所选的男女主角大都极其漂亮，自然不乏整容者。

据有人统计过，1980年上映的电影《庐山恋》，女主角在影片中换了43套服装，件件美不胜收，一时轰动中国影坛。可以想见那个年代追求时尚，炫耀美丽到了何等程度。不错，人靠衣装而美丽。但更有诗云："腹有诗书气自华。"读书，就是对一个人生命的美容。

读书，给人以一种精神滋养，让心灵变美，绽放鲜花。20世纪50年代中叶，我读高中时，课外喜欢读文学书籍。记忆犹新的有两本书，一本是书名《卓娅和舒拉的故事》，一本是《钢铁是怎样炼成的》，当时我读过几遍。卓娅与舒拉对学习的认真态度与严格要求，曾深深地感动了我、教育了我。保尔·柯察金的英雄事迹，在我们面前树立一个青年革命战士的光辉榜样。在怎样做一个真正的人方面影响了自己一辈子。他那灿烂的光彩，他那勇敢顽强的品格，他那不畏艰难的情怀，无不令人敬佩、令人向往、令人坚忍地生活下去，为追求崇高理想而奋斗不息。他有一句名言："一个人的生命应当这样度过：当我回首往事的时候，不会因虚度年华而悔恨，也不会因碌碌无为而羞愧！"至今，还铿锵地响在耳边，依旧成为激励我向前的人生力量，熏陶自己的美好心灵。

大学者钱锺书先生说过："有种幸福，与书香共生；有种美丽，与阅读并存。"读书，可改变一个人的命运，成就一个人的梦想，而走向美丽的人生。记得读华中师院中文系时，一场"反右"斗争声势浩大，炎炎夏日，斗争大会三天两头在大操场进行。我当时的思想认识跟不上形势要求，立场不鲜明，斗争也不坚决，常偷偷躲在角落里埋头看小说，台上喊"打倒某某"时，我手向上一伸，眼睛却未离开书本。从大二开始，我计划课外系统地读完《鲁迅全集》（10卷本）。此刻，我正看着小说《狂人日记》，思索着其中的一段话："他们似乎别有心思，我全猜不出。况且他们一翻脸，便说人是恶人……我翻开历史一查，这历史没有年代，歪歪斜斜的每叶（页）上都写着'仁义道德'几个字。"（《呐喊》）不能再想了。我心里依稀听到另一种"呐喊"声："没有吃过人的孩子，或者还有？救救孩子……"我抬头看到另外几个同学正在窃窃私语，并对我会心一笑。

鲁迅的书，就像接受一次国民性格的"改造"，自然有益于生命的美容。

"反右"斗争的暴风骤雨平息后，我虽被鉴定为多数同学存在的"温情主义"倾向。可在良心上没有留下遗憾。随着岁月的流逝，当年斗争的声音已经渐渐远去，但一生埋头在袅袅书香的挚爱情怀，依然萦绕在我的胸间……

永不凋谢的奇葩

——重读徐迟的科技报告文学

往事记忆犹新，30多年前，我们拥挤在街头读报栏争看徐迟先生《哥德巴赫猜想》的动人情景，至今难忘。广大人民群众之所以如此欢迎徐迟的科技报告文学，因为他形象地报告了一个历史新时期的到来，高高竖立起一块新时期报告文学史上的新里程碑。老诗人、作家徐迟以大无畏的勇敢精神，一马当先冲破了"四人帮"的禁区，闯进了科技报告文学这个崭新的创作领域，从1977年10月在《人民文学》发表《地质之光》以后，一发而不可收拾，连续写出《哥德巴赫猜想》（各大报刊转载），《在湍流的涡漩中》（人民日报）、《生命之树常绿》（光明日报）等作品。广大读者如饥似渴地读着这一篇一篇的报告文学，喜上眉梢，交口称赞，无不为其中感人的人物和情节所深深打动，中国知识分子重放光芒，迎来了科学与文艺的春天，轰动了国内外。徐迟的报告文学为我国文艺百花园增添了一朵鲜艳夺目的奇葩！

今年10月是徐迟诞生100周年。我重读徐迟的科技报告文学，它仍然闪耀着思想和艺术的光彩。文学是人学，科技报告文学同样也是写人的，是写科学家、科技工作者的生活、工作、斗争和思想感情的。徐迟的《哥德巴赫猜想》等几篇科技报告文学的一个共同特点，就是努力塑造科学英雄的真实形象。在他的笔下，有老一辈著名科学家的形象，如李四光、周培源、蔡希陶；也有年青一代优秀科学家的形象，如陈景润等，新鲜引人。这是一曲曲科学英雄的礼赞。《地质之光》的李四光，显示了一个革命科学家高尚的政治品格。他蔑视蒋介石的利诱，不顾国民党反动派的威胁，排除种种阻碍，勇敢机智地从国外回到祖国，参加社会主义建设；《在湍流的涡漩中》的周培源顶着扑面而来的反革命政治逆流的冲击，像中流砥柱，不动摇，不低头，巍然屹立，表现了一个老科学家坚持真理，坚持党性、坚持原则的高大形象；《哥德巴赫猜想》中的陈景润，为了攀登科学最高峰，采摘"皇冠上的明珠"，整天遨游在"数学的王国"里，勤奋、坚韧、顽强，忠于科学，忠于人民。这些可歌可泣的峥嵘人物，极大地丰富了社会主义文学形象的画廊，为提高中华民族科学文化水平树立了光辉的学习榜样。

科技报告文学是报告文学的一个新品种，它既具有报告文学的真实性，叙写真人真事，不允许虚构；又具有报告文学的文学性，艺术地叙写真人真事，可以对所写的人和事适当地进行加工，允许概括和剪裁。但它区别于其他报告文学的最特殊之处，就是科学性。它的描写对象是科学家和科技工作者，它报告的是科技战线的新事，是科研工作、科研成果；它散发的是科学的芳香，富有科学色彩。没有科学性，就没有科技报告文学。写李四光，不可不涉及他的地质论文，不可不对新华夏体系进行描绘；写陈景润，不可不说明数学公式；写蔡希陶，不可不写到植物学等，当然，我们写科学，目的还是为了写人，写科学家，写科技工作者，揭示他们崇高的心灵美，而决不是干枯地介绍科学知识或写科学讲义。假如是这样，同样也取消了科技报告文学。为了写好科学报告文学，作家要努力学一点科学知识。徐迟写《哥德巴赫猜想》，就走进了数学研究所图书馆，学习古代数学史，学习华罗庚的著作《数学引论》，学习马克思的《数学手稿》等，努力去学习自己所不熟悉和不了解的科学知识，创作实践证明：作家懂得一点科学，就可以更好地反映科学家，写好科学家，表现宏伟的现代化建设。

科技报告文学不允许虚构，写的是生活中的真人真事。为了使作品中的人物形象达到典型化的高度，而不是照搬生活，作家必须具有高度的艺术眼光和剪裁技巧。徐迟的科技报告文学的又一个特点是，善于选择典型人物不平凡的独特经历。生活中的一般真人真事，不能作为科技报告文学的描写对象和主人公，必须选择在某一学科或学科的某一方面有发明创造、有特殊贡献的人和事。李四光、周培源、蔡希陶等这些老一辈的著名科学家，正是我们生活中革命科学家的典型。选择这些著名科学家来写，当然好办，也容易为人民群众批准。但对于陈景润这样年轻一代的数学家能不能写？由于旧的习惯势力和"四人帮"的破坏，对陈景润的认识是不一致的，他的不平凡的形象一时被歪曲。有人说他是"安钻迷"、白专典型；有人说他搞莫明其妙的数学；有人说他兢兢业业研究数学，努力攀登高峰，是红专典型；也有人对他有怀疑，不知他"红"在哪里？众说纷纭。而徐迟能透过现象看本质，以其敏锐的政治和艺术的眼光，大胆地肯定了陈景润的创造性工作，怀着饱满的革命感情和责任感，毅然决然地描写了他，热情地歌颂了陈景润，向国内外读者报告了这位年轻数学家的不平凡的事迹，成功地写出了《哥德巴赫猜想》这篇可以载入文学史册的历史名作。

选准了描写对象，固然是一个重要的方面，但如何描写对象，也是不可忽视的一个方面。徐迟的科技报告文学巧于构思，善于选择感人的情节和生动的细节。他注意从人物独特的经历中概括出典型的感人的情节，又注意从人物鲜明的个性中提炼出真实生动的细节，然后加以精心组织安排，使之跌宕起伏，力避平铺直叙，加强文学色彩。比如《哥德巴赫猜想》把陈景润的切身遭遇和成长过程，置于两种社会制度、两种对立路线的对比叙写中，显得比较曲折复杂，在读者面前展现出令人神往的科学世界，读后回肠荡气。《生命之树常绿》叙写蔡希陶为了填补祖国植物学的空白点，作者把主人公放在民族矛盾尖锐的国民党统治时期这个背景下，从他冒着被彝族奴隶主掳掠为奴隶的危险，勇敢地闯进了山大人稀的大凉山，并长年跋涉在云南边境的热带瘴疠之地的独特经历中，提炼出生动曲折的情节，突出了老植物学家的性格特点。在《哥德巴赫猜想》里，徐迟从陈景润内向的个性特征中，提炼出他在"数学王国"里入了迷，着了魔，撞在树上还问是谁撞了他的生动细节，使陈景润显得更有血有肉，形象栩栩如生。《地质之光》的结尾："白发苍苍的李四光，眨眨眼睛，笑了一笑，轻轻拨动他桌上一个地球仪，一下子使小小寰球急速地旋转了起来。"这个意味深长的艺术细节，形象地表现了科学家对未来充满了何等胜利信心！正因为徐迟在作品中善于从大处着眼，于小处落笔，"大""小"结合，所以他的科技报告文学思想性和艺术性达到了完美的统一。

尤其值得一提的是，徐迟的科技报告文学在注重人物的个性描写时，不去追求所谓"奇异"，而选择那些表面的生活"怪癖"。艺术细节的选择与提炼，是为了增强人物的真实性，使形象血肉丰满。《哥德巴赫猜想》写陈景润并没有把他当作数学怪人，来追求某些琐碎的、非本质的细节。同样的，《生命之树常绿》里，作家通过蔡希陶种花、种菜、种烟叶、饲禽、相马、驯狼狗等细节描写，表现了一个植物学家的性格特点，揭示了他为发展祖国植物学，在黑暗的旧社会自筹经费，艰苦创业的奋斗精神和崇高品质，令人为之敬佩！

徐迟的科技报告文学，艺术表现手法多样灵活，作品面貌千姿百态，和同一创作领域的其他作品相比，无疑是出类拔萃的。《哥德巴赫猜想》和《生命之树常绿》采用了按时间顺序写科学家成长历史的写法；《地质之光》采用了在顺叙中插入大段倒叙和补叙的写法；《在湍流的涡漩中》采用了截取人物在典型环境中某一短暂瞬间的写法，还有新旧对比的写法，等等。灵活多样的表现手法，增添了科技报告文学的艺术美。加之徐迟在作品里倾注诗人的澎湃激情，夹有深刻的议论，既诗意盎然，又富有哲理，真是别具风格，使人耳目一新。尽管当时思想解放得还不够，极"左"思想的影响尚未肃清，个别作品中难免存在一些时代的印痕。岁月流逝了几十年，徐迟的科技报告文学经受住了时间与历史的检验，依然鲜活地留在广大读者的记忆里，依然充满艺术的生命力，像是报告文学的一朵永不凋谢的奇葩！徐迟先生，人千古，文亦常青常绿！

浓郁的大湘西风情
——读《宋永清散文选》

大湘西，从地理位置上看，包括吉首湘西自治州和紧紧相连的怀化市各县域。前年深秋，我下榻湘西自治州泸溪县城白沙镇，在静静的深夜里，不仅能耳闻沅水的涛声，而且还能听到怀化市沅陵县的鸡叫与辰溪县的狗吠，一脚踏三县。我惊异地难以进入梦乡。

宋永清是辰溪县文联原主席（现作协主席），中国作家协会会员。他身体健壮，乡音浓重，热情洋溢，其音容笑貌一直铭刻在我的心中。不久前，他寄来大作《宋永清散文选》（中国文联出版社），喜读过后，一股浓郁的大湘西风情扑入胸怀……

湘西是一片神奇的土地，有汉、土家、苗、侗、瑶等多民族生活在这里，几千年来产生了巫文化、傩文化以及独特的民俗风情，地域文化积淀深厚。同时也是生长鲜明个性的艺术家、作家与作品的沃土。比如沈从文、舒新城、黄永玉，等等。在文艺前辈的招引下，大湘西也涌现出各县自己的"沈从文"、"黄永玉"。我以为，邓宏顺就可称之为怀化市的小说"沈从文"，宋永清可称之为辰溪县的散文"沈从文"。或许有人存异议，姑当戏言耳。

作者笔下的湘西风情，一是苗家姑娘出嫁的"坐花轿"。这是苗家姑娘抬高自己身价的极好机会。坐的是四抬大轿，轿子装饰着龙凤图案，"发亲"那天，辉煌无比，先放四响铁炮（又名地炮），后放长挂的千子鞭，震得地动山摇，花轿前是"依里哇啦"的唢呐声和"咚咚呛呛"的锣鼓声，吹打班子越大越显得热闹气派；花轿后面簇拥着一长溜儿送亲的人群，有的背着花花绿绿、五颜六色的嫁妆，有的抬着装满礼品的红抬盒，那场面壮观之极，喜庆和吉祥氛围酽得化不开，苗家人这种世世代代祖祖辈辈坐花轿的礼仪，一直流传至今。《苗家花轿兴衰记》一文凸显出浓郁的湘西风情。

　　风情之二是新嫁娘的"哭嫁"习俗。外乡人有幸碰上，耳听那甜甜的歌喉，歌词虽是传统的套词儿，但歌声委婉圆润，如诉如泣，声情并茂，一直要哭到出嫁的头天晚上鸡打二鸣时停止，动人心魄；那陪嫁女的"拦轿"风俗，如同节外生枝，迎亲队伍走着走着，被陪嫁女一拦，队伍就不动了。直到东方天空燃起一片火红的彩霞时才放行，那依依不舍的浓情洋溢在四周的田垄与山林间，《佤乡陪嫁女》的生动描写，抒发出苗家女儿人情味的极致。

　　《山里嫂子》和《高速公路从我苗家过》是湘西风情的又一写照。家住湘西山寨，开门见山，一出门就得爬山，"一根羊肠小路，从大山中七弯八拐，绕来缠去，一会儿盘大山，一会绕溪谷，苗家的阿哥阿妹要走出大山，全靠两条勤快的脚板，在这根小道上艰险跋涉……苗家姑娘出山，背上背的是一座山；苗家汉子下山，肩上挑的是两座山。祖祖辈辈，宽阔的公路成了苗山人的梦想"。"山嫂子没背背篓走不来路，山嫂子脚板再宽却走不出山"，"山嫂子站着便成一棵风景树，倒下就是色调凝重的油彩画，她头帕里裹得有故事，围裙里兜得有故事，笑声中夹得有故事"。这些描写不仅生动真切，而且流露出苗山独特的人文和风情。作者的脚是踩在地面上的，作者的笔是带着体温的。

　　大湘西多山也多水。那么水上的湘西人家，她们"依偎在水的怀抱里，听河心跳动，听汛期的喜悦。春潮一到，瘦瘦的沅水一夜之间就肥胖起来了。等洪水退去，水上人披蓑戴笠，站立在船头，一手拿渔叉，一手握捞兜，用渔叉钳住时光，用捞兜打捞生活；月上中天，水上人把月亮泡在茶杯里……"（《水上人家》）。在许多篇什里，把艰辛的生活也写得诗情画意，充满着无尽的乡恋、乡思与乡愁，洋溢出作家浓郁的诗情。

　　"神秘性是世界上最美好的事物之一"（爱因斯坦语）。生活在地域文化里的作家，我们在描写风情的散文中除了珍视它的民间性、原生态之外，同时也还须防止粗鄙感与极端化，以显示出文字背后的丰富含蕴与重量。我觉得宋永清写湘西风情的作品是胜人一筹的。在《老城与新城对话》中，老城辰阳（今辰溪）有一把年纪了，北宋时修建了文庙，南宋时修建了广恩寺，清康熙时修了丹山寺；中山街有100多个油糍粑摊，艾家弄有十几家布匹店、老油号，还有石板街、吊脚楼、木板房、封火墙、柳树湾河街客栈，等等，显示出辰阳昔日的辉煌。但新城建有星级宾馆，修有东风大道，开有一家家超市，修有刘晓（辰溪籍外交家）公园等等，东风大道像一条笔挺的领带，佩戴在老城的胸前，那排排高杆路灯好似一根金光闪闪的项链，套在古城的脖子上，使古老辰阳焕发出美丽的青春。住在老城的青年人爱新城的现代感；搬迁到新城的老人们恋老城的文化味。新城好似个万花筒；而老城恰似一本线装书。结尾写道："老城新城，是辰溪人民用心血和汗水垒起的两座人文景观，她将与时间同在，与日月同辉。"在回忆与怀旧中显露出作家当下的观察与体验，给人以浓郁的文化滋润。

　　作家是靠作品来闪光的。我们期待着宋永清先生进一步开拓艺术视野，拓展散文的新空间，写出更多更美的佳作。此之谓"深林人不知，明月来相照"。

呕心沥血著奇书

——喜读《神秘大湘西》

去年重阳节回怀化时，承蒙湖南省作协副主席、怀化市作协主席邓宏顺的热情相邀，前去参加市作协组织的"中秋·重阳诗会"。在济济一堂的闹热气氛中，一位年近八旬的诗人登台朗诵自己的诗歌，一是乡音浓重，分外入耳；二是用传统的吟唱方式，自然地摇头晃脑，独具古风韵味。他就是知名诗人、词作家、民俗专家龙燕怡先生。

兴许都是家乡文人，互相通报姓名后，便一见如故，叹息相见恨晚，霎时真性情活灵活现。他当场手持大作签名相赠。事后，又寄赠新出版的民俗散文撷萃《神秘大湘西》（北京线装书局2015年4月出版），书衣别具，古色古香。拜读之中，兴趣浓厚，获益匪浅。新年伊始，龙先生诚恳相约写点读后感想。于是恭敬不如从命。

映入眼帘的书名《神秘大湘西》，就有引人入胜之感。20世纪50年代初叶，今怀化市所辖的沅陵县就是"湘西行政公署"的所在地。习称"湘西行署"。后来，在吉首市成立了"湘西土家族苗族自治州"，辖凤凰、花垣等八县市。这其实只是原湘西地区（22个县市）的一部分。"大湘西"系指湖南西部一带，包括整个怀化市、湘西土家族苗族自治州、张家界市，以及常德、邵阳、娄底、益阳的部分县市区域。这些地域是多民族聚居之地，多达一二十个民族，多山多水，山高林密、江河流急、峡长谷幽，昔日交通闭塞，其保存的民风民俗古朴奇异，颇具一种神秘之感。

《神秘大湘西》融民风民俗、传说故事与历史遗存、地方掌故、民谚楹联于一炉，用散文笔调叙述，语言生动，流畅轻灵，如水一样，诗情画意，情趣盎然，文采与韵味兼备，可读性强，给人以愉悦快感与艺术之美。作者龙燕怡是诗人、词作家和民俗专家，长期从事文艺工作，作品丰富；另一位作者是龙民怡，几十年从事中学历史教学，兄弟二人志同道合、兴趣相投、知识互补，从20世纪80年代初，迄今三十多年深入采访，走村串户，广泛搜集，足迹遍及整个大湘西及其毗邻地区，"经常冒酷暑、顶风雪、攀山崖、越溪涧"，曾"先后采访侗、苗、瑶、土家及汉族等各行业知情人士数百人次，其中多为耄耋老人"（《后记》），如不及时抢救极易失传。仅从这个意义上说，作者也是堪称功德无量的。因此，深受湘西大作家名诗人曾凡华的青睐与好评，建议作者择优加工，补充新内容，另行在其负责的北京线装书局结集出版。

开篇的《古朴雄浑的沅水船俗》（沅水，今称舞水），系长篇民俗散文，那古朴的船俗丰富多彩。从"造船"的木料说，"无槐不行江"，船型狭长，船尾呈梭子形，船底则如龟背，被称作"苗船"；"开江"规矩更严，先祭祀，次设开江筵，主菜鱼，"开江鱼，到岸鸡"；"闯滩"惊险，谚曰："要飚皇后滩，十有九次翻"，"想飚满天星，舍得四两命"；"到岸"，货主要办"到岸酒"；"返航"也要办"离岸酒"。特别是船工"喊号子"，一领众和，"嗨唷"、"嗬哈！"……雄壮有力，压倒了浪涛声，发出惊心动魄的吼声。如此水上风俗饶有湘西特色。

集子中的《北侗竖屋风俗》《南侗建鼓楼习俗》，也形成了许多奇特有趣的风俗。在芷江、新晃、玉屏一带，流传着"在生一栋屋，死后一副木"（一副木，即棺材）。侗家十分重视盖房竖屋。式样大多为"开口屋"，分上下两重屋檐。常见的有"吊脚楼"与"跑马楼"。前者吊在空中，一层四面通风，为牲畜住处、堆放杂物，第二层住人，独具民族特色；后者规模宏大，富丽堂皇，楼上四周设有走廊，围起雕花栏杆，俗话说："铁匠难打钓鱼钩，木匠难修跑马楼。"竖屋要用杉木；讲究朝向，背靠青山，眼前宽阔敞亮；屋梁木要偷；上梁要祭，要抛宝梁粑；最后一道仪式是烧进屋火："火旺、火旺，家兴业旺！"读《神秘大湘西》，我们俯拾可得湘西各地的谚语、俗语、民谣、对联，仿佛从尘埃中来，似地气喷涌而出，质朴生动形象，朗朗上口，通俗中蕴含诗味，平淡中别有深情，语言"文""野"融合，恰到好处。

在《迎亲撷趣》中，把北部侗族的迎亲习俗写得颇为风趣，喜气洋洋，欢乐祥和。比如"板凳拦路"、"回喜神"、"抢顶子"、"踩隔筛进洞房"等。侗家的花轿制作格外精美，周围用侗锦装饰起来，色彩斑斓，轿顶用细篾编一个罩子罩上，周围扎8朵红花，正中扎一朵最大的顶花。花轿进寨，小孩争摘顶花……侗谚云："红花献瑞，金竹避邪。"新娘初进堂屋，脚不能挨地，要用双脚踩隔筛，才能把邪气隔掉，一步踩隔筛，邪恶秽气都隔开，隔到九千九百九十九里外；二步踩隔筛，夫妻恩爱过日子，又添福寿又发财……除此之外，作者还生动记叙了"湘西灯俗"、"赶歌坳"、"钓鱼奇俗"、"尊师礼俗"、"湘西南巫风"等等古朴风趣、惊天动地、独具风情、十分精彩的民风习俗，均异常奇特，恕不一一枚举。

　　散文是非虚构的文体。我以为，民俗散文更应注重历史的真实性，去伪存真。作者必须先立诚，须真实，然后才是尊重自我。龙氏兄弟坚持从现实生活出发，留心发现湘西各地的民俗，打捞遗失、遗弃和破碎的民间珍宝，还原了社会生活的民间化和日常化。他们还尝试着走一条创新之路，发人之所未发，人无我有，人有我独，人多我少，别人写过的，他们则力求不落窠臼，追求全景式的完整性。同时，在选材上又尽量寻幽发微。其用心何等良苦！这部32万字的《神秘大湘西》，是作者一生从事大湘西民俗搜集、整理与研究成果之精华，是他们呕心沥血的艺术结晶。堪称一部"奇书"！

　　龙燕怡先生长期生活与工作在湘西怀化。人在哪里，情便在哪里。正如作者在《倾情赋》（七绝）所吟咏的，"卅年问俗不寻常，脚板磨融手写伤。但得葆真留信史，呕心沥血又何妨？"作者痴诚的心声，将永远感动着我们广大读者。

从风情清江走出的作家
——读陈哈林散文集《汪洋庄》

　　八百里清江风光如画；八百里清江风情浓郁。从20世纪50年代以来，清江长阳就涌现出一批颇有名气的乡土诗人、作家。比如，农民诗人习久兰就是诗坛上一颗亮晶晶的星。"字字沾满泥土味，行行透出稻花香……山歌唱到北京城，诗情溢满扬子江"（吴超）。继而，又有肖国松、龚发达、蔡梓三、刘明春、田天、温新阶、周立荣、刘小平、陈孝荣、陈哈林、彭绪洛等先后登上文坛，在诗歌、小说、散文、报告文学创作上取得了可喜的成绩。一拨文学新人正在苗壮成长。在长阳文学的地图上，"江山代有才人出"。

　　当下，几乎是"全民写作散文"的年代，许多作家忙着埋头写自己的作品，顾不上看别人的散文与集子，似乎也情有可原。近日收到陈哈林的散文集《汪洋庄》（长江文艺出版社2009年出版），乍看书名很有气派，海阔天空，撼人心魄。原来这并非作者的艺术想象，而是生养作者的故乡之名，是他生命的牵扯之地。一位俄罗斯诗人说过，"没有故乡便没有诗人"。我也说过类似的话，"没有故乡便没有散文"。陈哈林是性情中人，"每当我回到我的故地，我总会浮起一些柔肠千转的情怀的，故乡真是个让人难以割舍的地方啊"。在"汪洋庄纪事"一辑里，凡20余篇，大多写得情真意切，"由心而生"，"我手写我心"。好像他的父老乡亲一样，看惯了云舒云卷，听惯了风雨雷电，嗓门高亮，胸怀宽广。在20世纪中叶，他的家乡来了一大群知识分子，头戴"右派"帽子，却甘当起娃娃们的老师。每每在上级"工作同志"的指示下，批斗这群"右派"分子。有一次，又组织批斗会，一位抗日战争扛过枪、抗美援朝负过伤的老革命仁堂佬佬儿，勇敢地站了出来，把身上伤疤一亮说："你们有本事和美国佬干去，在这里欺负自家人算什么英雄好汉。"直说得那大队书记点头称是，"听佬佬儿的"。短短几句，凸显出一位老战士富有正义感的精神品格。我以为，这是读得出人来的散文。对散文作者来说难能可贵。又比如，写红春佬佬的机智过人和见义勇为；写谢家榨房的榨匠师傅的讲良心、不坑人蒙人，"打榨跟做人样，要把良心放在中间。"都是选择典型细节，寥寥数笔，活现出一个个人物来。让读者老是牵神地想起他。散文不像小说，以故事情节塑造人物形象，而又要从散文中读得出人来，这正是散文作家所追求的艺术技巧与诗意境界。女作家刘真的《望截流》，写在长江截流前线指挥的王树田、老廉的形象，也是短短几笔，抓住最感人的细节，给人留下深刻印象与感人的思想力量。在创作中如何能以少胜多，达到深刻，既需要精选，又需要思考与提炼，作者若是随意而为，漫不经心，信笔而写，是难以达到这种艺术效果的。这是我们所应当努力追求的境界。

读《汪洋庄》，我更喜欢"兼葭苍苍"和"行走人生"这两辑中的许多篇什，从中可以看出文如其人来。哈林的散文有不少是歌唱爱情的，读起来缠绵悱恻，仿佛神来之笔，给人以大多的悦然、怡然与快感。好多年来，哈林身患重病，几次手术，但这并未把他击倒，令人不得不佩服他的坚强与乐观。他是性情中人，在创作上称得上是写风情的一位高手。这大概得益于风情清江的丰富滋养，以及土家族祖先廪君与盐水女神生死之恋的传承。在清江长阳，流传"五句子"山歌，其中情歌数量占得很多，几乎家喻户晓，代代传唱，被誉为"山歌之乡"。哈林从小受其熏陶和感染，也成就了他的风情散文写作。在《风流招徕河》里，这是一条因盐水女神动情而流出的招徕河。作者优美地记叙了廪君与盐水女神一见钟情、两相倾心的生死之恋。"招徕河，一条女人的河，一条爱情的河，一条充满诗情画意的河，一条崛起和开发的河呵"！那风流的故事"像梦，也像水。梦也风流，水也风流"，永远地流淌着……

《酒伴人生灿烂如歌》中的肖梅，年方18的女推销员，形象美丽，活泼可爱。作者这样描写：那女孩喝十八弯土家酒，味儿好长好长，十八弯酒伴人生，灿烂如歌，风韵极致。在《兰草谷的叫声》中，作者写道："清江像绿袖子般地隐携些暗香……与水的亲近，是人与大自然肌肤相亲的最佳方式，在那里常让人想起女人。据一老夫子说玩水的冲动在远古就含有性的成分。"其感悟和体验很独特，饶有情味。在兰草谷的碧水里，作者听到一首情歌，老是唱着："挨到新鲜些"的词儿，即：郎要挨到姐，姐要挨到郎。那歌词是原汤原水的，是一种生命传承的歌唱。没有挨到些，哪有姐郎配，哪来的子与孙。作者对生命的体验何其率真！类似的例子，俯拾即是。这是清江风情对作者的滋养，是长阳山歌对作者心灵的浸润。哈林的许多散文从中汲取了丰富的养料与形式。如果说，新疆的散文家刘亮程从《一个人的村庄》中写出了它的哲学味；那么陈哈林则从一条清江里写出了土家族人的情和爱。

也许《汪洋庄》尚未能受到一些学者、评论家的青睐和好评，但它写出了八百里清江的风情之美，长阳土家族人浓浓的生命之情。正如作者所说："散文诞生于爱，因而散文也该为爱而写作"；"散文，离不开爱情的艺术文本；爱情，散文的好滋养"；"散文是爱情，因为用爱写成的散文和用情写成的散文肯定闪烁着生命的情的火花"！（《汪洋庄》跋）

从香溪流淌出的浪花

——读王进的散文集《香溪踏浪》

前不久，拜读兴山文友王进的散文集《香溪踏浪》（文汇出版社2014年12月出版），我的心情十分欣喜，好似从神农架原始森林吹来一阵阵的山风，仿佛从香溪河流淌来的一层层的碧绿。全书收入作者57篇散文随笔小品，像一条文化河流中的一朵朵浪花，它既是美丽的、诗意的，又是流动的、厚重的，洋溢出一种生动的气息、进取的精神。

《香溪踏浪》有许多篇章是对故乡兴山的历史文化、民间文艺、人文气象的追叙、访问与开拓，他的笔力从本土着眼，从故乡出发，既描写了古高阳城（古夫）的悠久历史，又描写了"兴山八景"中的"仙侣春云"、"五指列秀"的优美景观；既记录了百羊寨李来亨的故事，又生动介绍了古刹"洪山寺"的传说、峡口"滴水观"道教庙宇及传说、"岩岭口和坤之山"的传说，尤其是对王昭君传说的追忆；他踏《访吴翰章故里》《棠荫书院》等遗迹，其文化内涵丰富，史实存真，文字质朴，娓娓道来，亲切感人，引人深思，这种浓郁的文化意味与故乡情怀构成了作者散文的优势。

《香溪踏浪》写亲情、友情的《母亲》《父亲》《信》《佟姐》《简冰印象》等篇章，真情实感，自然流露，具有较多的散文性，洋溢出"美文"的特质。王进的散文很少大结构、长篇幅，大都短小精悍，书写从容，语言生动，有的像散文诗，精练而有韵味。例如，对母亲的描写，她"头上早已大雪封顶，额上早已皱纹深深……"给人留下难忘的印象。在作者创作起步时，曾斗胆给名家金先生写信求教，原本没抱多少希望，可出乎意外，金先生及时作了回复，热情指导。他从中获益至深，坚定了他走文学这条不归路的决心，鼓舞他努力实现自己的文学梦。他曾暗暗发誓："一定要写出最为灿烂的诗歌，它甚至成为自己继续生活下去的理由。"在学习创作的崎崎岖道路上，他"曾为诗歌而喜，为诗歌而悲"。诗歌已然成为他生命中不可或缺的重要组成部分，成了他多年患难与共的朋友。"我的一切哀乐，诗歌都知道……我的生命力，也要和它一样的顽强"（《信》）。作者这种真实的诉求，发自肺腑，抒发出一个文学进取者的心声，令人非常感动。

王进生活在兴山的大山里，交通不便，由于对文学的执着追求，他利用一切走出大山的机会，放眼山外精彩的世界，用自己的双眼和心灵去观察、感悟、思索，其游记散文也值得一读，给人以启示。诚如孙犁先生所言："游记之作，固不在其游，而在其思。有所思，文章能为山河增色，无所思，山河不能救助文字，作者之修养抱负，于山河文字，皆为第一义，既重且要。"作者没有囿于狭小生活视野和趣味，襟怀开阔。比如，《车过高岚》《踏访乐平里》《问道武当山》《西湖，美丽的眼》等，立意高远，结尾精彩，且具有一定的思想力度。"站在金顶，极目四望，只见一柱擎天，群峰朝拜，又仿佛云外清都，顿感超然物外，红尘何其远也！"（《问道武当山》）；当汽车驶过高岚自然生态风景区时，"我默默地凝望着窗外，听耳边呼啸而过的风声，遥想过去曾一次次走过的旅途，猛然间发现，那呼啸而起的不是风声，而是岁月的流逝呵"（《车过高岚》）！王进的《听雨轩笔记》的作品，或许不能完全进入艺术精品的序列之中，但他的真诚性情、诗意目光和力求审美化的抒写，却是非常难能可贵的。

在《卧龙斋笔记》中，作者说："艺术是永恒的，是至高无上的，也是无价的。我为那匆忙奔波中仍孜孜不倦追求艺术的人所感动着。"我以为，散文创作在于勤奋，在于恒久；贵于真情，贵于个性。包括选材独特，视角独特，表达独具匠心。对一个有进取精神、有执着追求的青年作者，文学的大门总是向他敞开的，文学的高峰是会为他铺开一级级石阶去攀登的。坚持下去，锲而不舍，一定会有好的创造，从而焕发出文学的绚丽光彩！

品书读人

深沉的黄柏河情怀

——黄荣久《这条河流》序

　　作家与故乡，作家与河流，习相近，情相连，根相系。自古至今不知涌现出多少名篇佳作。从《静静的顿河》到《没有航标的河流》，从《黄河大合唱》到《大堰河，我的褓姆》，从《长河》，到《巨流河》等等，不胜枚举。阅读黄荣久的散文随笔集《这条河流》（长江文艺出版社2015年2月出版），那深沉的黄柏河情怀也深深地打动了我，给人以艺术的享受。

　　黄柏河发源于大巴山脉余脉，千里迢迢流至湖北宜昌夷陵区境内，汇入长江，成了宜昌夷陵人民的一条母亲河。作者从小生于斯，长大后又工作于斯。黄柏河养育了他；他为黄柏河魂牵梦绕。集子里的第一辑，全部是抒写黄柏河的作品。从河的探源到河的儿女生活，从沿岸的自然风光到水库与发电站的兴建，从亲人到乡亲的生活，无不情牵江河、情满青山、喜忧参半。作者的真情感人，作者的良知和眼光可赞。作者的忧愁与呼吁代表了人民群众的心声。比如，《黄柏河探源》《黄柏河，我的河流》《西北口水库读水》《最后的守望者》，都值得我们，尤其是宜昌读者去深阅读。因为散文并不只是抒情，它本身就具有多样化与丰富性。重要的是要有见识和独特的见解、深刻的体悟。

　　第二辑的"旅途话语"系列，收入17篇游记散文，大都写得文采斐然，感觉很亲切，给读者能提供愉悦。从《上庐山，与苏东坡先生共享风花雪月》《下江陵，与李白先生乘轻舟过三峡》，到《枫桥边，与张继先生遥望秋夜归人》《黄鹤楼，与崔颢先生潮打空城》等作品标题，可见作者很用心，凸显其新鲜的效果与魅力，给人以风生水起之美感。古人曾云："胸中无三万卷书，眼中无天下奇山水，未必能文。"意即读万卷书，行万里路，方能写出好散文来。纵观文学史，像唐宋时代的李白、苏轼等优秀作家诗人，无一不是"走出来的"。诗人散文家的好作品就是他们与自然、世界诗意相遇的结晶。当作者走进四大名楼之一的黄鹤楼时，"过去的仙人已经驾黄鹤飞走了，这里留下一座空荡荡的黄鹤楼。黄鹤一去再也没有回来，千百年来只看见悠悠的白云。阳光照耀下的汉阳树木清晰可见，鹦鹉洲上有一片碧绿的芳草。天色已晚，眺望远方，故乡在哪儿？烟波江上给人带来深深的愁绪"。由此，作者引发出"看待一切都能够宽宏大量，不与世人计较，不向时间索取过多"的个人感知和哲思，正是寻求诗意的一种表现。这一组游记散文堪称20世纪90年代大"文化散文"的浓缩版，既具大文化散文的丰富内涵，又别开生动活泼的简洁精练，足可令人共欣赏。

在《寻求艳遇之都：凤凰古城》一文里，作者写道："在凤凰追寻旅游的本质，发现风景只是旅游的载体，旅游的实质往往是看风景和成为风景的人。离开人，世间哪有风景！"这种体验与见地是富有启迪意义的。读者也会伴随作者一起思考。

作者年轻时当过兵，业余创作，且初露锋芒；回地方之后，在政府机关工作多年，出过书；后来，走上了交通与房地产部门的领导岗位，以本职工作为重，与创作逐渐疏远了。人到中年后，重新舞文弄墨，负责区作协的工作。丰富的生活经历，深刻的人生体验，重新喷发的创作激情，将更成就作者的创作多出成果。正如评论家所说：今后，应"保持创作的可持续性，写出自己认可的文章，这才是最重要的，其他什么都是浮云"（李美皆语）。本书三、四两集的随笔杂感，凝结了作者的心血与生活体验。优点是接地气，从实际出发，以城市的品位、文化、建筑与人居环境为中心，关注人间的哀乐与幸福，打破了当下一味关注作者自我个人的创作倾向，与广大百姓共忧乐，共休戚，努力开辟一条宽阔的心灵通道。稍嫌不足的是，少数篇什哲理充分，但文学性稍感缺失。这一井底之见，不知作者以为然否？

以上，聊当序言。

有爱便有了散文

——《李华章散文选集》自序

我出生在神秘湘西的僻壤，是喝着碧绿的溆水长大的。这是千里沅水的一条支流。

我深深眷恋着故乡的这片土地、这条绿水。那里有生养我关怀我的父母、兄妹和乡亲。他们的人生悲欢、坎坷命运与沧桑经历，总是牵动着我的心，萦绕在我的梦里。就是这片热土上的人事、山水与庄稼，孕育着我的"文学梦"，激活我的创作灵感和热情，而写出一篇一篇的散文华章，融入了自己的真性情、真感受和真体验。没有故乡就没有我的散文。

三峡宜昌是我的第二故乡。我一直热爱着她。我的足迹几乎踏遍了兴山五峰长阳，多少次流连于悠悠香溪和清江河畔，多少回脚踩长江三峡的惊涛骇浪。这一切，莫不尽收我的眼底，流动在我的心中，涌起无比的温热。有了真挚的爱便有了散文。

《李华章散文选集》是作者从十余部散文集中精选出来的一部选集，包括1979年11月—2010年10月的散文作品，堪称文字光彩的重放。全书分三辑：《我梦里的湘西》《我珍藏的三峡》《我难忘的风景》，凡93篇。每辑均按发表时间顺序编排，并标明原载报刊，以方便读者朋友阅读，了解作者的创作历程。第一辑是故乡往事与记忆的碎片，饱含醇厚的亲情、乡情、乡韵；第二辑的绝大多数作品系描写原汁原味的三峡风物、风情；第三辑的作品是我人生中沉醉其间、难于忘怀的屐痕与景观。

一分耕耘，一分体验与感悟。不管文学理论批评界众说纷纭，但我自信一点：真情实感出美文。散文情深，自会耐读，余韵绕梁；散文清新质朴，胜过堆砌、炫丽；散文清纯自然，超过矫揉造作。我最喜爱的散文是，于平实丰富中见真切，于清淡优雅中出境界，于随意漫步中显活力，从独特的感悟与自由的抒发中，获得审美的欣赏和创造的愉悦。我写散文几十年了，虽不能至，但心向往之。

多年来，我在散文创作中得到过不少学者、教授、作家的关心、指点和鼓励，这是我所喜出望外的。比如：

著名文艺理论家涂怀章教授说："李华章写乡情的散文，平实之中含有深意，且用笔精细，语言清冽如泉水。""他描绘过无数的高山远水，他的笔墨始终散发着纯正的思想芳香，其艺术功力则是源远流长的……从艺术上看，不浮不躁，不俗不腻，极为纯朴自然，显示出平易亲切的素质，达到了难得的高雅境界"（《湖北新时期文学大系》散文卷序）。

著名学者、重庆作家傅德岷先生曾评论拙著："他在洞察山川风物的外在特征时，尤为重视对自然山水内在神韵的发掘，让人在神游和领略湘鄂西、三峡的自然美时，得到强烈的艺术震撼和深深的启迪。那满蕴神奇的山水，动人的风情，绚烂的现实，情真意挚，诗意隽永"（《新时期散文景观》）。

徐州师大的王家伦教授在《现当代精美散文品读》一书中，对《王村镇风韵》写道："作者简直是一位高明的风土画家，他以简洁、朴素的笔墨，勾勒了王村镇的历史文化、风物风情，绘制了一幅富有鲜明民族特色和乡土气息的风土画。"

著名学者、散文家林非先生在他主编的《中国当代散文精选》中点评说："李华章的散文创作中，以游记类的文字最为引人入胜。《梦里的淑水》正是作者登山涉水后留下的优美篇章。全文由远及近，由议论历史而描写现实，文字生动，有声有色，细节逼真，流露出一股灵秀之气与乡土风情。"

还有，中南财经政法大学、华中师大、省作协、三峡大学的胡德才、黄济华、晓苏、李鲁平、阳云、张道葵、金道行、刘济民等教授，以及古耜、谢大光等作家同行们，也曾热情肯定，多有赞许，亦有中肯的意见，热切希望将文章写得更加"可亲可近"（俞平伯语）；"随物之婉转，于心而徘徊"（林语堂语）。对此，我由衷地感激他们的真诚善意。因为，一个作家是靠作品存在的，他的名声也是靠一篇一篇作品垫起的。只有集思广益，写出自己和读者满意的作品，才是最好的纪念碑。

请名家写序，常不免有"镶金贴银"之嫌。本书自作短序，意在有助于读者对作品与作者有更进一步的了解，以便为我继续行驶在散文的长河中加油、鸣笛！

他永远活在作品中

——忆念作家鄢国培

    岁月如流，几乎像一瞬间似的，我心中钦敬的作家鄢国培逝世20周年、出版《长江三部曲》30周年了。平静的心态忽而波澜起伏，往事历历如在目前。

    记得1978年在当阳玉泉创作学习班上，他正在修改长篇小说《漩流》。《长江》文学丛刊负责人刘岱、长江文艺出版社小说组长田中全，两人分别审阅书稿，也是决定《漩流》命运之时，老鄢以平常心态对待，忙中偷闲，常在附近的堰塘钓鱼，且神情专注。我问他，还有心思钓鱼？他嗨嗨笑道：钓鱼是人生的一份乐趣，但对我来说，醉翁之意不在酒。以钓鱼之名行艺术构思之实。小说特别需有精彩的细节。在钓鱼中我回忆起、想象出好多绝妙细节。人回归于自然，又创造了自然。他当时的音容笑貌一直留在我的记忆中。作家的自信源于他创作前长期的充分准备。老鄢在长江驳船上当电工22年，船从重庆开头，直至南京、上海装卸完返渝，来回二十多天。除了当班，其余时间全都用来读书学习。每跑一趟船，他都从重庆文联图书室借出七八本书，几乎都是名作与经典，古今中外兼而有之，数量约计上1000部。为他后来《长江三部曲》的创作打下了坚实的基础。看来，多读经典名作比创作更重要。对鄢国培而言，创作就是他的一种命运。

    20世纪80年代初，一个落雪的日子，我受命去宜昌港务局十三码头他的家里采访，坐在他狭窄的客厅里，他从房里走出来，浮肿的面容露出了笑脸。周夫人一边沏茶，一边解释，这是老鄢日以继夜创作的结果，叫他劳逸结合硬是不听。那痛惜之情蕴含其中。当时，长江三部曲第一部《漩流》已经问世，并轰动了文坛。我宽慰他，可否悠着点儿？老鄢笑答：搞创作哟，啷格能偷得懒嘛，真恨不得废寝忘食。姚雪垠老的座右铭是："抢时间，抓今天。"一个作家要力争一部比一部写得好一点儿，才对得起人民，不辜负广大读者朋友。一位已经成名的作家，更应严格要求自己，以高度的使命感与责任感，在创作道路上执着追求，坚持不懈，超越自我。鄢国培是长江的儿子，二十多年航行在驳轮上，深知"大浪淘沙"、"逆水行舟，不进则退"。他在创作上的痴迷与追求精神，深深地感动着我。心想，鄢国培为宜昌作家、湖北作家树立了良好的风范。

长江三部曲《漩流》《巴山夜雨》《沧海浮云》洋洋近200万言，厚厚五卷，历时五年，鄢国培呕心沥血，饱尝了笔耕之累，也尝够了人生之苦，损伤了他的肌体，磨耗了他的心力，完成了《长江三部曲》的创作之后，冠心病纠缠着他。可他仍一如既往，坚持勤奋创作，经常深入鄂西山区城镇和乡村，沿着乌江流域奔走数月，贴近生活，贴近群众，默默地写出了又一部长篇小说《冉大爷历险记》；不久又在大老岭写出中篇小说《美丑奇幻曲》等作品。那个年代，作家尚未换笔，用电脑写作者稀少。鄢国培还是用钢笔手写，我看过他的创作手稿，一笔一画恭恭正正，难见涂改。他说，我写小说不反复涂改、誊写，大多一写到底。听后，十分惊奇，也非常钦佩老鄢的创作才华与文字功夫。这自然得益于他的坚持长期读书、读名作的结果。埃及的金字塔，何以千百年不坍塌，盖源于塔基的宽阔与坚固！

鄢国培写一辈子的书，也一辈子爱书。他的女婿告诉我，岳父在遇车祸前夕，汽车从武昌东湖边的省作协院子出发回宜昌，途经水果湖时，他叫停车，专门到水果湖书店买书，为不久要过生日的外孙女送礼物，他想来想去，还是买一套漂亮的书作纪念，又特意多购了一套书送给另一个孙女儿，让她们好好学习，天天向上。可万万想不到的是，爷爷未能如愿以偿，亲自把礼物送给她们手上……

鄢国培生前，当选为湖北省作协主席后，一向书生气十足的他，雄心勃勃，很想走马上任"三把火"，为省作协办一件好事、实事。于是，他先拜访荆州市委领导，要求资助一笔经费，计划在宜昌大老岭林场修建一栋"湖北作家之家"。结果，未能如愿。接着，回到宜昌后又去拜访宜昌市委书记，得到了艾书记的大力支持，并批转给市政府罗市长帮助办成此事。鄢国培兴冲冲地赶回省作协传达与研究落实。由于种种原因，重重矛盾，中间费了许多周折……这件好事让老鄢伤透了心，一时大丢了面子。哭笑不得乃人生。省作协党组书记王锦华几次来宜昌协调落实此事。事情解决之后，鄢国培主席依旧如前，每次从省城回宜昌，总要到解放路市文联来，访友也好，检查工作也罢，平和、朴实、谦逊，一如从前，表现出对故乡文联工作的关心，对宜昌文友们的关怀与鼓励。这种坦荡宽阔的胸怀，既表现出鄢国培为人的善良真诚，品格高尚，又为湖北作家树立了良好的风范，可敬可佩！

20年过去了。鄢国培同志创作的《长江三部曲》，至今还是湖北文学创作的一个重大成果，也是我们宜昌作家的骄傲。因为这部名作，历史的长河里闪烁着一个闪光的名字——鄢国培。优秀文字的力量，大到足以穿越时间。作家是活在自己的作品中的。

鄢国培的生命虽然终止在62岁上，但他的小说却永远活在我们读者心中，他的名字将被三峡宜昌、湖北和全国人民所传颂而牢牢记住。鄢国培啊，永远活在作品中！

我认识的"沅水文痴"

　　湘西作家侯自佳，出生于沅水中游的泸溪县一个苗家山寨（今辛女村）。他从小喝沅水长大，跟随祖父、父亲在沅江打渔谋生，划过桨、撑过篙、下过网、熟悉每个险滩与深潭；青年时代毕业于吉首民族师范学校，当了乡村教师；后来调入县文化馆任创作辅导干部，一边发现和辅导业余作者；一边认真读书与勤奋写作。凭着对苗寨乡土的情，对千里沅江的爱，凭着对从湘西走出来的文学大师沈从文的崇拜，对实现文学梦的狂热追求，艰难地在文学道路上跋涉与探索。1962年发表处女作，从发表小诗、短文起步，到创作中篇、长篇小说成名，越写越多，愈写愈好。先后在全国近20个省、市（130种报刊）发表作品，出版作品集23部。五十多年笔耕不辍，对文学的挚爱，达到了痴迷的程度。1987年当选泸溪县文联主席，1994年加入中国作家协会，他不仅"自佳"，也被人称赞。他的丰硕创作成果与文学精神，既感动了广大读者，也感动了文学同仁。2004年12月，上海著名作家（现任中国作协副主席）叶辛，去贵州寻根，拾回知青年代的记忆，路过湘西自治州时，专门拜访了侯自佳，深受其感动，兴奋地挥毫题词："沅水文痴。"从此，这个雅号像千里沅水一样风流飞奔，经洞庭湖，流进长江，汇入大海……

　　为了报答湘西儿女对母亲河的养育之恩，我曾多次回湘西，入溆水，走沅江，寻访伟大诗人屈原流放溆浦的胜迹，沿着文学大师沈从文《湘西散记》的足迹，聆听妇女领袖向警予满怀革命理想从溆水远行的心音。记得头一次从辰溪顺流而下，泊浦市镇，过"箱子岩"，踏进泸溪县城时，便受到侯自佳同志的热情接待。因此前他是《三峡文学》的作者，便一见如故，谈话投机千句少，我们漫步在泸溪的大街小巷，他一边介绍泸溪的山川名胜，一边又解释沅江修建五强溪水电站，县城需要拆迁，淹没于江底，早已停止县城的建设项目，城市的风貌显得陈旧破落，连河边的吊脚楼似在风雨飘摇中。但听自佳的言谈，依旧充满牵挂，非常乐观，对新县城的美丽蓝图，满怀憧憬，好似在高唱一支理想之歌。在他的心目中，新泸溪宛如一颗出水的明珠在闪烁……心想，谁不爱家乡哩，尤其是文人。正如一位俄罗斯诗人所说，"没有故乡就没有诗人"。面对侯自佳，我仿佛看见他"满眼是诗，一种纯粹的诗"（沈从文语）。令人深深感动。

沅水的魅力是无穷的。曾影响着沈从文的一生一世。从十几岁开始，沈从文在沅水流域漂泊，对沅水情有独钟。他深情地赞美道："我倘若还有什么成就，我常想，教给我思索人生，教给我体验人生，教给我智慧同品德，不是某一个人，却实实在在是这一条河。"（《沈从文全集》卷十一）因此，他写下了许多与沅水相关的名篇。比如《沅水上游几个县分》《桃源与沅州》《辰河小船上的水手》《常德的船》《辰溪的煤》《箱子岩》《泸溪·浦市·箱子岩》《丈夫》、小说《边城》等等。也影响了一代代沅水文学的后来者，侯自佳就是其中的一位佼佼者。先后出版了散文集《沅水神韵》《沅水解读》《沅水探源》，诗歌集《故乡梦》，中短篇小说选集《别了，古老的吊脚楼》，长篇小说《荒村》等20多部，洋洋400多万字，汇入源源流淌着的沅水文学的河流中，波光粼粼，赢得了"沅水文痴"的美誉。当之无愧。这是沅水给予侯自佳的文学灵感与哺育。

侯自佳是极重文缘与情谊的，为人忠厚，性格耿直。也许是同饮一条沅江水的缘由，我们见面虽只有几次，君子之交淡如水，但我们的心总是连在一起，互相放在心中。他每出版一部书都寄赠予我。每每拜读过后，都为他与沅水紧紧相连、永远割舍不开的情愫而感叹与钦佩。"关注沅水，亲昵沅水，书写沅水，几乎成了我的天性"。他不仅这样说，更是这样做。他曾在1982年亲自去贵阳考察采访；2008年6月又参加组织泸溪作家"沅水探源队"，一行8人，千里迢迢去贵州都匀市斗篷山"沅江源"探源。他伫立在艺术大师黄永玉题写的"沅江源"那块巨石前，俯视下面的一个小水凼，泉水清澈见底，大小鹅卵石活灵活现。便情不自禁地高喊："我们终于见到了你——沅水之源啦……"那激动那自豪，仿佛获得了取之不尽的创作源泉。石壁上镌刻着碑文："呜呼大江沅水，乃湖南第一长河。源自都匀，流经湘西，山高斗篷，水深五强。经黄平，汇北源，合安江后，称清水江，自黔贵滚滚东流，出芷江峷山，直趋黔城会合㵲水，沅江

186

之势，茫茫不还。历经一千零二十二公里川流不绝，逶迤而归洞庭，流域八万九千一百六十二平方公里，锦绣山川，怡然而育芙蓉，夜郎故里，黔湘英才，饮沅水而立，为天下福而鞠躬尽瘁……"此次沅水探源，侯自佳依恋不舍，从源头装满一瓶甘泉水、拾捡三枚小石子带回家里，以让自己居源而思，感恩明志，长存玉洁冰心，期冀写出更多更美有关沅水历史文化的华章。沅水，是一条源源流淌着文学的河流。侯自佳的作品就是长河中美丽的一朵朵浪花！

侯自佳生在沅水，长在沅水，熟悉沅水，始终怀恋这条母亲河。他虽无超人之才，但凭着丰富的人生经历和生活体验，深入灵魂的热爱，凭着一股子韧劲和痴劲，全心全意、掏心掏肺地献身于文学。老天不负苦心人。读他的作品倍感真情实感，清新质朴，苗族风格鲜明，沅江地域特色浓郁。比如，写沅水"船俗"，造木船如何讲究："栎栗底，黄连梆，楠梓枋，椿杉板"，不是苗民造屋，胜似苗民造屋。又比如，船装货起航，也有一套规矩：装货必须从腰（中）舱开始，向两头装，既为了船只的平衡，也含有生意兴旺发达之意。货物装好后，船主在船头摆上大鱼大肉、鸡肉、豆腐等，主人与船工尽情欢饮，但动筷子必须先夹肥肉，再夹豆腐，以表示船在航行中不会碰硬遇险。再如，沅水号子铿锵雄壮、悠扬风趣，号子的节奏有快有慢。凡过滩与超船，呼喊的号子就快，为的是鼓劲；而过潭时呼喊的号子就慢，常常为了取乐，歇一会儿气。俗话说，"船怕号子马怕鞭"。

> 泸溪对面秤砣山，山高只有天桥山；
> 沅陵上面三道湾，水深只有秤砣潭。
> 高崖辛女念盘瓠，三篙撑过辛女滩；
> 浦市对面江东寺，辰溪有个风流庵。
> 狂风巨浪劈头撞，船立江中稳当当。
> ……

泸溪作家对侯老师吃沅江的鱼，也极佩服。那次到沅江探源，在清水江一家餐馆吃鱼，便故意考问他：这桌上的鲤鱼是河里的，还是塘里的呢？他非常爽快地说：河里的鲤鱼吃起来肉紧，味道鲜美；塘里的鲤鱼吃起来肉松，味道差……大家问为什么？他笑着说：河水是流动的，鲤鱼在流动的水里生活运动量大，需要不停地搏击，所以肉质是紧的。大家争相一尝，果然如此。于是都夸赞他，不愧是从小吃沅水里百种鱼虾长大的人。细节虽小，却足见深入生活是创作的丰富源泉。

2012年金秋十月，应邀参加"侯自佳文学创作50年作品与手稿展暨文艺名家盘瓠故园行"活动，我们漫步泸溪新县城白沙镇，沅水悠悠，碧绿清亮，杨柳依依，成行成排，新楼如林，彩虹飞架，高速公路穿山而过，气象万千。我忽然想起自佳当年在老县城对我描述新蓝图的情景来，音容笑貌宛如眼前。一个人能够永远和一座城市、一条河流联系在一起，心心相印，就说明它们之间已经成为不可分离的文化标识。来自各地的作家、学者、文友七八十人，热热闹闹，喜气盈盈，聚集一堂，共话侯自佳的文学创作，共祝他壮心不已，笔体双健，有更多的好作品问世！

泸溪有一大群文学爱好者，尤其是一群年轻女作者，一个个水灵灵的美丽，学习勤奋，尊重师友，她们在侯老师的热情培育下，已创作出大量的诗歌、散文与小说，有的加入州作协、有的加入省作协，多达五六十人，这一大批文艺人才的成长，都得到了侯自佳的热情培养与帮助。自佳不仅自己五十多年创作不辍，如痴如醉，不怕打压，风骨铮铮；而且孜孜不倦、非常耐烦地发现新苗、培育新苗，像辛勤的园丁一样，催开她们的生花妙笔，美在泸溪、绿遍湘西、绽放潇湘。只要一提及苗族作家侯自佳，我们就会想起沅水和泸溪来。"沅水文痴"，令人敬畏！

我走过的文学之路

　　若是从1964年4月我在《长江文艺》发表处女作《且说艺术欣赏》算起，我走过的文学之路已经整整50年了。1966年的"文化大革命"发动后，被迫停笔六七年，中学时代开始做的"文学梦"又破灭了，所经历的心灵之痛难以言说。1971年11月5日，喜从天降，我从宜昌二高调入刚刚组建的宜昌市文教局文艺创作组，正式开始文艺创作生涯。

　　一只脚刚踏进文艺创作之门，另一只脚就沿着党所指引的文艺方向，打起背包，深入到生活中去，到人民群众中去，到火热的斗争生活中去。记得在湖北开关厂、市树脂厂一住就是三个月，与工人同吃、同住、同劳动。在湖北开关厂，我主动要求到翻砂车间参加劳动，成天在沙堆里推推、平平、翻翻，乐在其中。因为我对机械不懂，生怕压伤手脚成残疾。在市树脂厂，我跟随女劳模高秉翠师傅劳动，或给她递把扳手，或送把钳子，抢着背个工具包，学习她"一不怕苦，二不怕死"的精神，她的崇高思想品格常常感动着我、教育着我。有一次，她到北京开劳模会回宜后，我以她为原型写了一首诗《幸福的回忆》，发表于《湖北日报》"山花烂漫"副刊头条位置（日期记不清了）；在开关厂生活期间，我写出了第一首诗《队长的礼物》，发表在《宜昌报》（1972），另一首《买鞋》先发于《宜昌报》，1972年5月，又发于《湖北日报》纪念"延座讲话"30周年征文选登。后来，又先后到市柴油机厂、市拉丝厂、市电机厂、八一钢厂、湖北棉纺厂、市内衣厂、电焊条厂、轮胎厂等20多家工厂，一边劳动，一边写作。回想创作起步阶段，我以写诗与文艺评论为主。约计在《光明日报》《湖北日报》《长江日报》《重庆晚报》《国风》《武汉文艺》《布谷鸟》《群众演唱》等报刊，发表100多首诗歌与文艺短论随笔。其诗入选省文联、长江文艺出版社编选的《春的声音》《春从北京来》等诗歌选集。1991年由西南交通大学出版社出版诗集《桃花鱼赋》（《太阳神诗丛》之一，二人合集）。

1972至1973年，我随市京剧团深入五峰茶山，前后一年多时间，翻山越岭，足迹几乎跑遍了五峰茶站、茶厂、茶园，集体修改革命现代京剧《茶山七仙女》，一边改剧本，一边排练，剧名改为《茶山姐妹》。但改掉了"大跃进"的浮夸风，又陷于写阶级斗争的极"左"倾向的泥潭，受"三突出"创作原则的影响颇深，修改自然难以成功。但五峰对我的创作影响很大，不仅体验了山区人民的疾苦，那古老的村寨，古老的传奇，质朴的山歌，机智风趣的故事笑话，那崎岖的茶马古道，美丽的茶山，无不丰富了生活，积累了素材，还写出了一系列反映茶山生活的诗歌、散文。其中有《茶山一枝花》（《长江文艺》）、《女儿绿》（《长江文艺》）、《种茶谜》《春满茶山》（广西《农民之友》）等散文、诗歌。印象深刻的是，记得1972年8月的一天清晨，我在县文化馆阅览室突然看到《光明日报》副刊头条位置，发表拙作《热情培育文学新苗》，与大版画家李桦、名作家王昌定等大作同一个版面，真是欣喜若狂。五峰山城民风淳厚，阅览室夜不关门，整天开放，无须人看管。此文后来收入广东省文艺创作室编选的《文艺创作学习资料》、北京《鲁迅研究作品资料选目》，影响颇大。另一篇《作家研究的一个可喜成果》，发表在《湖北日报》，被选入《1984年中国出版年鉴》；《我们需要进军号》在《长江日报》发表后，在报纸上引起了一场大辩论。其评论文章选入中国人民大学报刊资料选编。想想自己年纪轻轻、刚刚步入文坛，能发表如此评论文章，崭露头角，为我以后的创作增添了自信心。从此，便转向以写文学评论为主。先后在《长江文艺》《武汉文艺》《艺丛》《星星》《鹿鸣》《文谭》《湖北日报》《长江日报》《羊城晚报》《文化时报》等报刊发表文艺评论、短论、随笔200多篇。经过遴选，出版文艺随笔集《文苑漫步》（长江文艺出版社1990年7月版）。这也许是1976—1978年我被省内"两刊两报"副刊负责人共同推荐，借调到湖北省武汉鲁迅研究组从事鲁迅研究工作的一个机缘吧。这两年时间，集中读书，潜心研究。我又重读完《鲁迅全集》（10卷本）；五人小组新注释一本《热风》杂文集，出版40万字的《鲁迅论文艺》（湖北人民出版社1979年出版）。版权页上不能署作者名字，只署鲁研组集体名称，也反映出当时极左思潮的流毒之深。

"文章千古事"。多少年来，由于极左思潮的影响，"政治口号"的变化，文艺政策的左右摇摆，我写的不少评论尽管在艺术分析、文采上有可取之处，但今天读来，在某些思想和观念上已不甚妥当了。历史和时间正在无情地淘汰它们。对于一个文学工作者来说，这既是深刻的经验教训，也蕴含着艺术创造的真谛。

1978年，湖北省武汉鲁研组解散。当时，高校恢复，武大、华师中文系拟调我去任教；省文联刚刚恢复工作，也两次调我去工作，均因宜昌市组织、宣传部门不放行。只好回宜昌市文化局创作室工作，任副主任。已经写熟悉了的评论文章，基本上不写了。从1979年开始，主要精力从事散文与少儿文学创作。多次深入长江三峡体验生活，写出几十篇三峡游记散文，在《长江日报》副刊"万里长江"专栏连续发表了近20篇。30多年过去了。一边辛勤耕耘，一边探索追求。评论家李鲁平先生撰文：《两条河流他写了一生》（湖北日报、人民网）。一条是湘西沅水支流——溆水；一条是长江——三峡。我的"创作园地"集中在湘西故乡与鄂西宜昌两块神秘而肥沃的热土。正如梭罗所说，"每一个人脚下的那块土地就是最好的一块土地。"这里的父老乡亲、风土人情、老村古镇、生活变化；鄂西风情、长江三峡风光、葛洲坝工程、三峡大坝建设。最难忘的一次是参加"中国文联采风团"，深入火热的三峡建设工地。短短七天，胜读好几年书。在散文创作上，神州游记也是作者所擅长写的。正如著名作家映泉所说，"这么多年，李华章一篇一篇地写，一篇篇地发"。从1988年出版第一部散文集《绿韵》（长江文艺出版社）开始，先后共出版散文随笔集13部：《湘西，我的梦》（获1989—1994年中国旅游散文作品集一等奖）、《告别三峡之旅》《生命的风景》《追赶日出》《生命的河》《高峡出平湖》（获四厅局主办的湖北省优秀科普作品二等奖）、《人生四季》《缠人的乡情》《岁月叠影》《文苑漫步》《李华章散文选集》《更行更远》等；出版少年儿童图书《中华三伟人的故事》（被中宣部、文明委、文化部、教育部、团中央等七部委向全社会推荐的100部爱国主义图书之首。短短九个月，重印3次）、《中国的脊梁》《三字经故事精选》推荐为"新课标国学读本"等。我在少儿文学方面所取得的成绩，得益于湖北少儿出版社的信任、约稿和鼓励。

与人合著《鲁迅论文艺》《桃花鱼赋》《锅里出银元》《长江三峡传说故事》（在台湾出版国语盒带）、《长江三峡》《巫山神女》（1980年获湖北省建国30周年少年文艺优秀作品奖）、《百鸟衣》《望夫石》《劈风斩浪》《窦建德计战薛世雄》《三峡游览志》等15部；主编《宜昌山川胜迹》《三峡文学丛书》等几十种。

选择散文创作以来，先后在《中华散文》《散文世界》《散文》《散文百家》《散文天地》《中国作家》《北京文学》《长江》文学丛刊《红岩》《鸭绿江》《特区文学》《人民日报》《经济日报》《工人日报》《文汇报》《文艺报》《文学报》《中国旅游报》《中国文化报》《作家生活报》等全国各大报刊发表散文随笔计1000余篇。其中，有20多篇散文被《散文选刊》《散文海外版》《作家文摘》等选载。特别是《王村镇风韵》（原载1988年《散文世界》），入选《中国新文学大系》散文卷（1976—2000年）（湖北有徐迟、碧野、田野、熊召政、王维洲、李华章等6位作家的散文入选）这是中国新文学史上唯一的权威选本，为湖北散文界增光添彩；有的作品入选《中国新时期抒情散文大观》《中国当代散文精选》《中国现当代散文三百篇》（林非主编）、《中国当代美文300篇》（涂怀章主编）、《中国散文集萃》（凌渡主编）、《现当代精美散文品读》（王家伦等主编）、《湖北新时期文学大系》（散文卷、儿童文学卷）、《2003年我最喜爱的中国散文100篇》（王宗仁、红孩主编）、《中国散文百家谭》续编（曾绍义主编）等40多种权威选本；《滩多流急西陵峡》在央视10频道"子午书简"，连续播映两年、四次（与刘白羽、林非、菡子的三峡散文合为一组）；发表在《散文》（1995年6月）的《欢喜佛》被翻译成韩文在韩国出版，等等。其中《千年屋》荣获1990年首届"中华精短散文大赛"优胜奖（不另分等）；2010年《杖筒而哭》获第二届"漂母杯"全球华文母爱主题散文大赛三等奖（中国散文学会、江苏省作家协会、江苏淮安市人民政府主办）；2011年9月《神女峰，永远美丽》荣获首届"全国旅游散文大赛"金奖（中国大众文学学会、散文选刊主办）等30多项。从中获得不少自慰和乐趣。

我在散文创作道路上跋涉了30多年，曾得到许多文学前辈、学者、评论家、编辑与同行的热情关怀、扶植和帮助（收藏有"文艺书信"千余封，作品评论有六七十篇）。他们的音容笑貌至今萦绕在我的心间，他们的中肯铮言永远忘记不了。

中国散文学会原会长、著名学者、散文家、博士生导师林非先生。在他主编的《中国当代散文精选》里点评：

"李华章的散文创作中，以游记类的文字最为引人入胜。《梦里的溆水》正是作者登山涉水后留下的优美篇章。全文由远及近，由议论历史而描写现实，文字生动，有声有色，细节逼真，流露出一股灵秀之气与乡土风情。"

徐州师大教授、学报主编王家伦先生在他们编著的《现当代精美散文品读》（拙作《王村镇风韵》入选）点评："作者简直是一位高明的风土画家，他以简洁、朴素的笔墨，勾勒了王村镇的历史文化、风伤风情，绘制了一幅富有鲜明民族特色和乡土气息的风土画。"

著名评论家、湖北大学文学院教授，湖北省文艺理论家协会原副主席涂怀章先生指出："他描绘过无数的高山远水，他的笔墨始终散发着纯正的思想芳香，其艺术功力则是源远流长的……从艺术上看，不浮不躁，不俗不腻，极为纯朴自然，显示出平易亲切的素质，达到了难得的高雅境界。"

三峡大学文艺理论教授、学者张道葵先生曾多次评论拙作："什么是华章散文的风格特征呢？我以为是跳动着时代的脉搏，涌动着汩汩的深情，文风朴实自然，如行云流水；于朴实中见浑厚，于自然中见华彩；摈弃虚情假意，反对为文造情，而是为情造文，真情实感；不粉饰，不矫揉造作。初读之下，也许不能一下就激动你的情愫；细读之余，自有一番韵味在其间"。

……

回眸我走过的人生道路，我知道自己所选择的文学之路是对的，30多年坚守散文创作与少儿文学写作，虽吃力不讨好，而我却乐此不疲，没有这山望着那山高，且以"文体无贵贱之分"自慰。作为中国作家协会会员，中国散文学会原理事，湖北省散文学会原副会长，宜昌市作协原主席，兴许我年轻时的"文学梦"已经成真。但与同时代作家的成就相比，自有大小、高下之分。我已经取得了可喜的成绩，并不嫉妒别人的成就。一个作家是靠作品存在的，他的名声也是用一篇一篇作品垫起来的。唯愿有生之年，继续笔耕不停，保持一种向上和向前的精神状态，倾注自己的毕生精力，再写出几篇有生命力的好散文来，在文学创作道路上更行更远！

品
书
读
人

附录：自赏文选

（按发表先后为序）

梦里的溆水

孩童时代，常常听说村里大人做着各式各样的梦，有的梦甜美，有的梦可怕。不管是美梦还是噩梦，听人圆起梦来，总感到津津有味。可我自己大概由于稚气的缘故吧，日无所思，夜也就无所梦了。人到中年，我忽然爱做起梦来了。这梦就像一条彩线，把我的心牵引着，拉回到遥远的故乡的小河……

我家乡的这条小河，名字叫溆水，是湖南"四水"之一沅江的支流，汇入烟波浩渺的洞庭湖。溆浦县也因溆水而得名。伟大的爱国诗人屈原因遭楚国佞臣的谗言，曾被流放到这里。他在《涉江》诗中写道："入溆浦余僮徊兮，迷不知吾所如……"诗人到了山高林深、昏暗幽寂的溆浦，徘徊不定，感到迷茫，然而，不愿同流合污的屈原，决不改变理想，终究毫不犹豫地继续前进。

我记得进城上中学，就是坐的小木驳子船，顺着这条绿色的溆水河而下的。船上装着缴学费的五担谷子，占满了中间的船舱。我坐在箩筐上，偶一起身，头就顶着竹乌篷了；后舱底层是铺着木板的，板子涂了桐油，擦得亮光光的，晚上打开铺盖就是船老板的床，两旁挂有生活必需的用具。有一样与坡上不同的是，煮饭、烧水用的是鼎镬，圆圆尖底，深深的，盖子也是铁制的，悬吊着煮饭，煮出来的饭格外喷香，不用好菜，一土碗腌了二三年的酸菜，吃起来又酸又咸又脆，足可以叫人把肚子吃个饱。因为新鲜，我也吃得特别多。一边吃一边看船工们喝酒。酒是本地造的甘蔗酒、高粱酒。少则喝一碗，多则喝半葫芦，用以驱寒解困，舒筋活血。酒后那半醉的样儿，令滴酒不沾的我，心里也似乎微微醉了。那天晚上，我做了一个梦：初中毕业，考上了省城的师范学校……后来，回家乡当教师，教孩子们学文化，带孩子们在河里捉鱼摸虾……可遭到家里反对，说是"没出息"。我便偷偷背着行李走了，父亲在背后紧追着，严厉的叫喊声惊醒了我的梦。我揉了揉眼睛，小船仍在前进，天上是金色的满月，江面波光粼粼……

行船中最畅快的是顺风的时候，升起补满补丁的白布帆，船工乘机放下篙桨休息。顿时，船上热闹起来了，一个个边抽烟，边讲古，或是互揭隐私、相互取乐，什么粗话野语全都冲出口，真可谓"百无禁忌"。船工们开心的模样，以及他们那粗犷豪爽、幽默诙谐的性格，深深地印在我幼小的心上。

船工们讨厌的是无风走长潭。他们埋怨道："长潭撑死人！"这时，船工各就各位，竹篙、木桨、长橹统统上马，江面波平浪静，无一丝儿风，太阳火辣，蒸气灼人，河流变成了死水似的，荡一桨、撑一篙、摇一橹，小船才前进一步，船工汗流浃背。即使如此，他们也会苦中作乐，不知谁带头吹起一声口哨，"嘘——嘘——"，船工们便接二连三地吹起来了。据说，这是在呼唤江风。这一声"嘘——嘘——"的口哨，就像在死寂的空气中，冒出一点希望的火星。他们不甘失败，一声又一声地呼唤，是那么认真、虔诚！

船过桥江口之后就是虎跳滩了，民谣唱道："要过虎跳滩，须有一身胆。"霎时间，船头船尾，一阵忙乱，大家精神抖擞。老板一声"宽衣"，船工迅速脱掉衣服。为保证客人安全起见，小船先靠拢岸，请客人起坡步行。于是大家随身提着贵重物品起坡。我打开红木箱子，取出那张录取通知书，小心翼翼地装进衣袋，跟着客人向下游走去，约走半里多路，放眼江心，小船已经进滩，只见船头钻入白浪之中，船尾翘得高高的，一个俯冲，飞流而去，雪浪如山，扑向船身，涛声如吼。此刻，我真提心吊胆，生怕小船不再起来，撞成碎片。正当我们吓得目瞪口呆之际，小船又倏地出现在眼前了：船老板浑身透湿，船工个个像落汤鸡似的。不等靠岸，他们又赶紧把舱里的积水舀干。我们再上船时，嫣红的晚霞已洒满船身，给一张张古铜色的脸膛镀上一层赤金，增添光彩！面对激战后的船工，我的敬意油然而生，他们不愧是勇敢的弄潮儿！

前面不远处，一座背山依水的小山城矗立在眼前。船工告诉我：那就是县城。船在浮桥边停靠好了后，我踏着层层石阶走向县中，开始了人生中的第一课……

多少年来，我梦里常常流动的淑水河。是您洗净一个山乡顽童的污垢，在我纯洁的心里点燃了理想之光，希望之火；是您把我从牛栏旁的木屋里，引向大江大海……您好，日夜奔流的淑水河，我梦里常常流动的淑水河啊！

（原载《长江》文学丛刊1987年第2期，入选林非、傅德岷主编《中国新时期抒情散文大观》山东文艺出版社1992年版、《中国现当代散文三百篇》中国社会科学出版社2003年版、《中国当代散文精选》甘肃人民出版社1995年版、2010年11月入选《中国散文家代表作》等选本）

王村镇风韵

我到过不少小镇。秭归的香溪镇，因王昭君常在家门前的一条小河浣洗手帕，而使小河千年流香，故名香溪，于是香溪镇令人神往。长江西陵峡中的新滩镇，扼控川江千轮万船，热闹风流，成了水手之家。几年前，一次罕见的大山滑坡，几乎全部覆灭，更令人忧思。索溪峪的军地坪，因为坪地兴建起上百座民族风格庭院式的建筑群，被美誉为"旅游山庄"，又不能不为人们所瞩目。而湘西永顺县的王村，以其独特的古朴风貌，伴着酉水河唱着一支古老的歌，是那么朴质、深沉、优美，别具一番风韵。

时代前进了。要保持一个古镇风貌，实属不易的事。而一座古镇的保存，又是一件事关历史文化的事情。这就是为什么从县、市、省至国务院要把散存于各地的珍贵文物和名胜古迹，公布为不同级别的重点保护单位的缘故。王村，古称酉阳，曾做过土家族土司王的古都而得名。因得酉水之利，舟楫方便，上通川黔，下达鄂沪。过去，王村最热闹的地方要数码头和靠近河岸处。在古城门洞，有一条同酉水平行的街，临街保存着清一色的土家族吊脚木楼。1971年，因酉水兴建凤滩水电站，水位抬高了许多，淹没了这条长街的风景，也淹没了好多吊脚楼的风流……

欣慰的是，今日王村依然比较多的保留着历史的、民族的古朴风貌，很难得啊！一上岸，就是一条同酉水垂直的五里长街。狭窄幽深的街道，全部是用青石板嵌成的，光滑发亮。偶尔踩在残破的青石板上，会发出乒乒乓乓的响声，好似弹奏着古老的乐曲。街的两边基本上还是吊脚木楼的建筑格式，只是有的吊脚楼更新成了灰砖墙。一爿一爿的小店，栉比相连，油香味扑鼻飘来，很浓很浓的，好一条飘香的街！这条街叫河畔街，它层叠而上，几级石阶，几丈平路，不规则地交错着，有诗赞道："石级步上九重天。"街上青石板响声，往往会惊动两边铺子和小楼伸出一张张妩媚的笑脸，可一会儿又缩回头去了。别小看了本镇的女人，她们也是见过些大世面、目睹过大场面的。1986年从早春二月到夏天，上海电影制片厂《芙蓉镇》摄制组，几十号穿着新奇、打扮时髦的演员们，在镇上拍摄电影长达四五个月。她们亲眼看见了影星刘晓庆、姜文，大导演谢晋等。上了年纪的人说，这是王村风水地脉好，要不哪有这个福分。深深的皱纹展平了不少，笑得合不拢嘴；那些日子，年轻妹子简直天天像过年过节似的，夜夜做着美梦。《芙蓉镇》上映后，轰动了全国。接着，千里迢迢来王村的游人络绎不绝。古老的王村年轻了。镇上人自豪地把镇名在口头上改叫"芙蓉镇"。这"芙蓉镇"镇名太有魅力了！

我怀着好奇心漫步在青石板街上。果然，风景变化不小。南北东西的口音，叽里呱啦，汇成一串串动听的旋律。街上流行着红裙子，攒动着旅行帽子。少男少女中，有的装模作样地学着电影中秦书田跳着舞步扫街，让同伴照相留念；有的在胡玉音（刘晓庆饰）卖米豆腐的铺子尝辣味米豆腐，怕辣椒的吃一口，呵一声，有滋有味；有的查看王秋赦跳墙处；有的参观李桂香的住房……把这条沉睡多年的古镇给吵醒了。五里长街上也走着背背篓的人，她们或驻足片刻；或微笑一下；或给游人指点；或来去匆匆，显然都没有像看拍电影的那股子热劲了。她们还要忙自家的油盐柴米的事……

拍了电影《芙蓉镇》以后，王村古镇敞开了封闭的门户，以我的直觉，小镇人的心扉也似乎敞开了许多。

我继续沿着街道向前走，连着河畔街的是商合街。在四号铺面，一家招牌为"土家芙蓉镇民族织锦厂"吸引了我。原来这家厂只有上10个年轻妹子，七八台织机对列摆在堂屋里。织机是木制的，外形十分拙朴。妹子腰上缠着绳子，手拉一把大木梳，形状似柴刀，光滑像牛角，木梳根据所织锦品裳面宽窄而变换大小。机声小，节奏慢，每人每天能织二三尺长的一条锦品。土家族人管这种织锦叫"西兰卡普"，以棉纱为经，五彩棉纱为纬，现在改用腈纶毛线，用手工挖花织成。纹样粗犷古朴，造型优美生动。从挂在四壁的成品看，图案多为土家族风情画、花鸟虫鱼野兽、山水亭楼等，有的逼真，有的变形，色彩鲜艳，栩栩如生。它以鲜明的民族特色和浓郁的乡土气息著称。早在一千多年前就作为贡品进宫。新中国成立后，曾参加出国展览，受到国外朋友的赞赏。王村镇织锦是我国民族织锦百花中的一朵。用织锦可加工成实用的大小手提包，也可以制作装饰品，古色古香。在小店里惹得城里姑娘爱不释手。这家织锦厂是自由组合的，按件计酬，每个妹子月收入100到200元以上。她们坐在织机上，一边织锦，一边同我们交谈，那几分满足，几分忸怩和羞涩的神情，是别具风采和魅力的。费了好多口舌，总算征得同意，为她们拍了照哩！

从河畔街小巷斜穿出去，蹚过小溪，溪水从悬崖上飞泻而下，分开落于巨岩，真是"动地惊天响如雷，凭空飞坠雪千堆"，形成气势磅礴的"王村瀑布"。遥看瀑布下，一群妹子身穿内衣短裤，或躺或卧地淋着飞瀑，嬉戏笑闹，自在风流……

在瀑布东面的花果山上，耸立着一座飞檐翘角的彩亭，亭中竖立一根铜柱，八棱中空，每方宽15厘米，高398厘米，重5000斤。铜柱上刻有《复溪州铜柱记》，记的是后晋天福五年（940），楚王马希范与溪州刺史彭士愁发生争战，彭战败盟誓，立柱为铭。它真实地记载了湘西土家族苗族人民反抗封建统治者马希范的斗争历史。溪州铜柱是研究湘西少数民族历史的宝贵文物，为全国第一批重点文物保护单位。铜柱原立于野鸡坨下，后因建凤滩电站迁移至此。这距今1000多年的历史珍贵文物移到王村，更给古镇增添了不少古色。"想见土酋环柱泣，铙歌鼓吹满西风"（清·唐仁汇句）。它自然会激励湘西土家族苗族人民更加奋进不息！

徜徉在这边城古镇，我一边寻觅，一边沉思：在努力为王村换新颜的同时，千万不可忽视我国少数民族的历史文化特色。王村古镇会因之而风韵长存的。

［原载《散文世界》1988年第11期，选入《中国新文学大系》（1976—2000年）散文卷，王蒙、王元化总主编，上海新文艺出版社2010年版，王家伦等主编《现当代精美散文品读》中国妇女出版社1999年版，林非、傅德岷主编《中国新时期抒情散文大观》］

附录：自赏文选

千年屋

　　一封加急电报，传来了喜嫂去世的噩耗。想到她正当中年，不觉更加伤心……

　　七天后，接到一封家信，信是由母亲口谕，请人代笔的，说是喜嫂半生劳累，积劳成疾，病发得急，去世也快，弄得一家人措手不及，毫无任何准备。她扔下一男一女，死不瞑目地永远走了。眼看儿子快长成一个壮后生仔；女儿出落得水灵灵的，快到过门出嫁的年纪了。照说喜嫂熬出了头，离享晚福的日子不远了。她实在是走得太早太早了啊！

　　母亲念及媳妇的情分深厚，临时赶做棺材也来不及，只好把自己的"千年屋"给了她住。我读到此，历历往事，像在目前……

　　在溆浦家乡，把棺材叫"千年屋"，自然是讳称，用心良苦可见。母亲的"千年屋"是在她花甲之年后制成的，费了不少心，花了不少钱，从大山里买来的上等粗杉树桐子，毛坯架子造好后，还风干了年把时间，才用地地道道的好成色的生漆油漆了好几遍，里子刷的朱砂，红得耀眼；面子漆得黑亮发光，硬是照得人影子出来。记得1984年回家，母亲特意领我去偏厦看她的"千年屋"。只见"千年屋"盖得严严实实的，揭开篾席子一看，果然结实，好生气派！我情不自禁地用手一摸，光溜溜的，冰凉凉的。母亲还赶紧用抹布把我的手指印擦掉。她那爱惜的神情，那满足的笑容，那了却一桩重大心事后的轻松，真好像这座"千年屋"连着她另一个漫长人生的命运似的。这一切，我至今还是记忆犹新的。

　　这一次，我万万没有想到母亲竟把费尽心血营造的"千年屋"，让给了儿媳妇喜嫂住了。但过细一想，也觉得应该的。喜嫂二十几岁不幸失去了丈夫。据说是为了给生产队里挑煤的公务，被山上掉下的一块大石头砸

202

死的。从此，她拖儿带女，忙里忙外，田里的男人做的活要学着干，家里的一切家务事独揽着做。她起早摸黑，天晴下雨，刮风落雪，日复一日，年复一年，吃尽了人生的苦中苦。尤其是前两年，我父亲病逝后，留下了年迈的母亲，更加重了她的负担，种的责任田多了一份，婆婆的挑水、买柴要帮着做，得多尽一份孝道。几年的艰难岁月，婆媳之间没有红过脸，没有吵过嘴，小的尊敬老的，老的爱护小的，和和睦睦过日子，勤勤俭俭操持家，生活越过越红火。我每每读到母亲的来信之后，远在千里的我，心里总是分外高兴和踏实的。而今她先走了，住了母亲的"千年屋"，这在情理上都是说得过去的。

我捧着信笺，烫人手心。又过细一想，母亲的心确实善良、纯厚、慈爱。她老人家已年过古稀，说不定哪一天说走就走了的。当然，"千年屋"可以重造。信上也说了，正在筹办之中。可是，照现在的情况看，要从质地上赶上那一座，恐怕是不容易办到的。我心里不免为此事感到惋惜和担心。但信的末尾却透露出了母亲的心声：当今世道变了。城里人过世，一把火烧过后，装进一口坛子就完事了，人的眼睛一闭万事大吉；乡下人"百年"之后，还能悄悄地造一座"千年屋"，也算是不错的了。思想开通之后，她感到心安理得多了。我看完信后，如释重负，舒了一口长气。同时，对母亲油然生出一缕敬仰之情。母亲的年纪越来越老了，但她的心灵却逐渐变新了不少啊！千年万载承袭下来的旧习俗，渐渐地发生着变化，向着新农村的道路一步步地前进。犹如死水微澜，终将春水荡漾，令我着实打心眼里感到几分欣慰……

（原载《散文百家》1990年3月号，获首届"中华精短散文大赛"优胜奖）

附录：自赏文选

山里舅舅

上了一座磴子岩，爬过一条岩路坡，前面便是我舅舅的家了。十几年没走过这条弯弯山道，连脚板底都打起了泡。我一边走，一边询问舅舅家的景况。春阳侄一五一十地讲起舅舅的家事来。

大舅年过古稀，没有养得亲生儿女，后来三舅把五娃儿国章过继给他。五娃年轻力壮，是种庄稼的好把式，也是个勤俭持家的行家里手。我知道大舅年轻时是见过世面的，放木排漂过洞庭湖，住过汉阳鹦鹉洲的湖南同乡会馆，抽烟喝酒样样都会。五娃儿对我大舅说不上不孝不敬，但过紧巴的日子惯了，节俭得近乎苛刻，抽烟不许超过"侗乡牌"，喝酒以散装的甘蔗酒、苞谷酒为限。要求过高，条件暂不许可。知足常乐。在生活方面大舅是知足的。

但叫他苦恼的事也有，那就是看戏。在全枞鸡垅村就数大舅的文化高。记得我小时候，就见他看《三国志》《三国演义》《水浒》《西游记》《红楼梦》等，书皮儿翻破了，故事烂熟于心。也许自己读没有别人唱的好听，便迷上了戏，日子长了，产生了戏瘾。今天盼县剧团下乡，明天盼乡草台班串村。盼啊盼！可偏偏这几年戏演得少了，县剧团上山下乡更见稀少。心里越渴望就越失望，愈稀罕就愈宝贵。偶尔有戏班在别的山乡剧场、村祠堂唱戏，只要大舅得到信息，不管刮风、落大雨，或是飘雪、下冰雹，他总是风雨无阻的。在大舅的心里赶戏比赶人情还要重的。

前几年山里看戏不花钱，由队里、公社或乡政府出钱。可如今不同了，办什么事都得讲个经济效益、市场意识，任谁也少不得钱。这真叫：剧场大门开，没钱莫进来。水涨船高，戏票也上涨。看一场县剧团的辰河高腔戏，丙票就是一两元。而五娃儿每月给大舅的零用钱只有五元。他既要顾到物质享受的需要，又要追求精神的享受，顾及到这两头，即使是一个钱掰成两半儿，也是够紧紧巴巴、窘窘迫迫的了。

山里逢年过节，时兴走亲串戚。太舅同别的长辈不一样，爱走出去，或到外甥家，或到姨侄孙儿家，从来不摆架子，不讲吃喝，不讲回礼，只要留他看一二场戏就心满意足。在下辈人眼里，大舅是最好招呼和侍奉的长辈。

据说，我的大舅看戏是不讲究什么等级的。座位好就用眼看；座位差就靠耳听。倘是坐在最后排，他就微闭着双眼，竖起大耳朵，随着台上的一板一眼、一腔一调，轻轻地摇着头、晃着脑，那陶然、沉醉的神态，怡然自得之极，赛过活神仙似的，每每令后生仔瞠目结舌！要是碰到几个调皮佬善意调侃他，大舅总是坦然地微笑道：看戏享眼福，听戏享耳福嘛！人世间哪能事事两全其美的。后生仔一听，便嘻嘻哈哈地往前走了。只有那戏台上的余音还久久地萦绕在大舅的耳际，回响在他的心中……

了解了大舅的上述景况，我的心难以平静。拜望过大舅、三舅之后，因为心中有底，在分送礼钱时，便背着五娃儿额外地多塞给大舅30元，轻轻地对大舅耳语：这是外甥的一点心意，给您老一点戏钱。过年时好过个戏瘾。此刻，只见大舅皱纹深刻的脸上，一下子舒展开了。而我的心里则更增加了几分内疚，几分沉重……

（原载《散文百家》1993年第10期，《散文海外版》1994年第1期选载）

附录：自赏文选

欢喜佛

　　兴许是一种机缘吧，上次回家路过怀化，意外地遇见了一位亲戚，按辈分她是我的表侄女儿，名叫屈萍。女大十八变，几年不见，她已出落成大姑娘了，窈窕身材，一头秀发，乌黑蓬松，不长不短地刚好披在肩上，好一个标致妹子。

　　我们同去大妹夫家中，在那里过细地瞧瞧她，便发现她稚嫩的脸上隐隐约约地藏着几丝忧愁，同她的年龄似不相称。我心想，这是不是"穷人的孩子早当家"的缘故？于是便关切地询问了好多事情：问我姑妈还健不健旺，问她爸爸妈妈在山里的日子过得舒不舒心。她只是淡淡地回答：好个什么！年纪大了，身板骨虚弱，完全靠山上的那些个梨果换钱，人口多，田地少，全村出门打工的占了多半，难得碰上几个年轻人。接着，我问她出来多久了，打什么工？她一时语塞，半天没有作声。还是我大妹子替她作答：萍儿是在"乐园"当服务员。我凝视她一会儿之后，轻轻地"呵"了一声。屋里的气氛顿时变得像铅一般的沉重……

　　我们走在大街上，进出于商店商场，那花花绿绿的世界眼花缭乱，也调节了彼此的心境，由一时的拘谨而变得随便；由彼此的客气而倾吐真言，她重又满面春风了。

　　"大伯，说真的，我现在真有点后悔了。"她突然对我说。

　　是工作不开心呢，还是想家？

　　她叹息了一声，轻轻地说："讲得好听是服务员，其实是做招待小姐、当按摩女郎。"

　　我马上说：这工作不适合你。

　　"不适合是不适合，但还得做下去，签订了两年的合同。说起来钱不算少，开头我不收小费。后来众姐妹都说，不收白不收。我们为他服务，他满意，理当付酬。有时碰到一些刁钻的客人或是不三不四的老板，我为他按摩，他却要求为我按摩，真恶心！倘不答应，就大为不满，向经理告状。结果，反倒是我们挨骂受训，越想越气人！"

听了表侄女儿的这一番倾诉，我不禁愤愤不平起来，深为她抱屈。

在商店商场里，我提议为她选购礼物，她都只看了看，摸了摸，问这，她说不好看；问那，她说已经有了，结果一件衣物都没有买成，我猜这是在讲客气。经过一个地摊，这是卖小玩艺、小摆设的。其中有许多瓷器人头像、生肖动物等工艺品。她走拢去，左选右挑，选中了一尊瓷土烧制的"欢喜佛"，矮矮的半身像，胖胖的模样儿，眯眯的笑眼，憨憨的笑容，一副无忧无虑的神态，栩栩如生。尤其是制造者别出心裁，在大肚子里安装了机关，轻轻一按，立即发出哈哈哈的笑声，笑得很有节奏，一个哈哈连着一个哈哈，仿佛有满肚子的喜悦抒发不完。屈萍天真地把欢喜佛捧在手里，她似乎被欢喜佛的一串串哈哈所感染，也沾了一身佛气，笑容满面开心极了。面对此情此景，我打心眼里高兴。

她一边走，一边不停地按响机关，让欢喜佛一路哈哈声不断，有时还调皮地把欢喜佛递到我手里，或是把它送到我耳边，以便我分享欢喜佛的欢喜。

我笑着问她："为何这么喜欢这尊欢喜佛？"她不假思索地回答："平时，在我们中间很难得听到这么开心快意、轻松愉快的笑声。我要把欢喜佛放在集体宿舍里，让这哈哈的笑声陪伴我们，回荡在姐妹们的心中！"她的话在我听来，有一股苦涩涩的味道。

她要回"乐园"去了。我久久地目送她远去的背影，暗暗地为她祝福：清清白白地做人，好人一生平安！

（原载《散文》1995年第6期，被釜山大学金惠俊教授译成韩文，选入《昆仑山的月亮升起的时候》2002年在韩国出版，包括铁凝、张炜、刘心武、舒婷、冯骥才、流沙河、史铁生、从维熙等25位作家的散文）

附录：自赏文选

神女峰，永远美丽

青山寂寂，碧波滚滚，轮船航行在幽深秀丽的长江三峡的巫峡。广播中传出："神女峰快到了。"我心里抑制不住的兴奋，又要见神女峰了。难怪古诗云："放舟下巫峡，心在十二峰。"而十二峰中尤数神女峰更令人神往。神女峰又名仙女峰、美人峰、望霞峰。因为与优美的神话传说结缘，便有了特异的风姿、诱人的魅力和永远的情愫。

巫峡窄长，峰回路转，"山塞疑无路，湾回别有天"（郭沫若《过巫峡》）。初过神女峰的旅客，站在甲板上仰望，往往在逶迤的奇峰中还未分辨清楚神女峰时，便失之交臂了，失掉了一睹芳容的机会，留下了深深的遗憾。

若是从巫山城坐轻舟至青石，青石同神女峰一江之隔。这是观巫山十二峰的最佳处。山村倚山临江，几十户人家，粉墙青瓦掩映于绿树山麓中，怀抱飘逸的彩云，层层梯田，曲径通幽，恬静而秀美。兴许得神女之灵，山村橘黄橙绿，苞谷青翠，辣椒串红，炊烟袅袅。村民们过着日出而作，日落而息的日子，孤寂而温馨，颇有点"世外桃源"之韵味。

从前，青石村山大人稀，没有旅社饭店。我们到青石去，住在一户农家。主人是年轻的夫妻，房子不宽敞，却收拾得干干净净。小居一二天，可尽享三峡人的热情好客和淳朴民风。对年纪大的客人，夫妇俩慷慨地让出自己的雕花架子床，送人一个甜美的梦；若是年轻人投宿，便在堂屋开地铺，平整的杉木板，叫人睡得舒舒坦坦。次日早餐，一人一大碗挂面，面里埋一只荷包蛋；中午吃煎土豆果，蘸稀辣酱，辣呵呵的；晚上吃的是"金包银"饭，一盆合渣，香喷喷，吃起来有滋有味。直到好多年后的今天，依旧记得神女峰对面的青石那几餐"农家饭"的风味，蔓延着我浓郁的乡情。

清晨，我推开窗子，半窗阳光，半窗山花，半窗山风，半窗涛声。山色入眼，山风贯耳，江涛动心。我坐在门前的青岩上，凝望江北的神女峰，她亭亭玉立，含情脉脉地似朝我走来，妩媚动人；天上的五彩祥云，好像招之即来；峡中清凉的风，又像是挥之即去。她摘下一片云，当作轻柔的面纱；她追赶一阵风，沉入岁月沧桑的回忆中……

很久很久以前，神女原是仙宫王母娘娘的第23个女儿，名叫瑶姬。从小聪明伶俐，性格刚强。因过不惯仙宫寂寞的生活，受不了天庭条律的约束，而异想天开地羡慕人间的生活。有一次，她偷偷地带领姐妹们游览名山大川，来到巫山时见10条孽龙正在峡江兴风作浪，一怒之下，她用神剑击毙了孽龙。孽龙不甘心死亡，以尸骨阻塞峡江。因此，洪水横溢，淹了蜀之大片田地、房屋。大禹闻讯赶来治水，开峡排洪。在最困难的时刻，神女勇敢相助，授"策召鬼神之书"予大禹。今倘留"授书台"遗址。终于，大禹疏通了洪水，解救了黎民百姓。老百姓为感激神女的厚恩，在巫山修庙以祭祀。而瑶姬为百姓的深情所打动，依恋不舍，毅然决然地违背王母之命，不回仙宫，留守巫山，继续为樵夫驱虎豹，为病人采灵芝，为船夫导航。日久天长，这位容貌美与心灵美集于一身的瑶姬便化作秀美的山峰，名叫神女峰；众姐妹也化作名称不同的山峰，排列于巫峡南北两岸，合称巫山十二峰。这个美丽的传说流传了千年万代。

神女峰为什么千古流芳？我痴坐在青岩上久久地思忖着：神与人介乎虚实之间，有一条扯不断的长线，这条长线是用真挚的情感编织而成的。它始终贯穿于悠久的岁月里、历史的长河中。而世上最缺的正是这份真情。因此神女与黎民百姓之间的这种真情厚意弥足珍贵。从这个意义上说，神女峰既是你的、我的、他的，也是天下所有人的。她以一颗纯洁、善良和悲怆的心，铸造一种崇高不朽的大美大爱，温暖着我们的心房。神女峰啊，她不仅是巫山顶上一块普通的岩石，也不仅是一块独具人形的奇石；而是我们心中相思的真、善、美的女神！

听到主人的招呼声后，我从缕缕思绪中踏着晨光返回小屋。主人见我兴奋的样子便拿出一卷绘画展示在八仙桌上。顿时，光彩照人，耀人眼目。他自豪地一张一张的介绍：这是上海哈华留给我的一幅画；这是武汉的江城给我留做纪念的画；这是长航画家魏康祥送我的一幅……一幅画，一则动人的故事；一幅画，一份对神女峰依恋的情意。我惊赞着说：好好地珍藏，这都是无价的艺术瑰宝。他那疑惑不解的神情，流露出山里人淳朴的思想感情。

站立青石眺望，群峰上入云端，下临大江。其间有一座山峰引人注目，旁立一块奇石，形状似美丽的神女，那亭亭玉立，那低首俯视，极妩媚动人。千载万代，她朝迎早霞，暮送夕阳。巫峡山高谷深，常常云缠雾绕，好像给神女披上轻柔的面纱，影影绰绰，更加令人神往。据说，周总理生前，一次陪同外国某元首过巫山神女峰时，恰逢遇上细雨霏霏，云雾缠山，周总理指着神女峰对外宾说：神女见到陌生人，真还有点害羞哩……

青石村对江右前方是"帽盒峰"，背后是"翠屏峰"，西面是"飞凤峰"，翠屏峰以东是"聚鹤峰"；村西边有一条小溪，碧水清亮。沿溪河上溯30里至兰厂，还可观"净坛峰"、"起云峰"和"上升峰"。青石，这边风景独好。

宏伟的三峡工程建成后，"更立西江石壁，截断巫山云雨，高峡出平湖。神女应无恙，当惊世界殊"。600里三峡水库175米蓄水成功了，水位上升约100米许。而神女峰距峡江江面仍有八九百米的高度，真正是"神女应无恙"。神女峰啊，一定会永远美丽下去！

（原载《广州日报》1998年8月10日、《中国三峡建设》1998年8期、《大连日报》1998年12月25日，获美文天下·首届全国旅游散文大赛金奖，中国大众文学学会、《散文选刊》杂志社2011年9月主办）

杖筒而哭

本来，一个农村的普普通通的老百姓的死，是微不足道的。俗话说："七十三、八十四，阎王不请自己去。"那一年，因母亲病逝，我同爱人千里迢迢奔丧，一路上吃尽了"奔"字的苦头。先乘14个钟头的火车，再转坐6小时的汽车，山路弯曲，盘上旋下，到了县城后，又挤中巴至花桥镇，而后步行，风尘仆仆，一天一夜没有合眼。奔到家门，中堂横批白纸黑字"当大事"三个大字，赫然入目。原来，这是八叔、九叔的意思。我心想，未尝不可这么看重，一位勤劳俭朴心地善良的母亲，她虽一字不识，但她的人生价值是绝不可看轻的。

母亲的棺材停在中堂右侧。我顾不得一切直扑向棺材（俗称千年屋），千年屋的门尚未闭拢，只等孝子看上最后一眼，我目不转睛地看着她，向母亲遗体告别。霎时，眼泪滚滚，万分悲痛融入低沉的哀乐声中……

当夜，按乡俗举行悼念仪式，在中堂灵前"打灯"。凡孝子孝女孝媳孝婿孝孙们，头上一律缠着白色号巾，身披一块白布，手拿一根竹筒，竹筒约一尺来长，半截粘贴着小条形白皮纸，竹筒拄地，人俯首低头，道士先生（道教协会会员）在前引导，他边走边诵经；我陪着吊奠的亲戚，围绕棺材转圈儿，在转圈中自始至终有一二个亲属跪在灵前放声痛哭。每打一堂灯，约莫半小时，转圈20余回，以这种"杖筒而哭"来哀悼母亲，直弄得人头晕目眩。可平心而论，母亲费尽心血养育子女一生，而儿女辈劳其筋骨一时，也是天经地义的。

大半生来，我只是在孩提时目睹过祖父病逝的情景依稀如此，至于亲身参加"打灯"实属头一次。我一边杖筒转圈，一边流泪默想，这是不是给死者安魂的一种仪式呢？转着转着便联想到屈原故里，每年端午节举行龙舟竞渡的情景，竞赛前，一边划龙舟游江一圈；一边随着船头的指挥喊唱号子，为伟大爱国诗人屈原招魂："魂兮归来"，以表达百姓对屈原大夫的敬仰、缅怀，寄托哀思。两千多年来，一直沿袭不断，年年端午都划龙舟，并以此激励千千万万的后来者激流勇进、力争上游的精神。

一想到是为死者安魂，了还心愿，我便心安理得了。杖筒中听着一声声的痛哭和道士先生的诵经声，有腔有调，抑扬顿挫，声情并茂地吟唱一桩桩、一件件有关母亲一生的事迹，从勤俭持家、不辞辛劳、养儿育女、善良纯朴到人品高尚、和睦待人，乐于助人，种种往事，虽然平凡，却亲切感人。当我听到唱道：母亲一辈子在村里连一只狗都没有得罪过；晚年收到儿辈寄回的钱舍不得花销，连养鸡下的蛋还要提到市场上去卖，而送人家各种"礼钱"，则慷慨大方，心里总装着他人。这一件件往事，如在眼前，回荡心胸，我又情不自禁地杖筒大哭起来。这哭声正是生者对死者抑制不住的歌颂和感恩之情。我再一次用心祈祷，愿母亲的在天之灵能与我的心同在。

自古以来，从《三字经》等启蒙读物开始，就谆谆教导我们，父母的养育之恩不可忘怀。子女尽孝乃伦理之常。尽孝方式可以不一样，但尽孝之心应该同有。我以为，儿女辈尽孝最好在老人们生前，当她们活着的时候，应该多多孝敬，关爱体贴，好好赡养，尽心尽力，不忘常回家看看。倘若老人们死后，其子女还可尽其孝道，或深切哀悼，或杖筒而哭，但这只不过予人以心灵的慰藉罢了。虽然晚矣，但毕竟尽了心意。它比漠视孝道、忤逆不孝，"儿子逼母亲"、"孙子斗爷爷"，于伦理而不顾者，要好上十倍百倍。湘西老家的对父母逝世"杖筒而哭"，似可在生者心灵得到一种净化和升华！

（原载1996年3月《湖北农民报》《明镜报》，荣获中国散文学会、江苏省作协等主办第二届"漂母杯全球华文母爱主题散文奖"）

梦怀过年

雪花纷纷扬扬的时候，在我的湘西家乡是快过年的日子，落雪和过年常常连在一起，哪怕在寒冷中，人也感到很快乐。过年的口福与雪地的浪漫，"味死"儿时的我们。尽管岁月流逝好多好多年了，却依旧那么缠人，像冬日的浓浓云雾难于散开，如思绪缕缕萦绕不去……

屈原流放寓居九年的溆浦是橘乡，也是盛产甘蔗的地方。柑橘下树之后，都堆放在家里的楼板上，底下垫几层枯松针，上面也盖一层枯松针，以便保鲜。每隔七八天必须轻手轻脚地翻检一遍，择出烂的，而那些半烂半好的柑橘，就舍不得丢掉，留着自家人吃。我虽身在橘乡，却总是没完没了地吃着烂柑橘。只有到了腊月三十和过年那些天，才能吃到又红又大的柑橘，香甜新鲜，可口可乐。于是心里总盼望早点儿过年，年节越长越好。现在是吃绿色食品的年代，橘乡人吃烂柑橘的日子一去不复返了。

秋天收获甘蔗之后，现收获现进"榨房"，即：三根很粗壮的圆木柱并排、挤拢，高约一米，连着一根长柱子作轴，用水牛拉磨似的转圈，甘蔗送入榨里，嘎嘎作响，榨出甘蔗汁，然后用大铁锅加高温，熬成红红的糊状，倒入竹垫子上冷却，凝成块状的红糖，即"片糖"。但收获时每家都要选择几窝又壮又高的甘蔗，连叶带根，在菜园子里挖一口大坑埋藏。等到过年的时候，再一捆两捆取出来吃。这时的甘蔗，物以稀为贵，吃起来仍旧新鲜甘甜，即使梢子或根部一节有点变色、变味，那味道也别有一番滋味。至今我还记忆犹新，回味无穷。

过年对大人们来说，也同样是高兴的节日。团年与请客吃饭，除了各种各样的腊货摆满一桌，喷香的酒餐餐上席。那酒是自家酿造的，原料是榨过汁的甘蔗渣，俗名"甘蔗酒"，价廉物美。每每看见父亲和叔伯们喝酒，从坛子里舀出一碗又一碗时，个个满脸红光在闪，满嘴话儿不停，嗓门越来越高，我在旁边看着那情景，也不禁感觉有几分醉人，悠悠然起来。听到大人们说起"雪兆丰年"，那对来年年景的祈望洋溢在整个堂屋……

在家乡过年，最舒心惬意的要数拜年走亲戚。路程或三五里或十几里不等，都是步行，一个"走"字真是恰切。每年去外婆家拜年，礼物是用一担箩筐挑的。除有三个亲舅舅，还有舅舅的亲戚。给外婆的礼物是一块大腊圆尾，必须是带尾巴的，另送一条腌腊鱼，取"年年有余"之吉祥；送舅舅的是每家一块腊肉、一封红糖，包装讲究，成三角形，外贴红纸条；送远房亲戚的礼物为四个糍粑、两个柑子，这是不请客吃饭的，互相走动联络感情而已。外婆家在枞鸡垅，是物产丰富的红泥巴山乡，满山的梨、枣、桃、杏和柑橘。逢年过节，时兴外请戏班子来唱戏。当时，我只晓得是本地戏，现在知道名叫"目连戏"，堪称一绝。1998年应法国巴黎艺术节邀请出国演出，曾引起轰动，被誉为"神奇的东方艺术之瑰宝"。台子设在大祠堂的戏楼，每场演出，观众络绎不绝，挤满祠堂，两边的耳楼有座位，凭票对号；偌大天井里自带板凳；耳楼下是人挤人站着看的。舅舅看戏会看门道，什么戏目、唱腔曲牌、演员技艺一一评品；我只是看热闹，听锣鼓响亮，唢呐悠扬，看黑花脸、红花脸从"将出"的门上场；从"相入"的门下场……直到几年前，在县城参加"中国溆浦屈原文化理论研讨会"时，重又看到演出的"目连戏"，才略略欣赏这古老剧种的丰富和优美。坐在我旁边的乡亲轻轻地说："你仔细听，每一句高腔都透着一种韵味，产生一缕怀古幽思之情。"这又让我梦怀起儿时过年看戏的情景。

孩童时过大年，揣着"压岁钱"，还有一个有魅力、展身手的场所，那就是到村里"老大门"去参加"滚推"。这个叫法我回想了很久，还是不能准确的用文字表达，俗叫"滚推"。这种游戏在雪地上玩更有情趣，它用银元大的铜板，在一块石板上用力一滚，铜板滚得远的人，瞄准滚得近的铜板，掷过去盖住了别人的铜板，即为赢家；若未被盖住，别人再去掷盖近的铜板，以此类推。玩起来很刺激，比远近，比拐弯，比瞄准，比手气，有输赢，叫人多一颗不安分的心。

今天，我冒着鹅毛大雪，慢慢地踏着雪地，生怕踩疼了雪，飘飘雪花带走我的纷纷思绪，拾回那遥远的溆浦过年的梦……

（原载《北京文学》2011年4月号）

滩多流急西陵峡

每当我们乘船过长江三峡，饱览瞿塘峡的雄奇风光和巫峡十二峰的秀丽景色之后，便神往于西陵峡滩多流急、惊心动魄的混茫气势。

西陵峡西起巴东县官渡口，东到宜昌市南津关，峡长69公里，是三峡中最长的一个峡。历代多少著名诗人词客，无不惊叹那"三里一湾，五里一滩"，"恶滩密如竹节"，"石芒森如锯齿"之奇绝、险绝的景象，把人们带进久远的历史年代。

长江三峡历史文化悠久、厚重。西陵峡的第一座县城巴东，早在宋代就闻名遐迩，当朝名相寇准曾任过县令，人称"寇巴东"。他一生为官清正，享有"清官"之美名。"秋风亭"是黎民百姓为纪念寇准而修建的。古今文人游巴东，最爱登临秋风亭。"秋风亭上秋风起""一楼秋风寄深情"……

西陵峡的第二座县城是屈原故里。"秭归胜迹溯源长"。它倚山临江，城池似一只葫芦形状，与一般城池不同之处，除建有东西南北四座城门外，还有一座"顶心门"，好似葫芦的底心。传说全城的金水、银水都从此门流跑了，秭归县因此而变穷困。新中国成立后，顶心门仍在，但秭归却发生了翻天覆地的变化。县境内有许多名胜古迹，郭沫若《过西陵峡》诗云："屈子衣冠犹有冢，明妃脂粉尚流香。"为纪念屈原，修建了四五座屈原庙、屈原祠，宏伟壮观的屈原纪念馆将搬迁到凤凰山，雄峙三峡大坝的坝首。归州城东9公里就是香溪。相传，王嫱（王昭君）小时候常在溪河浣洗帕巾，使之发出芬芳的香气，故名"香溪"。溯香溪而上，便可抵达昭君故里——兴山宝坪村。修葺一新的昭君宅，仍旧古色古香。

船过香溪，一转弯便进入"兵书宝剑峡"。仰望大江北岸的峭壁上，有一个洞穴，洞穴中横放着一沓像书本一样的层页岩；右下方有一方凸出的条形岩石，形似一柄石剑，直插水中，枯水季节巨剑毕现。相传，诸葛亮入蜀经过西陵峡时，把一部兵书、一把宝剑藏于绝壁上，以激励后人从文习武，立业兴邦。其实是杜撰，以神化诸葛亮而已。

西陵峡，峡中有峡。在大江北岸的陡壁上，那"牛肝马肺峡"颇引人注目。有两丛重叠下垂的岩石，一丛酷似牛肝；一丛极像马肺。流传这样一首民谣："千年阴雨淋未朽，万载烈日晒不干，老鹰盘旋空闪翅，要想充饥下嘴难。"清朝光绪年间，一艘英国军舰开进三峡，竟在这里开炮把马肺炸掉了一半。郭沫若过西陵峡写道："兵书宝剑存形似，马肺牛肝说寇狂。"抒发了诗人对帝国主义侵略行径的无比愤怒之情，也留下了帝国主义侵略中国的又一个铁证。

自古西陵峡以"恶滩如竹节稠"而著称。险滩中令船工提心吊胆的有"青滩"。明嘉靖二年（1523），在青滩附近的瓦岗再次发生一次大崩塌，山裂石飞，江水断流，涌浪数十丈，死伤许多船工、百姓。后又名"新滩"。新滩水位落差很大，波涛汹涌，泡漩喧嚣如雷。拉船上滩，一只木船需几十人拉纤；一只轮船需一二百人拉纤。这些纤夫当地称之为"打滩人"。他们的生命常常旦不保夕。舟船下滩，如同从天上飞落入水，沉船惨象随时发生。民谣唱道："打青滩，绞青滩，祷告山神保平安。山神如果动肝火，人船定要上阴间……"

新中国成立后，1950年代曾多次对川江航道进行整治：炸掉礁石，疏浚河道漕口，设立航标灯，安置绞滩船，从而基本保证了行船的安全。西陵峡中最惊险的恶滩要数"崆岭滩"。民谣唱道："青滩、泄滩不算滩，崆岭才是鬼门关。"崆岭位于西陵峡中段，在庙河与柳林碛之间，长约五华里。这里绝崖壁立，湍流迅急，舟船过滩，必须卸空船上的货物，等过了滩后，再由力夫重新装船。峡中滩深广，水湍急，礁石密布，惊涛骇浪。著名的礁石有"二十四珠"。其中大珠长200多米，宽40米，高约15米，高高地露出水面，似一只猛虎纵卧江心，把江水分割成南漕、北漕，涡漩翻滚，惊心动魄。尤其是大珠的左下端，有三座大礁石，状如石盘，称为头珠、二珠、三珠。这三珠石被船工视为"索命鬼"。上下舟船要在礁石丛中航行，曲曲折折，水势汹涌，稍有不慎，就会触礁，船破人亡。"鬼门关"由此而得名。据载，川江舟船在崆岭滩沉没的数以万计；还有洋船"瑞生"、"福远"号等7艘轮船沉没于此，狂妄的法国船长就在这里丧命。

川江船工从实践中，以大量血的教训摸索出一条过滩的航线，即：下水船必须对准"大珠"顶端的一座礁石方向开去，才能借水势安全过滩。这座礁石称为"对我来"。礁石上镌刻三个大字作为标志，令领桨与船工远远可以望见。

从1953年开始至1959年，经过多年整治，终于炸掉了头珠、二珠、三珠，拓宽河床，设置电气化航标灯。从此，崆岭滩化险为夷。兴建葛洲坝水利枢纽后，提高水位20米，把大小礁丛统统沉于江底，从根本上改变了西陵峡通航条件。真是"红日高照崆岭滩，巨轮穿梭如飞燕，航道英雄力无比，铁拳砸碎鬼门关"！"自古川江不夜航"，已经成为历史了。

西陵峡中的"黄牛峡"，自古就有名气。古代民谣唱："朝见黄牛，暮见黄牛，三朝三暮，黄牛如故。"枯水季节，峡中礁石林立，长江流到这里竟变成一线细流，九曲回肠，东奔西窜，舟船过此，航速极慢。真是"蜀道三千，上水百日"。李白乘船过此也发出慨叹："三朝上黄牛，三暮行太迟，三朝又三暮，不觉鬓成丝。"（《上三峡》）大江南岸，有"黄陵庙"掩映于橘林中，琉璃黄瓦，仿宋建筑，始建于唐宣宗大中元年（847）；明万历四十六年（1619）重修。庙的主体建筑是古人为纪念大禹而建。禹王殿36根立柱，浮雕9条蟠龙，十分壮观。那记载历代三峡水文的碑刻，具有极宝贵的史料价值。

西陵峡的最后一道峡是"灯影峡"，距三峡出口南津关9公里，南北两岸，青山葱茏，山色如黛，云烟照影，明月光辉，又名"明月峡"。李白诗中的"春水月峡来"，欧阳修的"江上挂帆明月峡"，就是描写这里。江南岸的山上有四座岩石，状如《西游记》的孙悟空、猪八戒、沙和尚、唐僧的形象，栩栩如生。每当夕阳斜照，师徒的神态，恍如灯影浮动，故名"灯影峡"。"玄奘师徒立山头，灯影联翩猪与猴"（郭沫若诗）。

在灯影石下，天生一块巍巍石牌，高40多米，宽12米，正反两面如刀砍斧削，光光溜溜，名叫"石牌"。著名的抗击日本侵略者的"石牌之战"就发生在这里。1943年5月，日寇10万兵力大举进攻石牌，以进占重庆陪都。为了阻击日本侵略者西进，15万中国国民军奋力抵抗，浴血奋战一个多月，终于打退了敌人的疯狂进攻。被誉为"中国的斯大林格勒保卫战"。站立石牌这块热土，巡礼炮台遗址，读着抗日战士的摩刻："铁血要塞"、"石牌天险敌胆寒"等题词，犹闻当年的军威声，雄风长存！对于一个民族来说，常提当年勇，不仅可以鼓舞士气，增强自信心，而且可以激励革命斗志，为更加美好的明天而英勇奋斗！

时代风云变幻，三峡面貌更新。中国几代人的三峡长梦，如今长梦成真了。宏伟的跨世纪的长江三峡工程已经竣工，"更立西江石壁，截断巫山云雨，高峡出平湖。神女应无恙，当惊世界殊。"而今，西陵峡的险滩急流，有的已经不复存在了，有的将来还要变成壮丽的风景。"此景可待成追忆"。我们现在的追忆将给后人留下长江三峡西陵峡的原汁原味。

　　巨轮驶出西陵峡，峡尽天开朝日出，山平水阔大城浮。大江东去，浩浩荡荡，抒发出中国人民多少豪情、多少壮志、多少风流、多少梦想啊！

　　（入选《长江三峡游记》远方出版社2001年8月出版，2002年9月7日、8日中央电视台科教频道"子午书简"播映，次年再次播映）

后　记

　　30多年来，除了出版《巫山神女》《高峡出平湖》《中华三伟人的故事》《中国的脊梁》《三字经故事精选》等10部少儿图书外，主要还是坚守写作散文。我的散文创作，打个比方，就像散步一样，任意东西，自由游荡，以自然而然就好。或许不够豪迈，不够先锋，不够呼风唤雨，但是，真情实感，质朴清新，厚重大气，始终带着自己的体温与爱憎，弘扬真善美。每年在全国各地报刊发表二三十篇作品，每隔二三年编选一部散文新集。这部新书主要遴选2014—2016年的散文随笔，取名为《江河长流》。正如知名评论家李鲁平所说，"两条河流他写了一生"（原载《湖北日报》，人民网、中国网、新民网等转载）。全书分为"沅水心影"、"三峡情怀"、"最美之缘"、"品书读人"四辑以及附录"自赏文选"。

　　我先后出版散文随笔集《绿韵》《湘西，我的梦》《生命的河》《李华章散文选集》《岁月叠影》《更行更远》等14部。一个最深切的体会是，散文愈写愈感觉难写了。当下，有些人误认为散文是一种没有"难度"的写作，人皆可写。因此小看了它。其实，要写出一篇优秀的散文佳作，绝非简单的、轻而易举的事，需要作者全身心地直接参与，匠心独具。

　　一直以来，我非常认同林非、石英、吴泰昌、涂怀章、傅德岷、张新颖等散文大家和著名学者的见解，大凡一篇优秀的散文作品，首先要有感而发，富有真情实感。因为散文是"心的文学"。其次，散文是最贴近日常生活、接地气、独具个性、别人不可替代的文本。再次，好散文是有血有肉的、追求真善美，字里行间带着生命的疼痛和欣喜，具有终极的人文关怀。同时，好散文也是智性的，贵有思想光采，而绝非泡沫化、浮泛化与滥情化的文字。好散文看似信手拈来，浑然天成，实际上是作者惨淡经营、耗去大量生活积累、精雕细刻的结晶。诚然，要完全达到这些大家的审美标准，的确是很难很难的，一篇作品倘若具备其中的一二条，便称得上是佳作与好文了。

我的散文大多是短篇文字，真实地记录作者的人生经历和生命体验，以及时代的主流声音，而情有独钟的是"两条河流"，即生我养我的千里沅水和长江三峡，那里许许多多的人和事、乡情和亲情，乃至风花与雪月，都是我永远梦绕魂牵的乡愁。

新集子里回忆沈从文、舒新城、钱基博、徐迟、鄢国培等大师和大家的篇什，是为情所动而发的。他们人虽然不在了，但作品依旧活着，人文风范仍然常存，永远为我们所怀念！

本书的"附录"，名之为"自赏文选"，仅代表作者的喜爱而已，按发表时间先后排序。我心里想，在自己写的上千篇散文随笔中，怎么去识别哪些是有价值的作品，哪些是意义不大的作品，哪些又是自己欣赏的作品？然后遴选出几篇代表作来，这其实是件非常难的事。因为对一篇散文优劣、高低的鉴别，因人、因时而异，审美趣味不尽相同，各人的眼光更不一样，见仁见智。但自我感觉总是很重要的。文章得失寸心知。为了不重复入选集子，便只好作为"附录"，仍热切期望有更多不同年代的读者阅读与关注它。

就一个历史时期而言，比如五四新文化运动时期，文坛上出现群星灿烂、佳作如林的景象是存在的。但对一个作家来说，要出现佳作如林之景象，几乎是不可能的。一个作家一生中能有一二篇或三五篇精品佳作传世，那就是可宝贵的文学贡献。

当我重读"附录"的时候，似还带有作者的体温，仍还有一种呼吸的起伏感，给人几缕思想的光彩，入乎其内，似有深情，出乎其外，尚存高格，仍有生命力。难免生出几分自我欣赏之情。

编完《江河长流》这部新散文集后，我由衷地感激曾编发拙作的《三峡晚报》《三峡日报》《三峡商报》《中国三峡工程报》《怀化日报》《劳动时报》《团结报》《边城晚报》《广州日报》《人民日报》与《三峡文化》《雪峰文化》《武陵文化》《江河文学》《怀化文学》《旅游散文》《长航文艺》《北京文学》《散文》《散文百家》《散文世界》《中华散文》《散文海外版》等报刊（排序不分先后）与编辑的慧眼、厚爱和鼓励。

在我的阅读习惯中，常常必先读"序"与"跋"（后记），然后再读正文。于是灵机一动，就把湖北大学文学院涂怀章教授的一篇评论《步履健美写年华》（原发表于《文艺新观察》杂志，约7000字），删节后作为本书的代序。涂教授在回复我的请求时说："您用我的评论代序，我很高兴。遵嘱看了几遍，对个别字句做了'微调'。"在此，谨表示最诚挚的谢忱！

最后，还要十分感谢潘洁主编的精心策划与大力支持。

对于本书的不足之处，恳请读者朋友批评指正！

李华章

2016年8月于三峡荷屋

221

后

记